ILONA SCHMIDT
Bocktot

DIE JAGD BEGINNT Coburg zur Jagdsaison. Während sich die Polizei auf gewalttätige Demonstrationen im Rahmen des Pfingstkongresses, der Jahrestagung des Coburger Convents, vorbereitet, wird ein Lateinlehrer bei der Rehbockjagd erschossen. Kriminaloberkommissar Richard Levin stößt bei seinen Ermittlungen auf mehr Verdächtige, als ihm lieb ist. Nach und nach stellt sich heraus, dass nicht nur verärgerte Schüler und Jagdgegner ein Motiv haben könnten, sondern auch die Familie des Lateinlehrers Mechtinger sowie dessen zwielichtiger Freund Halbert. Zu allem Überfluss bekommt Levin mit der attraktiven und ehrgeizigen Kriminalrätin Maxi Frohn eine neue Chefin vor die Nase gesetzt. Ihr sind Levins Eigenmächtigkeiten ein Dorn im Auge, und als ihn seine Vergangenheit einzuholen scheint, steht mehr als nur die Lösung des Falls auf dem Spiel.

© Fotostudio Uhlenhuth

Ilona Schmidt wurde 1956 in München geboren und wuchs in Nürnberg auf. Sie studierte Chemie in Erlangen und lebte nach ihrer Promotion viele Jahre mit ihrer Familie in Coburg. Aus beruflichen Gründen zog sie in die USA, ist in ihrem Herzen jedoch Fränkin geblieben.

Krimis sind ihre Passion egal, ob sie gerade liest oder selbst schreibt. Bei »Bocktot« hat sie die Frage der Grenzen der Schuld interessiert, auch die Spannung zwischen Tierschutz und Jagd. Die Autorin hat vor Jahren selbst den Jagdschein in Coburg gemacht und ist sehr engagiert im Tierschutz tätig.

ILONA SCHMIDT
Bocktot

Kriminalroman

SPANNUNG

GMEINER

Bei Fragen zur Produktsicherheit gemäß der Verordnung über
die allgemeine Produktsicherheit (GPSR) wenden Sie sich bitte
an den Verlag.

Besuchen Sie uns im Internet:
www.gmeiner-verlag.de

© 2017 – Gmeiner-Verlag GmbH
Im Ehnried 5, 88605 Meßkirch
Telefon 07575 / 2095 - 0
info@gmeiner-verlag.de

Lektorat: Katja Ernst
Herstellung: Julia Franze
Umschlaggestaltung: U.O.R.G. Lutz Eberle, Stuttgart
unter Verwendung eines Fotos von: © cydonna / photocase.de
Druck: Libri Plureos GmbH, Friedensallee 273,
22763 Hamburg
Printed in Germany
ISBN 978-3-8392-2047-4

Personen und Handlung sind frei erfunden.
Ähnlichkeiten mit lebenden oder toten Personen
sind rein zufällig und nicht beabsichtigt.

1 ASTRID

»Zum Kotzen.« Toni, der eigentlich Anatoli hieß, stand vor den Resten eines überdachten Hochsitzes, stemmte seine Hände in die Hüften und schüttelte den grauhaarigen Kopf. In dem braunen Overall, an dem noch Sägespäne vom Baumfällen hafteten, erinnerte er entfernt an einen gereizten Grizzlybären vor seiner zerstörten Behausung. Den Hochsitz hatte jemand umgeworfen, die Leiter zerbrochen und den Rest in Stücke gehackt. Eine Axt hatte ganze Arbeit geleistet. Da der Hochsitz nicht nur überdacht, sondern verkleidet und für zwei Personen ausgelegt gewesen war, musste das Zerstörungswerk Kraft und Ausdauer gekostet haben. Einen derartigen massiv gebauten Hochsitz nannten sie in der jahrhundertealten Tradition der Jäger eine »Kanzel«, in Anlehnung an die in den Kirchen. Toni spuckte aus.

Försterin Astrid Mechtinger blickte sich suchend um, als könnte sie den Täter noch entdecken, aber außer Toni war niemand zu sehen. »Das ist nicht gegen dich persönlich gerichtet, sondern gegen die Jagd an sich.«

Ihr Revierbereich lag fernab der üblichen Naherholungsgebiete der Stadt. Fichten, deren Stämme wie Säulen einer Kathedrale in den Himmel ragten, prägten den Wald. Nur vereinzelt versuchte eine Buche etwas Sonnenlicht zu ergattern. Generationen von Förstern und Waldbauern hatten hier ihr Erbe hinterlassen. Am anderen Ende des Staatsforstes war sie schon öfter auf Reifenspuren von Lastwagen gestoßen, die dort nichts zu suchen hatten, aber ansonsten ging es in den Wäldern der Forstdienststelle Gleisenau friedlich zu.

Toni blies die Backen auf. »Saubande! Die Brüder, wenn ich die erwisch, gibt's 'nen Satz heiße Ohr'n.«

Astrid Mechtingers Ehemann würde sich für den heutigen Abendansitz auf den alten Rehbock eine Ausweichmöglichkeit suchen müssen. Alte Böcke zu erlegen war reizvoll, denn sie hatten mehr Erfahrung und waren schwieriger zu überlisten als junge. Außerdem verspürte man dabei eine gewisse Macht, fast als habe man dem Tod ein Schnippchen geschlagen.

»Dann bau ich halt 'ne neue Kanzel«, murrte Toni.

»Freilich. Wirst doch dafür bezahlt.«

Toni arbeitete schon lange im Forstdienst, und obwohl Astrid ihn der gelegentlichen Wilderei verdächtigte, zählte sie doch auf seine Erfahrung, wenn es um den Holzeinschlag ging. Ein gefährlicher Job, bei dem trotz Schutzkleidung immer wieder schreckliche Unfälle geschahen. Ihr schauderte bei dem Gedanken an Verletzungen durch Motorsägen, zumal sie die Verantwortung für die Sicherheit der Waldarbeiter trug. Zum Glück war in ihrem Forstabschnitt bislang nichts Dramatisches passiert.

»Wer macht so was?«, fragte Toni.

»Irgendwelche Idioten.« Zerstörungen von Jagdeinrichtungen kamen immer wieder vor, meistens von Tierschützern begangen, die den ihrer Meinung nach schießgeilen Grünröcken die Jagdausübung erschweren wollten. Oder von rachsüchtigen Spaziergängern, weil sie von einem Jäger wegen ihres freilaufenden Hundes zurechtgewiesen worden waren. Oder von Jugendlichen, die nicht wussten, wohin mit ihrer überschüssigen Kraft. Die Liste der möglichen Täter war lang.

Im Herbst waren Angriffe auf Jagdeinrichtungen eher die Ausnahme. Die bunten Farben der einschlafenden Natur schienen die Gemüter zu besänftigen. Jetzt im Frühling sah das anders aus. Die Jagd auf den Rehbock war freigegeben, und in Coburg hielten die Studentenverbindungen ihren Pfingstkongress ab, was nicht nur ihre Gegner, sondern auch militante Tierschützer anzuziehen schien. Jedenfalls meinte Astrid, dass sich die Angriffe auf Jagdeinrichtungen zu dieser Zeit häuften.

Toni hob eines der Bretter an. »Da liegt 'ne Mütze«, rief er. Tatsächlich – eine grüne Strickmütze, mit einem verschmutzten Logo drauf. Sie wollte sie aufheben, ihre Finger wurden feucht. Das war Blut. Der Vandale musste sich bei seiner Aktion verletzt haben. Sie zog ihre Hand zurück.

»Des g'schieht dem Saukerl recht«, wetterte Toni neben ihr.

Sie sah sich um und hob ein anderes Brett hoch. Oha, ein benutztes Kondom. Angeekelt wendete sie sich ab, während Toni einen kurzen Pfiff ausstieß. »Wahrscheinlich ist dem beim Rammeln die Kanzel auf 'n Kopf g'falln.«

Er starrte sie durchdringend an, auf den schmalen Lippen eine unausgesprochene Frage. Außer ihr und ihrem Ehemann Holger ging hier niemand auf die Jagd. Hatte die Zerstörung der Kanzel vielleicht ihrem Mann gegolten? Immerhin benutzte er sie am häufigsten. Astrid wurde der Mund trocken.

»Dann rufen wir mal die Polizei an«, krächzte sie und holte ihr Handy aus der Jackentasche. Die Nummer der Polizeiinspektion war einprogrammiert, damit sie bei Verkehrsunfällen mit Wildbeteiligung nicht erst lange suchen musste. Unter Tonis aufmerksamen Blicken meldete sie den Vorfall. Sie steckte das Handy weg. »Dauert eine Weile, bis jemand vorbeikommt.«

»Was machst'n, wennste hier jetzt nimmer ansitzen kannst?«

»Dann muss der alte Hochsitz drüben am Waldrand noch mal herhalten.«

»Pass bloß auf, dass du dem Kerl mit der Axt net übern Weg läufst.«

»Keine Angst, Toni. Kaliber 7x64 sticht Hackebeil.« Sie machte eine Bewegung mit ihrem Zeigefinger, als zöge sie den Abzug eines Gewehrs durch. Ob sie das könnte? Auf einen Rehbock zu schießen war etwas ganz anderes als auf einen Menschen.

»Des wär wenigstens a g'scheiter Abgang für uns«, sagte Toni.

»Wie meinst du das?«

»Na, die Bayreuther wollen uns doch die Forstdienststelle dichtmachen.«

»Quatsch, eine zerstörte Kanzel juckt die Herren in Bayreuth nicht die Bohne.«

»Und was is mit der Leiche von vor sechs Wochen?«

»Du meinst, sie werden es müde, von uns in der Presse zu lesen? Erstens lag die im Nachbarrevier und zweitens ist der alte Mann ohne Fremdeinwirkung gestorben«. Der Unbekannte war vom Hund eines Spaziergängers gefunden worden. Vermutlich hatte er sich verirrt und war in der Nacht erfroren. »Ich sehe da keinen Zusammenhang zu unserem Holzhackerbuam.«

»Trotzdem is es …«

»Jetzt mal den Teufel nicht an die Wand. Wenn die uns den Laden schließen, dann nicht wegen eines toten Wanderers, sondern als Einsparungsmaßnahme.« Für die Polizei legte sie die Mütze zurück auf den Boden.

»Ich mach des scho mit der Polizei«, sagte Toni.

Sein Angebot kam ihr gelegen, denn Zuhause wartete die Auswertung des Verbissgutachtens auf sie, das den jährlichen

Rehwildabschuss bestimmte. Jedes Jahr wurden Bäume auf Schäden durch hungriges Rehwild untersucht, das sich im Winter an jungen Zweigen oder Baumrinden in Ermangelung anderer Futterquellen gütlich hielt. Überschritten diese Schäden ein gewisses Maß, schloss man auf eine zu hohe Rehwilddichte. Da man keine Horde verhungerter Rehe den Wald auffressen lassen wollte, musste der Mensch als Regulator eingreifen. »Ruf mich an, wenn sie eintreffen.«

Bei Astrid zu Hause war es still, ihre zwei Kinder weilten bei den Schwiegereltern. In ihrem Büro sahen ihr weiße Blätter mit unzähligen schwarzen Buchstaben darauf aufdringlich entgegen. Manchmal fragte sie sich, ob sie auch Försterin geworden wäre, wenn sie gewusst hätte, wie viel Papierkram damit verbunden war. Sie überflog das Gutachten und legte es zur Seite. Tonis Worte hallten in ihr nach: »Die Bayreuther wollen uns doch die Forstdienststelle dichtmachen.«

Bloß nicht daran denken. Was sollte dann aus ihr und den Kindern werden? Timmy hatte in diesem Schuljahr aufs Gymnasium gewechselt und Susanne ging in die zweite Klasse. Würde sie die beiden einfach so aus ihrer gewohnten Umgebung reißen können? Und Holger, ihr Mann? Er war Oberstudienrat am Victoria-Gymnasium in Coburg. Er würde nicht wegziehen wollen; weder wegen ihr noch wegen jemand anders.

Langsam fuhr sie sich durch das kurze Haar und übers Gesicht. Die Zahlen auf dem Papier verschwammen vor ihren Augen. Sie schob den Stapel zur Seite, sah auf die Uhr. Bald würde Holger heimkommen, sich umziehen und auf den alten Rehbock ansitzen, hinter dem er schon seit einem Jahr her war. Bockjagd war etwas Aufregendes, aber die Pflicht, möglichst viel Rehwild zu schießen, um den Wald zu schützen, verdarb ihr die Freude daran. Früher konnte man eine gewisse Anzahl Rehwild aus dem Bestand nehmen, konnte auswählen. Kranke und schwache Tiere wurden erlöst. Im Winter wurde gefüttert. Das Erlegen eines alten oder starken Bocks war etwas Besonderes, die Belohnung für die Mühen. Heute wurde von oben vorgeschrieben, wie viele Rehe auf einem Hektar leben durften, und es waren weit weniger als früher, daher musste geschossen werden, was vor die Flinte kam. Dabei wurde es immer schwieriger, denn die Rehe trauten sich kaum mehr bei Tageslicht aus ihrer Deckung zu treten, und weil sie Hunger hatten, hielten sie sich an Bäume. Ein Teufelskreis. Während ein privater Jagdpächter sich vielleicht noch herausmogeln konnte – wer wusste schon, wie viele Tiere sich tatsächlich zwischen zwei Revieren hin und her bewegten –, stand sie als Forstbeamtin für die Erfüllung des Abschusses gerade – der Unterschied zwischen dürfen und müssen.

Auch bevorzugte sie eher das Pflanzen von Bäumen als das Fällen. Aber der Staatsforst war nun mal ein Wirtschaftsbetrieb, in dem für Sentimentalitäten wenig Raum blieb.

Toni rief an und erklärte, die Polizei sei jetzt da, um den Tatbestand aufzunehmen. Gefasst wurden die Vandalen selten. Normalerweise ging es nur um umgestoßene Hochsitze – ein Schaden, der relativ leicht zu reparieren war –, aber dieses Mal war zerstörerische Gewalt mit im Spiel gewesen. Seltsam, das Ganze.

Sie öffnete den Stahlschrank, in dem sie ihre Waffen aufbewahrten. Sicherheit wurde bei ihr großgeschrieben, nicht nur, weil es Vorschrift war, sondern vor allem wegen der Kinder. Keine Waffe kam geladen ins Haus, war ein Grundsatz, der von ihnen eisern eingehalten wurde.

Mit einem Blick erfasste sie, dass die Gewehre vollzählig waren. Sie griff sich einen Repetierer. Er wog genauso schwer wie die Verantwortung, die mit seiner Handhabung einherging, immerhin konnte die Kugel noch in drei Kilometern Entfernung tödlich sein. An der Pinnwand hinterließ sie Holger eine Nachricht, wo sie heute ansitzen würde und dass sein Lieblingshochsitz zerstört worden sei. Holger lehnte Handys ab. Solch neumodischen Schnickschnack brauche er nicht, war seine Devise. Zum Glück hatte er nur schwachen Widerstand geleistet, als sie Timmy zu seinem elften Geburtstag eines geschenkt hatte, um mit ihm Kontakt halten zu können.

Sie trat hinaus in den kühlen, windstillen Abend. Gute Bedingungen für die Ansitzjagd, die sie im Anschluss an das Gespräch mit der Polizei geplant hatte. Im Zwinger bellten die beiden Kleinen Münsterländer – echte Allrounder unter den Jagdhunden. Diana, die junge Hündin, befand sich noch in der Ausbildung und musste zu Hause bleiben. Sie winselte ein wenig und Astrid strich ihr tröstend über das weiche Fell. »Wir sind bald wieder da. Pass gut auf.«

Das Jagdrevier grenzte direkt an das Forsthaus. Sie marschierte schnellen Schrittes los – den Rüden Rino an der Umhängeleine links, den Repetierer rechts am Schulterriemen – und bog in den Waldweg ein, der zu der zertrümmerten Kanzel führte. Holger würde bald heimkommen, sich ein Gewehr des gleichen Kalibers schnappen und zu einem anderen Hochsitz ziehen.

Das Display zeigte ihr, dass keine weiteren Nachrichten eingegangen waren. Besser keine als schlechte.

Draußen im Wald kamen düstere Gedanken kaum auf. Dazu war die Natur viel zu wohltuend und erholsam.

Schon von Weitem erkannte sie Polizeihauptmeister Schneider, aber dessen junge Kollegin war ihr fremd. Wie sie wusste, wurden dem alten Hasen oft unerfahrene Beamte zur Seite gestellt. Die beiden nahmen alles akribisch auf. Nach einer kurzen Verabschiedung strebte sie dem Waldrand zu. Über dem Hochsitz ihrer Wahl ragten zwei Fichten in den wolkenverhangenen Himmel. Die Dämmerung war die beste Zeit für die Ansitzjagd.

»Ablegen«, befahl sie Rino am Fuß der Leiter, und der Hund ließ sich nieder. Mit seiner empfindlichen Nase würde er anwechselndes Wild lange vor ihr bemerken. Sie waren ein eingespieltes Team. In fünf Metern Höhe machte sie es sich, so gut es ging, auf der schmalen Sitzfläche bequem. Sie lud das Gewehr, repetierte eine Kugel in den Lauf und zog den Hut ins Gesicht, damit das Wild ihre helle Gesichtsfläche nicht bemerken konnte. Zuerst die Umgebung mit dem Fernglas absuchen, ob das Wild nicht bereits auf die Äsungsflächen getreten war. Ein leises Knacken links – Rino hob seinen Kopf und spitzte die Ohren – nichts. Wer auf die Ansitzjagd ging, musste gutes Sitzfleisch mitbringen.

Ob Holger schon auf seiner Leiter saß? Sie nahm das Fernglas zur Hand, und tatsächlich, auf der gegenüberliegenden Seite des Waldes erblickte sie ihn im Schatten einer Fichte. Mit der Passion für die Jagd hatten sie zumindest ein gemeinsames Interesse. Ihre Ehe wäre sonst längst im gegenseitigen Anschweigen erstickt. Dennoch hatte sie ihm viel zu verdanken: Familie, Kinder, Sicherheit.

Die Sonne verschwand hinter dem Horizont, bald würde es für einen sicheren Schuss zu dunkel sein. Auch gut. Dem alten Bock sollte es vergönnt sein.

Astrid wollte sich gerade fertig machen, nach Hause aufzubrechen, als ein Schuss fiel. Hatte Holger am Ende doch noch Waidmannsheil gehabt?

Sie schaute durch das Zielfernrohr ihres Gewehrs zu ihm hinüber. Tatsächlich lag ein Reh mausetot unweit eines Feldrains. Prima! Am liebsten hätte sie mit dem Jagdhorn ein »Bock tot« geschmettert, aber das hing zu Hause an der Wand.

Sie schwenkte wieder auf Holger. Er blieb sitzen, wo er war, ließ der Natur noch ein wenig Zeit, sich wieder zu beruhigen. Zumindest *sein* Abend war gerettet – und damit auch ihrer.

Ein zweiter Schuss zerriss die Stille.

2 RICHARD

Kriminaloberkommissar Richard Levin richtete auf seinem Schreibtisch den Papierstapel akribisch aus, steckte den Kugelschreiber in den Becher und rückte die Tastatur gerade. Mitunter wurmte ihn sein Ordnungsfimmel, aber irgendeine Macke musste man als Single schließlich haben.

Er hielt mit dem Aufräumen inne, denn durch die Bürotür sah er seine Exzellenz, den Leiter des K1, den Ersten Kriminalhauptkommissar Weidling, auf sich zukommen; ein dürres Männlein, das den Humor einer Klapperschlange besaß. Damit Weidling in einigen Wochen in den Ruhestand gehen konnte, würde am Montag eine Neue den Dienst antreten. Besonders scharf auf die erste Begegnung mit der Kriminalrätin war Richard nicht, denn sie würde seine Vorgesetzte werden.

Auf dem Schreibtisch gegenüber sah es aus wie auf einem Schlachtfeld. Peter Weingarth, sein Kollege, hatte sich bereits ins Wochenende verabschiedet. Damit es auch jeder in der Abteilung wusste, hatte er »Beim Angeln« aufs Whiteboard geschrieben und einen dicken Fisch dazu gemalt. Dieses Hobby teilte er mit Weidling, was ihm sicher half, wenn er etwas verbockt hatte.

Nachdenklich schloss Richard das Fenster. Für das Wochenende hatte er sich vorgenommen, wieder einmal am Fechttraining der Fränkischen Rittersleut in Nürnberg teilzunehmen, bei denen er schon einige Jahre Mitglied war. Von dieser außergewöhnlichen Freizeitaktivität hatte er den Kollegen nichts erzählt, denn was er außerhalb der Dienstzeit trieb, ging keinen etwas an, da war er eigen. Wahrscheinlich hätten sie sich sowieso nur über ihn lustig gemacht. Außerdem wollte er heute bei Oma Elke in Fischbach bei Nürnberg vorbeischauen und sogar bei ihr übernachten. Vor ihr hatte er keine Geheimnisse, sah sie ihm doch schon an der Nasenspitze an, wenn er etwas ausgefressen hatte. Kein Wunder, denn sie hatte ihn und seinen Bruder nach dem Tod der Mutter aufgezogen.

Dienstschluss. Das Klingeln des Telefons ließ ihn an der Tür verharren. Um diese Uhrzeit konnte das nur einen Einsatz bedeuten. Sollte er weitergehen und so tun, als hätte er es nicht gehört? Die Kollegen des KDDs, des Kriminaldauerdienstes, waren rund um die Uhr in Bereitschaft, und er hatte eigentlich schon Feierabend. Ob er oder Kollege Biesenecker die Angelegenheit bearbeiten würde, hing nur davon ab, wer abhob.

Neugier und Pflichtbewusstsein siegten – er nahm den Hörer ab. »K1, Levin.«

»Einsatzzentrale. Eine männliche Leiche. Vermutlich Kopfschuss.«

Prost Mahlzeit. Die hatte er jetzt am Hals. Seinen Besuch bei Oma Elke konnte er sich abschminken. Er hätte gehen sollen. »Und?«, fragte er vorsichtig.

»Der KDD ist benachrichtigt und bereits unterwegs. Der Tatort ist in der Nähe von Forsthub bei Ebersdorf, genauer gesagt beim Forsthaus Gleisenau.«

Eine schöne Gegend, die offenbar nicht nur Spaziergänger anzog, sondern auch Mörder. Binnen kurzer Zeit war dies die zweite Leiche in dieser Ecke. Die erste war dem Bericht der Gerichtsmedizin zufolge eines natürlichen Todes gestorben.

Im Parkhaus für die Einsatzfahrzeuge wählte er einen schicken 6er BMW, den sie kürzlich bei einem Drogendealer beschlagnahmt hatten und der nun den Fuhrpark der Polizeiinspektion bereicherte: feinstes Leder, Head-up-Display, Bluetooth, Navi; kurzum alles, was der moderne Mensch in einem Auto brauchte – oder auch nicht. Manchmal packte Richard eine unbändige Wut, wenn er an die Ungerechtigkeit in der Welt dachte, der er allzu oft sowohl im Beruf als auch im Privatleben begegnete. Er musste aufpassen, denn Emotionen durfte er sich als Ermittler nicht leisten, er musste objektiv bleiben. Zu seinem Leidwesen brachen sie dennoch ab und zu durch. Plötzlich freute er sich auf die Ritterspiele am kommenden Wochenende. Zwar wurden dort nur Scheinkämpfe ausgefochten, aber es würde ihm helfen, die angestauten Aggressionen zu verarbeiten. Andere Ermittler ergaben sich dem Suff, um dem beruflichen Stress zu entfliehen, aber für ihn war das keine Alternative, eher

Sport, obwohl er nicht besonders athletisch war. Volleyball, Fußball oder Handball gehörten zum Sportprogramm der Polizeiinspektion, das reichte. Aber auch Kampfsportarten hatten ihren Reiz.

Im Grunde jedoch war er ein Einzelgänger, der sich am liebsten allein durchs Leben schlug.

Schneller als nötig raste er nach Forsthub. Am Ortseingang verlangsamte er die Fahrt. Ein Stück weiter tauchte rechts ein vereinzelt stehendes Gebäude auf, ein Hirschgeweih über der Haustür. Das musste das Forsthaus Gleisenau sein. Die Fenster waren hell erleuchtet, ebenso der Vorhof. Ein grauer Subaru Forester parkte davor, daneben ein Prius-Hybrid.

In der Dunkelheit sah er einen Lichtschein. Dort musste es sein, dachte er sich und fuhr weiter. Die Asphaltstraße wurde zu einem Feldweg und der kurz darauf zu einem Wiesenweg. Gras streifte am Unterboden des Wagens entlang. Vielleicht doch nicht das geeignete Fahrzeug für dieses Gelände.

Die Scheinwerfer zweier Streifenwagen sowie eines zivilen Pkw-Kombis und eines Rettungswagens beleuchteten die Fundstelle. Langsam stieg er aus. Die bekannten Kollegen des KDD und Polizeihauptmeister Schneider standen in der Nähe der Leiche. Der Tote war in grün gekleidet und lag drei Schritte von einem Hochsitz entfernt, ein Gewehr gleich daneben. Am Hinterkopf klaffte ein Riesenloch, umgeben von einer blutigen Masse.

Obwohl Richard solche massiven Verletzungen schon öfter gesehen hatte, berührte ihn der Anblick jedes Mal aufs Neue.

»Kopfschuss«, erklärte ein uniformierter Kollege trocken.

»Kaum zu übersehen. Wisst ihr schon, wer das Opfer ist?«

»Holger Mechtinger. Oberstudienrat für Latein und Geschichte am Victoria-Gymnasium in Coburg.«

Wer brachte einen Lehrer um? Zugegeben, manche seiner Pauker hatte er nicht ausstehen können, aber gleich ermorden? Oder hatte sein Tod etwas mit der Jagd zu tun? Ein Milieu, von dem er keine Ahnung hatte. »Er war Jäger?«

Schneider wandte sich ihm zu. »Er hatte einen Begehungsschein für dieses Revier.«

»Das bedeutet?«

»Dass er hier auf die Jagd gehen, das Revier begehen durfte. Der Jagdpächter, oder in diesem Fall der Forstbeamte, kann Jagderlaubnisscheine ausstellen, schriftlich, damit der Jäger sich zusammen mit seinem Jagdschein ausweisen kann.«

Richard zog die Augenbrauen hoch.

»Der Jagdschein bestätigt, dass der Jäger die Jägerprüfung bestanden hat, Waffen führen darf und die jährliche Gebühr entrichtet hat. Macht die Untere Jagdbehörde. Kann nicht jeder daherkommen und Jäger sein wollen.«

Richard spürte etwas Defensives in Schneiders Antwort, aber es ging nicht um Schneider oder Jagd. »Wer hat ihn gefunden?«

»Seine Frau – die zuständige Forstbeamtin.« Schneider deutete mit seinem Kinn in Richtung einer leicht untersetzten Frau in Grün, die etwa 20 Schritte entfernt von einem Rettungssanitäter betreut wurde. Kurze braune Locken, breites, blasses Gesicht, aber rote Wangen, weder hübsch noch hässlich. Eine Frau, der keiner hinterhersah, eher der kumpelhafte Typ. Das Entsetzen stand ihr ins Gesicht geschrieben. Bei Mord oder Selbstmord gab es eigentlich immer mehrere Opfer: den Toten und seine Angehörigen. Neben ihr saß ein mittelgroßer braungescheckter Hund mit Schlappohren und hechelte nervös. Die Frau hatte ein

Gewehr umhängen. Eine junge, kreidebleiche Polizistin war bei ihr.

»Sie heißt Astrid Mechtinger«, fuhr Schneider fort, »und war Zeugin des Geschehens.«

Gut. Das könnte eine schnelle Aufklärung verheißen. Genau das, was er brauchte. Nichts Kompliziertes und um Gottes willen nichts Politisches. Dass so etwas der Karriere schaden konnte, hatte er erst vor Kurzem bei einem versetzten Kollegen erlebt.

Er ging die wenigen Schritte zur Frau des Opfers. »Kriminaloberkommissar Levin«, stellte er sich vor und ergriff Frau Mechtingers Hand, die sich schlaff und kalt anfühlte. Sie stierte auf den Toten, zeigte keinerlei Emotionen. Drang er überhaupt zu ihr durch?

»Der Notarzt hat ihr was zur Beruhigung gegeben«, erklärte Schneider.

»Auf einmal war er weg.« Frau Mechtingers Stimme klang brüchig. »Einfach weg.«

»Ihr Mann?«

Sie deutete auf die Leiche. »Erst saß er auf dem Hochsitz und dann … weg.«

»Konnten Sie sehen, wie das passiert ist?«

»Plötzlich … weg.«

Viel mehr würde im Augenblick aus ihr nicht herauszuholen sein. Eine weitere Befragung konnte er sich sparen. »Sie sollten nach Hause gehen. Haben Sie jemanden, der Sie begleiten kann?«

»Ich kümmere mich um sie«, sagte die Schutzpolizistin.

»Sind Sie schon lange hier?«, fragte er die Kollegin.

»Wir waren auf der anderen Seite des Waldes, als der Funkspruch einging«, antwortete Schneider.

Richard orientierte sich kurz. »Dort drüben?«

»Da, wo die Leiche des Wanderers gefunden wurde.«

»Gab es dafür einen Anlass?«

»Bei uns ist eine Anzeige wegen eines Flurschadens eingegangen, verursacht durch einen oder mehrere Lastwagen. Übrigens nicht der erste, der in dieser Gegend angezeigt wurde. Wir hörten zwei Schüsse, relativ schnell hintereinander. Nichts Ungewöhnliches, weil jetzt die Bockjagd auf ist.«

»Die was?«

»Die Jagd auf das männliche Reh.«

Plötzlich sah Astrid Mechtinger Richard scharf an. »Er ist tot, nicht wahr?«

»Ja, leider. Mein aufrichtiges Beileid, Frau Mechtinger.«

Sie straffte ihre Schultern. »Was passiert jetzt mit ihm? Er kann doch nicht da liegen bleiben, muss doch beerdigt werden.«

»Nach der Spurensicherung wird er in die Gerichtsmedizin gebracht, dort untersucht, und der Staatsanwalt entscheidet dann, ob ein Ermittlungsverfahren eröffnet wird.«

Sie nagte an ihrer Unterlippe, versuchte offenbar zu verstehen, was er gesagt hatte. Sie tat ihm unendlich leid.

»Vielleicht hat er sich selbst …?«, fragte sie leise.

»Möglich. Das werden wir feststellen. Hätte er denn einen Grund gehabt?«

Langsam senkte sie ihren Kopf. Sie musste um die 30 sein. Ihre Hand fuhr an den Mund, als wollte sie einen Schrei im Keim ersticken.

Der Notarzt trat hinzu. »Frau Mechtinger braucht jetzt unbedingt Ruhe und jemanden, der sie nach Hause bringt.

»Ich mach das«, bot die Kollegin erneut an.

Astrid zitterte leicht. »Es gab keinen Grund, ihn umzubringen«, sagte sie fest.

Das sagten viele Hinterbliebene, und es sind schon Menschen wegen 20 Euro ermordet worden. Aber etwas an ihrem Tonfall ließ ihn aufhorchen. »Noch einmal: Haben Sie gesehen, wie es passiert ist?«

»Nein«, sagte sie fest. »Ein Schuss fiel, und als ich zu ihm hinüberblickte, stand er nicht mehr auf der Leiter. Ich bin sofort hingelaufen, und … und …«

»Haben Sie jemanden gesehen?«

»Wer sollte denn …?« Ihr Mund blieb offen.

Die Polizistin schob Astrid in Richtung Streifenwagen. »Ich fahre sie heim.«

»Dort drüben liegt ein toter Rehbock«, sagte Schneider. »Wahrscheinlich hat er den vorher noch erlegt.«

»Aha?«, meinte Richard.

»Wir haben zwei Schüsse gehört. Ich könnte wetten, dass sie aus zwei verschiedenen Gewehren abgegeben wurden.«

»Kann man das hören?«

»Als Jäger, Waffensammler und Sportschütze habe ich ein Öhrchen dafür.«

In all den Jahren bei der Bundeswehr und der Polizei hatte Richard die verschiedensten Waffen geführt, hielt sich auch für einen passablen Schützen, aber Gewehre an ihrem Schussklang erkennen konnte er nicht. Langsam drehte er sich um die eigene Achse, um den Tatort auf sich wirken zu lassen. »Kann man schon sagen, aus welcher Richtung der tödliche Schuss abgefeuert wurde?«

»Nein. Und unsere Ballistiker werden das Kaliber nur schwer feststellen können; außer wir finden die Kugel. Übrigens haben wir neben dem Hochsitz eine Patronenhülse entdeckt, die andere steckt noch in der Kammer des Gewehrs«, antwortete der Kollege vom KDD. »Für eine Suche nach dem Geschoss oder den Überresten davon ist es zu dunkel.«

»Kann ich die Waffe sehen?«

»Von mir aus. Wir sind hier fertig.«

Ein Nummernschildchen steckte neben dem Gewehr im Boden. Er hob es auf: Repetierer, Kaliber 7x64, der Schaft mit geschnitzten Jagdmotiven verziert. Mindestens 7.000 Euro wert, das gute Stück. Dazu ein teures Zielfernrohr von Zeiss. Soviel er wusste, wurden bei der Jagd Teilmantelgeschosse verwendet, die einen großen Ausschuss garantieren sollten, um eine größtmögliche Zerstörung im Wildkörper zu bewirken. Falls die Kugel aus diesem Gewehr stammte, hatte sie bei dem Toten ganze Arbeit geleistet. Die Waffe war entsichert. Richard ergriff den Repetierhebel und öffnete die Kammer, was von Schneider aufmerksam verfolgt wurde. Eine leere Hülse sprang heraus.

»Mauser System 98«, sagte Richard. Nacheinander repetierte er drei Patronen ins Freie. Von den fünf Patronen, die die Kammer fasst, fehlten zwei. Richard wandte sich an Schneider. »Zwei Schuss, sagten Sie?«

»Ja. Aber wie gesagt …«

»Das mit den zwei Gewehren wird schwer zu beweisen sein.«

Schneider zog eine Grimasse. »Schon klar. Ich sag's ja nur.«

»Wo ist der Rehbock?«

»Dort drüben.« Schneider deutete in die Dunkelheit. »Am Waldrand.«

»Gehen wir hin.«

Im Lichtkegel von Schneiders Taschenlampe marschierten sie los. Nach etwa 50 Metern erreichten sie das Tier, dessen große Augen im Lichtschein glänzten. Schneider leuchtete über den Wildkörper. Teile der Eingeweide waren zu erkennen.

»Schlumpschütze«, brummte Schneider und hob an, fortzufahren.

»Schon gut.« Diesen Begriff kannte Richard aus dem Militär, er bezeichnete das Gegenteil eines Scharfschützen.

»Er hat weidwund getroffen.« Schneider deutete auf den Einschuss. »Weidwund heißt, der Schuss ging ins Gedärm. Es ist verpönt, dem Tier unnötige Schmerzen zuzufügen. Den Ausschuss möchte ich lieber nicht sehen.« Schneiders Stimme drückte Mitgefühl aus, mehr Emotion, als er in Anbetracht der Leiche gezeigt hatte.

»Wurde das Tier hier getroffen?«, fragte Richard.

»Wahrscheinlich. Manchmal springen sie noch ab, rennen weg, aber vermutlich hat ein Geschosssplitter das Herz getroffen und der Bock war sofort tot.«

»Anzeichen für einen zweiten Treffer?«

»Auf den ersten Blick nicht.«

Mehr gab der Rehbock nicht her. Hinter ihnen fuhr der Leichenwagen vor, um den Toten abzuholen.

»Hat jemand Frau Mechtingers Gewehr untersucht?«

Schneider atmete hörbar aus. »Also ich nicht.« Das war auch nicht seine Aufgabe, sondern die des KDD.

»Dann werde ich es mir mal ansehen.«

»Sie haben die Frau in Verdacht? Die tut doch keiner Fliege was zuleide.«

»Und wie erlegt sie ihr Wild? Indem sie es zu Tode streichelt?«

»Das war nur so dahergeredet. Es ist schon ein Riesenunterschied, ob man ein Tier oder einen Menschen tötet«, wusste Schneider.

Richard konnte seinen Gesichtsausdruck in der Dunkelheit nicht erkennen. »Schon ausprobiert?«

»Was?«

»Ob es ein Unterschied ist?« Richard ließ Schneider stehen und machte sich auf den Weg zum Tatort zurück. Er zog sein Handy aus der Hosentasche und drückte auf das Symbol für die Taschenlampen-App. Kaltes Licht geleitete ihn durch die Schwärze der Nacht.

3 ASTRID

Die Polizistin, die Astrid heimbrachte, sprach beruhigend auf sie ein. Im Grunde war ihr alles egal, denn das Unfassbare konnte einfach nicht geschehen sein. Ihre Umgebung nahm sie wie durch einen Schleier wahr, alles schien in Watte gepackt zu sein, und nur der hämmernde Herzschlag in ihrem Hals machte ihr deutlich, dass sie noch bei Bewusstsein war.

Holger tot? Nein, unmöglich. Jemand anderes musste an seiner Stelle auf den Ansitz geklettert sein. Er würde zu Hause warten, griesgrämig Schulaufgaben korrigieren und ihr Vorwürfe machen, weil sie sein Lieblingsessen nicht gekocht hatte. Genau so und nicht anders würde es sein.

Was hatte die Frau, deren Namen sie schon wieder vergessen hatte, neben ihr gesagt? Sie schaute die Beamtin an, die ihr mitfühlend die Hand auf den Arm legte. Der Gewehrriemen über der Schulter drückte unangenehm. Am liebsten hätte sie die Waffe weit von sich geworfen.

Die Beamtin nahm ihr die Jagdtasche ab, in der die Patronen klimperten, die sie dort achtlos hineingeworfen hatte, nachdem sie die Waffe entladen hatte.

»Soll ich jemanden benachrichtigen?«, fragte die Polizistin.

Wieso? Es war doch alles in Ordnung.

War es nicht. Mit Mühe unterdrückte Astrid die Tränen, die sich den Weg aus ihren brennenden Augen bahnen wollten. Was sollte Holger denken, wenn sie so verheult nach Hause käme?

Holger war tot. Erschossen. Der Schuss, dieser verdammte zweite Schuss, hatte ihn getötet. Er hallte immer noch in ihren Ohren nach.

Sie musste schlucken, bevor sie sprechen konnte. »Meine Schwiegermutter. Die Kinder sind bei ihr. Timmy …«

Schluchzen raubte ihr die Worte. Die Hoffnung, alles könnte nur ein Irrtum sein, gewann wieder die Oberhand. Wie sollte man bei einem Kopfschuss erkennen, dass es sich um Holger und nicht um einen anderen Mann handelte?

»Sie stehen unter Schock«, sagte die Frau neben ihr.

Erst jetzt fiel ihr auf, dass sie am ganzen Körper zitterte. Ihre Zähne schlugen hörbar aufeinander, und am liebsten hätte sie ihren Schmerz laut hinausgeschrien.

Ihre Hündin Diana bellte zur Begrüßung. »Alles in Ordnung«, versuchte sie vergebens, sie zu beruhigen und ließ sie, zusammen mit Rino, ins Haus. Jetzt, wo Holger nicht mehr da war, hatte niemand mehr etwas dagegen. Was dachte sie da?

Die Beamtin geleitete sie durch die unverschlossene Haustür, als wäre sie alt und gebrechlich. Vielleicht war sie das auch, denn das Erlebte saugte alle Energie aus ihr. Am Büro vorbei stolperte sie ins Wohnzimmer.

Kein Holger da. Vielleicht sollte sie nach ihm rufen, er könnte oben im ersten Stock sein.

Totenstille im Haus. Bestimmt schlief er schon. Draußen im Flur hörte sie die gedämpfte Stimme der Polizistin, die telefonierte. Astrid war das egal, sie wollte nur noch allein sein. Sie ließ das Gewehr von ihrer Schulter gleiten, sank auf das Sofa und hielt ihre Tränen nicht länger zurück.

»Wollen Sie etwas trinken?«, fragte die Beamtin. »Ein Glas Wasser vielleicht?«

Nein, kein Wasser. Die Frau sah sie fragend an. Hatte sie ihr nur in Gedanken geantwortet? Tief Luft geholt und noch mal: »Nein, danke. Aber wenn Sie Durst haben? Im Kühlschrank sind Getränke und auch Bier.«

Holgers Bier. Wer sollte das jetzt trinken? Wie würde eine Zukunft ohne ihn aussehen? Erneut liefen Tränen über ihre Wangen.

Ihre Begleiterin hielt ihr ein Glas Wasser hin. »Ich hab's trotzdem mitgebracht – für alle Fälle.«

Mechanisch griff sie danach und trank, mit zitternden Händen, einen kleinen Schluck. »15 Jahre waren wir verheiratet«, sagte Astrid. »Holger achtete stets darauf, dass ich genug trank.«

Die Frau hob die Augenbrauen und ließ sich ihr gegenüber auf dem Ohrensessel nieder, den Blick auf das am Sofa lehnende Gewehr gerichtet. »Ich darf mich doch setzen?«

»Natürlich.« Als ob sie es hätte verhindern können. Holgers Lieblingsplatz. Von dort aus hatte er einen direkten Blick auf den Fernseher. Die Fernbedienung lag auf dem Beistelltischchen daneben – seine kleine Kommandozentrale.

»Haben Sie vorhin im Flur mit meiner Schwiegermutter telefoniert?«, fragte Astrid.

Die Beamtin schüttelte den Kopf. »Nein, ich habe nur meinen Vorgesetzten darüber informiert, dass ich noch ein bisschen bei Ihnen bleiben werde. Wir übermitteln solche Hiobsbotschaften immer persönlich, nicht telefonisch. Sollen wir sie benachrichtigen?«

Ein Schauer durchfuhr Astrid, als sie sich vorstellte, ihre herrschsüchtige und gefühlskalte Schwiegermutter anrufen zu müssen. Der Schwiegervater war nicht viel besser; ein Erzkonservativer, dem man heute noch anmerkte, dass er während der Nazidiktatur aufgewachsen war. Beide Schwiegereltern hatten ihr deutlich zu zeigen gewusst, dass sie unwillkommen war. »Bitte fahren Sie bei ihnen vorbei, ich schaffe das nicht.«

»Gut. Das machen wir. Soll ich noch jemand informieren, der Ihnen jetzt beistehen könnte? Was ist mit Ihren Eltern?«

»Beide gestorben.« Vater zuerst. Eine Erlösung für die ganze Familie. Mutter hatte ihren Lebenswillen schon lange vorher verloren gehabt. Astrids Gedanken glitten ins Nichts.

»Sonstige Verwandte?«, fragte die Polizistin weiter.

»Ich habe eine Schwester auf Mallorca.«

»Im Urlaub?«

Es dauerte einen Moment, bis die Frage in ihr Bewusstsein drang. »Karin ist nach einer enttäuschten Liebe auf und davon. Sie hat von der großen Freiheit und dem Mann fürs Leben geträumt und am Ballermann eine kleine Strandboutique aufgemacht.«

Die Beamtin lächelte schmallippig. »Soll ich sie anrufen? Es wäre wirklich gut, wenn sich jemand um Sie kümmern könnte.«

Um Himmels willen, nein. Karin unter diesen Umständen hier zu haben wäre unerträglich. Astrid nahm einen weiteren Schluck. Das kalte Wasser klärte ihre Sinne.

Holger war tot, aber das Leben würde irgendwie weitergehen. Die Beerdigung musste organisiert werden, und auch die Schule und ihre Vorgesetzten im Forstamt mussten Bescheid wissen. Ihr Kopf schmerzte, schien platzen zu wollen, während ihre Gedanken durcheinanderwirbelten. »Karin kann ihren Laden nicht allein lassen – behauptet sie jedenfalls immer.«

»Haben Sie vielleicht eine gute Freundin?«

»Ich arbeite in einer reinen Männerwelt, da gibt es keine Kaffeekränzchen.« Vor ihrem geistigen Auge tauchte Sabrinas Gesicht auf. Sie war eine alte Schulfreundin, deren Kinder im gleichen Alter wie ihre eigenen waren. Sie hatten oft gemeinsam etwas unternommen. »Sabrina Knoch. Ist einprogrammiert.«

»Das Telefon im Büro?«

»Im Flur ist auch eines.«

Die Beamtin zeigte auf das Gewehr. »Soll ich es wegstellen?«

»Es muss in den Gewehrschrank.« Astrid erhob sich und wankte mit weichen Knien Richtung Büro. Ohne zu wissen, wie sie dorthin gekommen war, stand sie vor dem schwarzen Stahlschrank, in dem sie ihre Waffen aufbewahrten. Vorschriften seien dazu da, um eingehalten zu werden, hatte Holger stets gepredigt.

Ihre Hände zitterten zu sehr, um die Ziffern am Kombinationsschloss einstellen zu können. Schließlich übernahm das die Beamtin, nachdem sie vom Telefongespräch im Flur zurückgekommen war. Neben den Schrotflinten und Holgers Drilling waren zwei Plätze frei. Die Polizistin stellte den Repetierer dazu, zögerte und nahm ihn wieder heraus. »Darf ich?«

»Eine schöne und präzise Waffe. Hat mich noch nie im Stich gelassen.« Sie redete dummes Zeug.

Die Frau besah sich den Repetierer genauer, was Astrid unangenehm war. Eine fremde Hand an ihrer Waffe. »Kaliber 7x64.«

»Holger und ich fanden es praktisch, dasselbe Kaliber zu benutzen. Wir teilten uns die Munition.« Nur, dass ihr Repetierer wesentlich billiger als Holgers gewesen war, ohne irgendwelchen Schnickschnack.

»Die Kripo wird die Waffe untersuchen wollen«, sagte die Polizistin.

Ein unangenehm dunkles Gefühl verstärkte sich in Astrid, ihr Magen krampfte sich zusammen. »Wieso? Bin ich etwa verdächtig?«

»Das ist jeder, der mit Ihrem Mann zu tun hatte. Reine Routine.«

Die Hunde bellten wie verrückt. »Futterzeit.« Irgendwie musste sie wieder in ihren gewohnten Tagesablauf hineinfinden. Durchs Fenster sah sie den Kripobeamten, der sie am Tatort angesprochen hatte, aufs Haus zusteuern: groß gewachsen, schlank, dunkles, kurzgeschnittenes Haar, Dreitagebart, Lederjacke, schwarze Hose. Sie schätzte ihn auf Anfang bis Mitte 30.

Ohne zu zögern marschierte er geradewegs in den Flur und baute sich vor ihr auf. »Sie erinnern sich an mich? Kriminaloberkommissar Levin.«

Sie wollte nichts als in Ruhe gelassen werden und diese Leute aus dem Haus haben. Das Abendessen musste noch zubereitet werden. Trotzdem sollte sie sich anhören, was er zu sagen hatte. Vielleicht war Levin vorbeigekommen, um Entwarnung zu geben, weil das Opfer als Holgers Freund identifiziert worden war, mit dem er oft unterwegs war. Dieses Arschloch hätte es verdient gehabt. Erwartungsvoll blickte sie Levin an.

»Wie ich sehe, komme ich gerade richtig.« Er nahm der Beamtin das Gewehr aus der Hand. »Ist es noch geladen?« Mehr sagte er nicht, schaute sie nur erwartungsvoll an.

»Nein. Ich entlade grundsätzlich, bevor ich abbaume«, sagte Astrid, »beziehungsweise, sichere und unterlade.«

Er warf ihr einen fragenden Blick zu.

»Bevor sie vom Hochsitz steigt«, übersetzte die Beamtin. »Beim Unterladen drückt man die Patrone von der Kammer ins Magazin zurück.«

»Ich weiß, was Unterladen ist.« Levin zog am Kammerstängel und repetierte durch. Natürlich war die Kammer leer. Was hatte er denn erwartet? Seine eiskalten, grauen Augen nahmen Blickkontakt mit Astrid auf. Der Mann wurde ihr mit jeder Sekunde unsympathischer.

»Wo sind die Patronen, die Sie heute geladen hatten?«, fragte er.

»In meiner Jagdtasche.«

»Darf ich sie sehen?«

Sollte sie ihm das verweigern? Er würde trotzdem nachschauen. »Im Wohnzimmer – glaube ich.«

Die Beamtin nickte. »Neben dem Sofa in der Jagdtasche. Soll ich das Gewehr sicherstellen?«

Levin nickte kurz und verschwand in Richtung Wohnzimmer.

»Tut mir leid, aber was sein muss, muss sein«, sagte die Beamtin. »Bei Mordverdacht müssen wir jeder Spur nachgehen – auch zu Ihrer eigenen Entlastung.«

Das Wort »Mord« dröhnte in Astrids Ohren, und erneut durchlebte sie den Moment, als der Schuss die Stille des Abends zerrissen und den Kopf ihres Mannes zerfetzt hatte. Ja, es war ihr Mann gewesen, da half keine Hoffnung, nichts.

Mord. Warum, um Himmels willen, tat jemand so etwas?

Mit der Tasche in der Hand kehrte Levin zurück. Er griff hinein und förderte fünf lose Patronen zutage.

»Die Kammer fasst fünf«, sagte Astrid.

»Ein Notizbuch.« Levin zog es aus der Tasche und blätterte darin. Ein Anflug von Lächeln milderte die Strenge seines Gesichtsausdrucks. »Sie können gut zeichnen.«

Sie mochte nicht, dass er in ihre Privatsphäre eindrang, sagte aber nichts. Er würde sowieso machen, was er für erforderlich hielt. »Sie nehmen das alles mit?«

»So ist es. Sie bekommen die Sachen wahrscheinlich nächste Woche zurück – sofern sie nicht als Beweismittel in Betracht kommen.«

»Finden am Wochenende überhaupt Beerdigungen statt?«

»Machen Sie sich darüber keine Gedanken. Sobald die Freigabe von der Gerichtsmedizin erfolgt, kümmert sich ein von ihnen beauftragtes Bestattungsunternehmen um alles.« Er sah sich um, wanderte vor dem Waffenschrank auf und ab. »Sie haben gesehen, wie Ihr Mann getroffen wurde?«

»Nein!« Oder doch? »Er saß auf dem Hochsitz, dann brach der Schuss, und plötzlich war er nicht mehr da.« Astrid kam sich dumm vor, aber ihr fielen keine Worte ein, die es besser hätten beschreiben können. So angestrengt sie auch nachdachte, aber darüber hinaus hatte sie nichts weiter wahrgenommen. Der Druck in ihrem Kopf wurde immer größer, leichtes Schwindelgefühl machte sich breit.

»Konnten Sie hören, aus welcher Richtung der Schuss abgegeben wurde?«

Seine Frage drang wie aus weiter Ferne in ihr Bewusstsein. Das Büro und die beiden Gestalten darin verschwammen vor ihren Augen. »Reiß dich zusammen, Kind«, rief eine verhasste Stimme aus der Vergangenheit. Sie suchte an der Wand nach einem Halt.

Ein fester Griff umschloss ihre Taille. Sie wurde ins Wohnzimmer gebracht und aufs Sofa gelegt, Beine hoch.

»Ich rufe einen Arzt«, sagte eine weibliche Stimme von scheinbar weit her.

»Wurde jemand aus ihrem Verwandtenkreis benachrichtigt?«, fragte eine männliche Stimme gedämpft. Die Sprecher unterhielten sich leise, wohl im Flur. Wo auch immer.

»Eine Freundin kommt vorbei. Sie tut mir so leid. Ob sich der Mörder Gedanken macht, was er den Hinterbliebenen angetan hat?«

»Wohl kaum.«

»Wie wird er reagieren, wenn er erfährt, dass es eine Zeugin gab?«

Mit einem weiteren Mord? Wo war sie eigentlich? Egal. Sie wollte nur noch schlafen und hoffte, das Ganze würde sich morgen als schrecklicher Albtraum herausstellen.

4 RICHARD

Die Schwertklinge seines Partners traf klirrend auf die des eigenen Zweihänders. Richard spürte die Wucht des Schlags bis in die Schultern. Er riss das Schwert hoch, ließ es über dem Kopf kreisen und auf das seines Partners niedersausen.

Mit den Waffen des Mittelalters tat er sich ein wenig schwer, ihm lagen mehr die des Barocks und Rokokos, denn die besaßen eine gewisse Eleganz, waren aber nicht minder tödlich. Leider beschäftigten sich nur wenige historische Vereine damit, und wenn, dann hauptsächlich mit dem Piratentum, und darauf hatte er keinen Bock.

Mitten im Grünen gelegen, diente der Fußballplatz eines Vereins im Süden Nürnbergs als Übungsplatz. Ihr Trainer, der wieder in Jeans und T-Shirt mit dem Vereinsemblem darauf erschienen war, beobachtete kritisch jede ihrer Bewegungen, denn der Kampf sollte realistisch wirken, obwohl Richard manche der Figuren als kampfuntauglich einstufte. Ihre Truppe konnte für Schaukämpfe gebucht werden und würde in diesem Sommer sogar bei den Kaltenbrunner Ritterspielen sowie im österreichischen Ehrenberg zu sehen sein. Das Publikum bekam dann Stunts à là Hollywood unter dem Motto »Histotainment« zu sehen.

Das ständige Abwehren, Ausweichen und Angreifen trieb ihm den Schweiß auf die Stirn. Zudem lag ihm Oma Elkes üppiges Frühstück schwer im Magen. Sie meinte es einfach zu gut mit ihm. Trotzdem genoss er jeden Hieb und jede Finte, die Defensive und vor allem die Offensive. Heute jedoch gelang ihm das Abschalten vom Berufsleben nur schwer, denn der Anblick des erschossenen Mechtinger drängte sich ungefragt zwischen ihn und seinen Gegner – ebenso das Bild von Mechtingers Frau Astrid.

Die Polizeimeisterin war bis zum Eintreffen von deren Freundin bei ihr geblieben. Gewehr und Jagdtasche hatte er sichergestellt und zwecks näherer Untersuchung in der Polizeiinspektion abgeliefert. Nachdem er dieses Wochenende dienstfrei hatte, war er am Samstagmorgen doch noch nach Nürnberg gefahren. Viel würde eh nicht passieren, und was zu erledigen war, würde der Bereitschaftsdienst übernehmen.

Verbissen hackte er auf seinen Partner ein. Der war heute schneller als er und bremste die stumpfe Klinge kurz vor seinem Hals ab.

Prima. Das passte zu seiner Stimmung.

»Na, wohl nicht ganz bei der Sache?«, fragte Dominik, der im wirklichen Leben Kollege im Kriminalfachdezernat 2 für Eigentums- und Vermögensdelikte in Nürnberg war. Sie kannten sich seit Jahren, teilten das Interesse an Geschichte sowie allen Kampfsportarten und liebten ihren Job.

»Nee«, gab Richard unumwunden zu. »Hören wir lieber auf.«

»Ganz schön unhandlich, diese Dinger.« Dominik senkte das Schwert. »Aber wenn man damit getroffen wird, tut's verdammt weh.«

So konnte man das auch nennen, denn mit diesen »Dingern« konnte man Arme, Beine und auch einen Kopf abschlagen. Richard folgte ihm zu den anderen, die auf dem mit Hütchen abgesteckten Parcours einen »Live Action Role Playing«-Kampf, kurz LARP-Kampf genannt, trainierten. Dabei kamen nur mit Schaumstoff gepolsterte Waffen und Rüstungsnachbildungen zum Einsatz, denn schließlich wollten sie nach der Schlacht noch gemeinsam ein Bier trinken und nicht abgetrennte Gliedmaßen aufsammeln. Das gemeine Fußvolk schwang Hellebarden und die Ritter Schwerter – alles aus demselben Material. Eine einstudierte Choreografie gab es dabei nicht, der Fantasie des Einzelnen waren keine Grenzen gesetzt, solange es in die Rolle passte und keiner verletzt wurde. Richard sah ihnen zu, bis seine Gedanken zurück zu den beiden Toten in der Gleisenau wanderten. Zwei in derselben Ecke? War das Zufall?

»Als was gehst du?«, fragte Dominik.

»Wie meinen?«

»Na, nächstes Wochenende am Pfingstsamstag? Erst Mitte 30 und schon Alzheimer? Wir wurden von den Ansbachern herausgefordert, nach unserer Schauübung gegen sie anzutreten.«

»Mal sehen.« Im Moment konnte er nicht einmal sagen, ob er überhaupt an der Veranstaltung teilnehmen würde. Menschenansammlungen waren ihm unangenehm. »Wenn überhaupt, mach ich nur beim Schwertkampf mit.«

»Hast wohl Angst, einer deiner ehemaligen Klienten könnte dich als getarnter Ritter mit einem echten Messer abstechen? Der perfekte Mord.«

Genau das befürchtete er, nur eingestehen wollte er es nicht. Im Laufe der Jahre hatte er einige Drohungen von Verhafteten einkassiert. »Deine Fantasie geht mit dir durch.«

»Was hast du im Morddezernat zu suchen? Komm zu uns, bei uns gibt's nur Papierleichen. Der Alte würde sich freuen.«

»Das glaube ich dir sogar.« Er musste lächeln. Die alten Zeiten im Nürnberger Morddezernat waren zwar stressig, aber schön gewesen, zumindest bis ein Fehler die Weichen seiner Karriere anders gestellt hatte. Er schüttelte die Erinnerungen ab, über Schuld und Sühne wollte er heute nicht nachdenken. »Vorerst bevorzuge ich die Abgeschiedenheit der Provinz.«

»Immer noch der alte Einsiedler. Setz nächste Woche einen Helm auf, dann erkennt dich keiner.«

Trotzdem. Die Vorstellung, sich auf einen unkontrollierbaren Kampf einlassen zu müssen, war ihm nicht sonderlich sympathisch. »Lass mal gut sein. Ich überlege es mir.«

Während Dominik vom Spielfeldrand den Akteuren launige Kommentare zurief, wanderten Richards Gedanken zu

Astrid Mechtinger. Ihre Trauer schien aufrichtig gewesen zu sein. Während seiner Dienstjahre hatte er schon zu viele Lügner und verhinderte Schauspieler erlebt, als dass man ihm noch etwas vormachen könnte. Die Stimme konnte man beherrschen, unbewusste Körperreaktionen hingegen kaum. Nur sehr abgebrühte Lügner und talentierte Schauspieler waren dazu fähig. Und Astrid war garantiert weder das eine noch das andere, dafür war ihr Schock zu echt gewesen.

»Ich geb's auf«, sagte Dominik. »Mit dir ist heute fei echt nix anzufangen.«

»Sorry, aber ich hatte gestern Abend einen unangenehmen Einsatz.« In seinem Privatleben war Dominik einer der wenigen, die wussten, womit er seine Brötchen verdiente. Sogar die Vereinsfreunde hatten keine Ahnung davon. So sollte es auch bleiben, damit ersparte er sich dumme Fragen.

»Darf ich wissen, um was es ging?«

»Ein Toter. Kopfschuss, die halbe Birne weggepustet.« Richard schüttelte sich. »Seine Ehefrau war Zeugin.«

»Brauchst nicht mehr zu sagen, kann's mir lebhaft vorstellen. Habt ihr den Täter?«

»Schön wär's. Wird aber das Übliche sein: eifersüchtiger Liebhaber, verärgerter Kollege oder ähnliches.«

Dominik legte seine Stirn in Falten. »Dann bin ich mal gespannt, wie die Sache ausgeht. Vergiss beim Ermitteln aber nicht, ab und zu mal was zu essen.«

Er spielte auf Richards hagere Figur an, die durchaus ein paar Pfunde mehr vertragen könnte. Sofort fiel ihm der leere Kühlschrank zu Hause ein. »Junggesellenschicksal. Zu faul, um nur für mich zu kochen.«

»Ausrede.«

Sollte er auf Dominiks Scherzen eingehen? Ein wenig Spaß würde ihm guttun. Heute klebten seine Gedanken einfach zu sehr an dem neuen Fall. »Auch ein Unfall ist nicht ausgeschlossen.«

»Das würde die Sache ungemein erleichtern.«

»Oder Selbstmord, obwohl ...«

Dominik lachte kurz auf, wurde aber gleich wieder ernst. »Sorry, aber das hört sich kaum nach einem 08/15-Fall an.«

»Mal den Teufel nicht an die Wand.«

»Komm schon, sei kein Spielverderber. Wir mischen die alten Rittersleut' aus Ansbach ordentlich auf, okay?«

»Ich möchte den Tag erleben, an dem dir mal die dummen Sprüche ausgehen.«

»Nie. Darauf kannst du einen lassen.«

Richard folgte Dominik zu den Bänken am Sportheim, wo er sich nach kurzem Überlegen ein Radler-Bier bestellte. Ihm war nicht nach Alkohol zumute, und fahren musste er zudem auch noch. Das Mixgetränk war ein guter Kompromiss. Dominik hielt sich weniger zurück, für ihn musste es ein Pilsener sein. Als die Getränke kamen, stießen sie an. Dominik strahlte.

»Worauf trinken wir?«, fragte Richard.

»Auf die Gerechtigkeit.«

»Oha. Ganz schön hochgegriffen. Seit wann so förmlich?«

Dominiks Strahlen zerfiel, und er stützte sich auf dem Tisch ab. »Seit ich erkannt habe, dass es keine wahre Gerechtigkeit gibt.«

Das waren olle Kamellen. Der Stachel, ungerecht behandelt worden zu sein, wütete noch immer in ihm. Justitias Augenbinde war verrutscht, sie sah, wer vor ihr stand und ihr Urteil erwartete. Er ahnte, was nun kommen würde. Sein Blick saugte sich an dem Radler vor ihm fest, während er sich innerlich auf das Kommende vorbereitete. »Schuld und Unschuld sind oft nicht klar voneinander zu trennen.«

»Wie bitte? Ach so, du meinst, es gibt Grauzonen? Mag sein, aber darum ging es mir nicht.«

Richard war erleichtert und entspannte sich wieder. Offenbar bezog sich Dominiks Äußerung auf ein anderes Ereignis. »Irgendwas passiert?«

Dominiks Lippen wurden schmal. Er schwieg eine Weile, bewegte seinen Kopf hin und her, bevor er antwortete. »Nichts Besonderes, nur die Summe der Fälle macht mich stutzig. Die Kleinen werden wegen eines Ladendiebstahls gehängt, während die Großen den Staat ungestraft um Millionen betrügen dürfen. Die alte Leier.«

»Was noch?«

»Die vielen Flüchtlinge, die momentan in unser Land kommen …«

»Wird's jetzt politisch?«

Dominik lachte auf. »Keine Angst, heute nicht. Nimm zum Beispiel einen Lkw, auf dem Flüchtlinge ins Land geschmuggelt werden. Falls die armen Menschen erwischt werden, kommen sie in ein Aufnahmelager und werden eventuell abgeschoben. Wenn wir Glück haben, geht uns gerade mal der Fahrer ins Netz, aber die eigentlichen Profiteure kommen davon.«

»Weil sie im Hintergrund agieren.«

»So ist es. Und weil sie Geld und Einfluss haben.«

»Gibt es sonst noch was Neues?«

Dominiks Gesicht verfinsterte sich erneut. »Ein totes Kind. Gestorben an einer Blutvergiftung und weggeworfen wie einen Müllsack.«

Richard pfiff durch die Zähne. »Das ist hart. An der Autobahn gefunden?«

Dominik sah zu Boden. »Drei Jahre alt, kein Name, nichts. In der Mülltonne an einem Autobahnrastplatz, und nun rate mal, auf welcher Autobahn?«

»A 73.«

»Der Kandidat hat 100 Punkte. Wir vermuten, dass Schleuser dahinterstecken. Scheißkerle.«

»Gut möglich.«

Sie schwiegen eine Weile. Die Bänke füllten sich mit den anderen Akteuren, und Richard verspürte keine Lust, Dominiks Thema zu vertiefen. Im Moment plagten ihn ganz andere Sorgen. Er leerte sein Glas. »Ich mache mich auf die Socken.«

»Kommst du zum Abendessen? Lena und ich würden uns freuen.«

Er erhob sich und klopfte Dominik auf die breiten Schultern. »Gerne. Ein bisschen Ablenkung wird mir vielleicht ganz guttun.«

»Und morgen Sport?«

»Erwarte aber keine Höchstleistungen, mir geht momentan zu viel durch den Kopf.«

Sein Freund schaute ihn mitleidig an. »Lass dich nicht unterkriegen. Ich weiß, du bist ein guter Bulle.«

Dem man vorwarf, einen Fehler gemacht zu haben. Unbändige Wut wollte in ihm hochsteigen, wie immer, wenn er daran dachte. »Die Sache geht mir gewaltig auf die Eier.«

»Das ist doch jetzt schon zwei Jahre her.«

»Trotzdem hängt mir die Geschichte wie ein Klotz am Bein – Karriere ade.«

»Pfeif auf die Provinz und komm zurück zur Nürnbercher Bratwursch und zum Steckeleswald.«

Nun musste auch Richard lachen. »Die Coburger haben auch gute Bratwürste, und ihre Wälder sind ebenfalls ganz nett.« Sofern keine Toten darin lagen.

»Ich geh los. Bis heute Abend dann.« Er nahm seine Jacke auf und marschierte zu seinem Audi A3, den er vor dem

Sportheim geparkt hatte. Beim Näherkommen entdeckte er die Bescherung: ein langer Kratzer von vorn bis hinten. Verdammte Scheiße! Er schaute sich um, aber es war niemand zu sehen. Ein dummer Jungenstreich oder steckte mehr dahinter? Wieso war nur sein Wagen zerkratzt worden? Dominik hatte wohl bemerkt, dass etwas nicht stimmte, und kam ihm hinterher.

»Was gibt's? Hast du was verloren? Oh, Mist.«

»Das kannst du laut sagen. Das geht gezielt gegen mich.«

»Wer macht so was und vor allem warum?«

»Was weiß ich. Feinde hat unsereins genug.«

Dominik schüttelte den Kopf. »Ich glaube eher an einen Zufall. Willst du Anzeige erstatten?«

»Gibt es hier eine Überwachungskamera?«

»Nicht, dass ich wüsste. Wir können ja mal fragen.«

5 TOBIAS

Für die Aufklärung von Schwerverbrechen waren die Kriminaler im ersten Stock zuständig, für den täglichen Krimskrams die Schupos im Erdgeschoss. Polizeihauptmeister Tobias Schneider warf nur einen kurzen Blick über die Steintreppen nach oben, wo die interessanteren Fälle aufgeklärt wurden – oder auch nicht.

Das Besprechungszimmer für die anstehende Montagmorgenkonferenz war bereits gut gefüllt. Abgesehen von einem Whiteboard war der Raum völlig kahl. Einfache, unbequeme Holzstühle sorgten dafür, dass die Zuhörer nicht einschliefen. Neben dem in Ehren ergrauten Leiter der Polizeiinspektion Adler stand Polizeihauptkommissar Sachse mit ernster Miene hinter dem Stehpult, einige Zettel in der Hand. »Nachdem Kollege Schneider endlich da ist, können wir ja anfangen.«

Tobias' Wangen wärmten sich nur ein bisschen. Er liebte seinen Job, aber seinen Schlaf und die dienstfreie Zeit genauso. In der letzten Reihe war noch ein Stuhl frei. Als er ein Bein über das andere schlug, lachte ihn ein Fettfleck auf seinem rechten Hosenbein an. Sein Nebenmann grinste, was unter dessen dichtem Schnauzer kaum zu sehen war.

Sachse besprach in ruhigem Ton den Dienstplan für die kommende Woche, die, seiner Meinung nach, aufregend werden könnte, weshalb er Verstärkung aus Bayreuth angefordert habe. Die Studentenverbindungen würden mit ihren bunten Mützen und Schärpen anlässlich ihres Pfingstkongresses in Coburg einfallen und einige Linksextreme hätten ihnen einen heißen Empfang versprochen.

Nichts Neues eigentlich, denn deren Aufmärsche waren ein jährlich wiederkehrendes Ärgernis. Mal gab's mehr Zoff, mal weniger. Tobias unterdrückte ein Gähnen.

»Damit nicht genug.« Sachse wedelte mit seinen Blättern und hob seine Stimme. Tobias richtete sich auf. »Cogida hat ebenfalls eine Demonstration angemeldet.«

Cogida war Coburgs hauseigene Pegida-Fraktion, die die Gelegenheit nutzen wollte, um auf sich aufmerksam zu machen.

»Na und? Mehr als fünf Hanseln kriegen die sowieso net zamm«, rief ein Kollege.

»Ein paar mehr werden's schon werden.« Sachse blickte auf die Blätter. »Die sind nicht das Problem, sondern ihre Gegner, die sofort eine Gegendemonstration angekündigt haben.«

»Sauber. Wenn die aufeinandertreffen, geht's rund«, warf jemand ein.

»Sie auf Distanz zu halten dürfte schwer werden«, sagte ein anderer.

»Einfach nicht genehmigen.« Das war Gruppenleiter Heinlein. Er sprach aus, was Tobias dachte. Es musste nicht jeder zur selben Zeit demonstrieren dürfen.

Sachse blies die Backen auf. »Jedenfalls ist erhöhte Einsatzbereitschaft und Urlaubssperre angeordnet. Über unser Vorgehen findet eine gesonderte Einweisung statt.«

Tolle Aussichten. Dabei wäre Tobias viel lieber auf die Bockjagd gegangen. Sein Jagdherr hätte dies bestimmt begrüßt. Es folgte die übliche Auflistung, worauf sie die kommende Woche ein besonderes Augenmerk richten sollten. Tobias' Gedanken schweiften ab.

»Noch Fragen?«, beendete Sachse, der sich seiner nächsten Beförderung nur durch Selbstmord entziehen konnte, seinen Vortrag.

Allgemeines Schweigen.

Apropos Selbstmord. Wer wohl den Mechtinger umgenietet hatte? Tobias hatte ihn von der Jagd her gekannt und auch, weil er den Posten des Schatzmeisters in der Kreisgruppe des Jagdverbands innegehabt hatte. Einige Jäger hatten zwar gemeint, Mechtinger habe es an der nötigen Passion gemangelt, aber sein Ruf als Ehrenmann war über jeden Zweifel erhaben gewesen.

Vielleicht hingen die Lastwagenspuren auf der anderen Seite des Waldes mit seinem gewaltsamen Tod zusammen? Und dann war da auch noch die Leiche des unbekannten Wanderers, die vor ein paar Wochen in der Nähe gefunden worden war. Komisch, dass er nirgends vermisst wurde. Zu viele Fragen für einen Morgen ohne Kaffee.

»He, aufwachen, du Trantüte«, riss ihn sein Nachbar aus den Gedanken.

»Hab noch kein Frühstück gehabt.«

Der Kollege schaute skeptisch auf seinen Bauch. »Du meinst wohl das zweite?«

»Scherzkeks.« Mehr fiel Tobias dazu nicht ein. Er ließ die anderen an sich vorbei, während Heinlein ihm zuzwinkerte und zwischen seine Beine deutete. Tobias schaute an sich herunter. Mist, sein Hosenstall stand offen. Eilig zog er den Reißverschluss hoch. Heute war echt nicht sein Tag. Er grüßte kurz und ging in sein Büro, in dem Polizeikommissar Eduard Eichhorn gerade die Zeitung studierte.

»Was gibt's Neues?«, fragte Tobias, weil Ede übers Wochenende Dienst geschoben hatte.

»Nicht viel. Ein paar Schlägereien, ein Verkehrsunfall mit zwei Schwerverletzten auf der B 4, das Übliche halt. Wird sich aber bald ändern.«

»Glaubst du, es wird Trouble geben?«

»Garantiert. Du warst in der Gleisenau?«

»Ja, leider. Hab schon schönere Leichen gesehen.«

»Der Mechtinger war Lehrer am Vicki, gell?«

»Vicki« nannten sie das Victoria-Gymnasium in Coburg. »Latein und Geschichte. Ich frag mich, wer braucht heutzutage noch Latein?«

Ede klopfte auf das Titelblatt der Neuen Presse, darauf abgebildet Mechtingers unversehrter Kopf. »Sah gut aus. Unter einem Lateinlehrer habe ich mir immer ein verschrumpeltes, kleines Männlein vorgestellt. Kanntest du ihn?«

»Nicht von der Schule her.«

»Du und Latein, das hätte mich auch gewundert. Du kannst ja nicht mal richtiges Hochdeutsch.« Ede lachte meckernd.

Nach der zweiten Ehrenrunde auf dem Arnold-Gymnasium in Neustadt war Tobias' schulische Karriere beendet gewesen, aber das ging Ede nichts an. »Ich bin im Neustadter Arnold-Gymnasium zur Schule gegangen, du Seifensieder. Ich kannte Mechtinger von der Jagd her. Er war Schatzmeister des Jagdverbands – immer korrekt und sehr engagiert.«

»Siehst du einen Zusammenhang mit dem unbekannten Toten vor ein paar Wochen?« Edes Lachfalten verschwanden.

»Nee. Aber zwei Tote in einer Gegend, in der sich Fuchs und Hase gute Nacht sagen, das ist schon merkwürdig.«

»Vielleicht sind die Hasen neuerdings bewaffnet?«

»Oder sie haben den Kerl so lange festgehalten, bis er verhungert ist.«

Ede musterte ihn. »Aus dir wir mal ein ganz großer Kriminologe.«

6 RICHARD

Scheißmontag, dachte Richard. Von ihm aus hätte das Wochenende ruhig einen Tag länger dauern können, um all das zu erledigen, was er sich vorgenommen hatte: für Oma Elke einkaufen, ihr im Garten helfen, alte Freunde besuchen, Joggen und für die Ritterspiele trainieren. Er war spät aus Nürnberg weggekommen, hatte entsprechend kurz geschlafen und zu seinem Ärger einen platten Reifen an seinem Fahrrad feststellen müssen. Obwohl die Polizeiinspektion von seiner Wohnung aus leicht zu Fuß erreichbar war, hatte er sich wegen seines Muskelkaters letztlich doch für seinen fahrbaren Untersatz entschieden.

Nun war die Kaffeekanne leer und er musste neuen Kaffee aufsetzen. Wenigstens konnte er ihn nun in der von ihm bevorzugten Stärke zubereiten.

»Biste des Wahnsinns fette Beute?«, fragte sein Kollege Peter Weingarth und zählte mit den Fingern die Anzahl der Löffel Kaffee, die Richard in den Filter gab, mit. Peter erinnerte ihn stets an einen Jack Russell Terrier: klein, drahtig und mitunter bissig. Seine Nase zierte eine Narbe, ein Andenken an den Faustschlag eines Straftäters. In der Hand hielt er eine Tasse, über deren Rand die Schnur eines Teebeutels hing. »Du willst uns wohl vergiften?«

»Erst wenn der Löffel in der Tasse steht, ist er richtig.«

»Pfui Deibel, da krempelt's einem ja die Fußnägel hoch.«

»Verdünn ihn doch mit deiner Pfefferminzbrühe.«

Peter winkte ab. Heute Morgen sah er griesgrämig aus, und Richard fragte sich, welche Laus ihm wohl über die Leber gelaufen war. Müde ließ er sich auf den Bürostuhl plumpsen.

»Heut kommt die Neue«, stellte Peter fest. »Der ihre Karriere is wie a Hubschrauber.«

»Wie bitte?«

»Mit viel Gedöns heranbrausen, jede Menge Staub aufwirbeln, und bevor der sich wieder gesetzt hat, die Fliege machen.«

»Wird schon nicht so schlimm werden«, sagte Richard und befürchtete das Schlimmste. Die Kriminalrätin war ihnen vom Leiter der Inspektion wie Sauerbier angepriesen worden. Sie käme aus München und habe sich dort durchgebissen. Von der könnten sie noch etwas lernen. Irgendwie die falsche Methode, einem den neuen Chef ans Herz zu legen, fand Richard. »Die wird nicht lange bleiben. Für die ist schon der nächste Chefsessel angewärmt.«

»Welcher Chefsessel?«, fragte der Leiter des K1 Weidling mit seiner leicht näselnden Stimme von der offenen Tür her. Der Alte mochte pensionsreif sein, aber sein Hörgerät funktionierte prima. »Ihrer kann damit ja nicht gemeint sein, Levin.«

Richard atmete tief durch und verkniff sich eine passende Erwiderung. Die zwei Wochen, bis der Alte endlich in Pension ginge, würde er auch noch überleben.

Eine Frau schob sich in sein Blickfeld: Figur und Gesicht wie ein Model auf der Frontseite einer Frauenzeitschrift, aber harter Blick, die Lippen schmal zusammengepresst. Zu perfekt, um sein Typ zu sein. Solche Frauen brachten nur Ärger mit sich. Richard ahnte Schlimmes, seine Muskeln verspannten sich.

»Kriminaloberkommissar Levin, Kriminalkommissar Weingarth«, stellte Weidling sie der Dame vor. »Meine Herren, Kriminalrätin Frohn.« Wie er ihren Dienstgrad betonte, ließ tief blicken, denn Weidling war der Letzte, der einer karriieregeilen Kollegin aus München als Steigbügelhalter dienen würde.

»Freut mich, Sie kennenzulernen«, sagte sie kühl. Ihr Händedruck war eine Spur zu fest. »Ich bin sicher, wir werden gemeinsam gute Arbeit leisten.« Ihre Lippen zeigten ein Lächeln, aber die Augen blieben kalt.

Offenbar hatte sie erkannt, dass sie alles andere als willkommen war. Ihr musste doch klar sein, dass sie in dieser Männerdomäne mit Vorurteilen zu rechnen hatte. Zudem schien sie jünger und damit unerfahrener als er zu sein. Die Situation stank ihm gewaltig, obwohl ihm klar war, dass er es sich selbst zuzuschreiben hatte, bei Weidlings Nachfolge übergangen worden zu sein. Und das ärgerte ihn am meisten.

»Ganz bestimmt werden wir das«, entgegnete er scharf.

Sie blinzelte, war anscheinend irritiert. »Na gut, dann wollen wir gleich damit beginnen. In einer halben Stunde findet unsere erste Einsatzbesprechung statt.«

Weidling legte seine hohe Stirn in Falten, ballte die Fäuste, als wollte er die Zügel festhalten, die ihm soeben entglitten. »Konferenzzimmer zwei«, bellte er. »Levin, Sie berichten über den Stand der Ermittlungen im Fall Mechtinger.«

Peter schnitt hinter seinem Rücken eine Grimasse, was die Frohn bemerkt haben musste, denn sie zog ihre gezupften Augenbrauen hoch. Hoffentlich konnte sie sich in die Gefühlslage ihrer zukünftigen Mitarbeiter hineinversetzen. Es geschah nämlich nicht alle Tage, dass sie einen neuen Chef, von dessen Leistungen sie noch nie etwas gehört hatten, vor die Nase gesetzt bekamen. »Zu Befehl, Herr Weidling«, schnarrte Peter.

Richard setzte sich wieder, schenkte sich Kaffee ein und nahm demonstrativ einen Schluck, der bitter durch seine Kehle rann, während Kriminalrätin Frohn mit wippendem Hintern und schwingenden Haaren davonstöckelte. Angelina Jolie war im Coburger Morddezernat angekommen. Und Weidling watschelte ihr hinterher, was aussah, als würde sie ihm die Polizeiinspektion zeigen und nicht umgekehrt.

Peter warf ihm einen langen Blick zu, schüttelte den Kopf und schaltete den Computer an.

»Wie war dein Wochenende? Hast du wenigstens einen Fisch gefangen?«, fragte Richard.

»Klar. So einen Kaventsmann.« Peter deutete mit seinen Händen die Größe seiner Beute an. Selbst wenn Richard sie in Gedanken halbierte, erschien sie immer noch viel zu groß.

»War wohl ein Wal?«

»Nur keinen Neid.« Peter winkte ab. »Und was hast du getrieben?«

»Ich war wieder mal in Nürnberg. Irgendein Idiot hat mir dort das Auto von vorn bis hinten zerkratzt.«

»Sauerei. Irgendeine Ahnung, wer's war?«

»Schön wär's. Der Parkplatz wird von der Überwachungskamera des Sportvereins nicht erfasst und Zeugen gab es keine. Die Reparatur bleibt an mir hängen.«

»Meinste, des war Zufall oder gegen dich persönlich gerichtet?«

Richard zuckte mit den Achseln. »Wahrscheinlich ersteres.«

Peter steckte seine Nase in den Aktenordner vor ihm, während Richard sich in seinen Computer einloggte.

»Was sagste zum Mechtinger?«, fragte Peter, der seinen Mund nie über einen längeren Zeitraum halten konnte.

»Nichts, ich rede selten mit Toten.«

Erst stutzte Peter, lachte dann aber. »Unfall oder Selbstmord?«

»Warten wir den Obduktionsbericht und die ballistische Untersuchung ab.«

»Du bist heute wieder zugeknöpft wie 'ne alte Jungfer.«

»Die Kollegen vom KDD wissen bestimmt mehr als ich.«

Leider nicht, wie er wenig später erfahren musste. Er klemmte sich die Akte unter den Arm.

»Zwei Tote in derselben Ecke«, sagte Peter. »Wenn's da keinen Zusammenhang gibt?«

»Kanntest du den Mechtinger?«

»Nee. Kann doch nicht jeden kennen.«

»Ehrlich? Ich dachte, du bist mit mindestens der Hälfte aller Coburger per du.«

»Mannomann, du bist aber schlecht drauf«, sagte Peter grinsend. »Ich glaub, wir müssen los. Wird bestimmt lustig mit der Neuen.«

In dem fensterlosen Besprechungszimmer saß die Frohn aufrecht, als hätte sie einen Stock verschluckt, an der kurzen Seite des langen, weißen Tischs, gleich neben Weidling. Der schwache Geruch eines zitronenhaltigen Reinigungsmittels hing in der Luft. Richard setzte sich zu ihnen, ebenso wie Peter und die Kollegen Hartmann und Biesenecker. Normalerweise arbeiteten die beiden Kriminalkommissare mit ihrem Gruppenleiter Hofmann zusammen, aber der befand sich im Urlaub. Nach und nach trudelten die anderen ein, darunter auch Nadine Wallner, die bisherige Vorzeigebeamtin, deren Beförderung zur Oberkommissarin anstand. In den anderen Kommissariaten gab es auch die ein oder andere Frau, aber die meisten versahen ihren Dienst bei der Schutzpolizei. Eine gespannte Ruhe erfüllte den relativ kleinen Raum.

Weidling stellte die Neue vor, und sie gab anschließend einen kurzen Abriss ihrer bisherigen Tätigkeiten. In Roth bei Nürnberg war sie Streife gefahren, gefolgt von einem kurzen Abstecher nach Augsburg, danach der Wechsel zum Morddezernat K11 in München und schließlich die Versetzung nach Coburg. Bachelor in Jura, Master in Kriminologie. Ihr Vorname sei Maximilia, aber ihre Freunde würden sie nur Maxi nennen. Dass diese Vertraulichkeit jemals eintreten würde, bezweifelte Richard.

Ihm wurde immer deutlicher, dass sie ein wesentlich härterer Brocken als Weidling war. Sie besprachen die anliegenden Fälle, wobei sie betonte, dass sie großen Wert auf eine hohe Aufklärungsquote lege – wer nicht?

Was Morde anbelangte, gäbe es im Raum Coburg nicht viel zu tun und die wenigen Fälle würden meist schnell aufgeklärt, betonte Weidling.

»Gibt es schon Ergebnisse im Fall …«, sie schaute in ihr Notizbuch, »Mechtinger?«

»Nein«, sagte Richard.

Sie wartete einen Moment, ihre Oberlippe kräuselte sich. »Herr Levin, nicht wahr?«

Einen unangenehmen Augenblick lang fühlte er ihren prüfenden Blick auf sich ruhen. Sie musste seine Personalakte gelesen haben. Er verschränkte die Arme vor der Brust. »Richtig.«

»Was können Sie mir zum Tathergang berichten?«

»Herr Mechtinger wurde mit einem Kopfschuss tot neben einer Ansitzleiter von seiner Frau gefunden. Sie ist Försterin im Staatsdienst und war zum selben Zeitpunkt auf der Jagd.«

»Kennt sich jemand in dem Milieu aus?«

Keiner meldete sich.

»Wir werden jemanden brauchen, der mit der Jagd vertraut ist.« Sie nickte Richard zu. »Weiter.«

Er lieferte ihr sämtliche Details, wobei er immer wieder von ihr unterbrochen wurde. Mit jeder Zwischenfrage wurde sie ihm unsympathischer. Er beschrieb den Tatort, die Waffen, die Munition und sogar die Hunde, als ihm nichts mehr einfiel. Schließlich schien sie genug gehört zu haben. »Danke. Morgen erwarte ich mehr von Ihnen, pünktlich um acht in meinem Büro.«

Das konnte heiter werden. Richard kratzte sich am Kinn. Sogar Weidling schaute unglücklich aus der Wäsche, war mit ihrem herrischen Auftreten offenbar nicht einverstanden. Bestimmt hatte er einen anderen Nachfolger im Auge gehabt, aber deswegen mit ihm Mitleid zu haben, wäre übertrieben gewesen; dafür hatte er Richard zu oft ins offene Messer laufen lassen.

7 ASTRID

»Mein herzlichstes Beileid«, sagte Wolfgang Halbert zu Astrid. Er stand in der Haustür wie ein Bollwerk, das ihr den Weg nach draußen verwehren wollte. »Unfassbar das Ganze. Mein bester Freund – tot. Was für ein schrecklicher Unfall. Ich fühle mit dir, Astrid.«

Astrid zögerte, seine ausgestreckte Hand zu ergreifen. Das bartlose, glatte Gesicht, die aufrechte Haltung, der scharfe Blick, all das zeigte keine Trauer, eher geschäftsmäßige Anteilnahme. Wolfgang Halbert war kräftig gebaut, mit leichtem Bauchansatz, schütterem, braungefärbtem Haar, durch das die Kopfhaut schimmerte. In seinem grauen Anzug und der grünen Krawatte sah er aus, als wäre er zu einem Geschäftstermin unterwegs. Er war Inhaber einer Spedition in Coburg, die ganz Europa belieferte. Zu allem Überfluss kam nun auch noch seine andere Hand und legte sich auf ihre. Irgendwie fühlte sie sich gefangen, wagte aber nicht, sich ihm zu entziehen.

Endlich ließ er sie los, marschierte an ihr vorbei ins Haus, als wäre es seines. »Wie geht's den Kindern?«

»Nicht gut, wie du dir denken kannst, Wolfgang. Sie sind bei meiner Schulfreundin.« Die Einzige, der sie ihre Kinder anvertraute, zudem waren deren zwei Kinder im selben Alter wie ihre beiden.

Im Wohnzimmer setzte er sich auf die Couch. »Und dir?«

Tränen wollten aufsteigen, die sie aber unterdrücken konnte. »Dreimal darfst du raten. Mein Mann ist … Und ich darf ihn noch nicht einmal beerdigen.«

»Ist er immer noch in der Gerichtsmedizin?«

Sie konnte nur nicken. Schrecklicher Gedanke, dass ihr Mann mit einem Zettel am Zeh in einem Kühlfach lag – einfach absurd.

»Kann eigentlich nur ein Unfall gewesen sein«, sagte Wolfgang mehr zu sich als zu ihr. »Für einen Selbstmord war er nicht der Typ.«

»Das sehe ich auch so. Er hätte keinen Grund gehabt.«

»Man weiß nie, was in einem Menschen vorgeht.«

»Du als sein bester Freund solltest ihn gut genug kennen. Hat er dir etwas anvertraut, was ihn dazu bewegt haben könnte? Mir nicht.«

Er verneinte, wischte über die Sitzfläche neben sich, um Hundehaare zu entfernen. Die Hunde waren die Einzigen, die ihr Trost spendeten. Sie gaben ihr die Kraft, die sie für die Kinder brauchte, weshalb sie sich entschlossen hatte, die Tiere von nun an im Haus zu halten. Da sie mit Besuch von Kollegen und Freunden rechnete, hatte sie sie nach dem Morgenspaziergang ausnahmsweise wieder in den Zwinger verfrachtet.

»Sie werden herausfinden, ob er es selbst war«, sagte sie.

»Kann man das?«

»Natürlich. Wenn ein Schuss aus nächster Nähe abgegeben wird, hinterlässt er Schmauchspuren. Sie lassen sich sowohl an den Händen des Schützen als auch an …«, sie schluckte, das Bild des zerschossenen Kopfes ihres Mannes erschien vor ihrem geistigen Auge, »… der Schusswunde nachweisen.«

»Stimmt, du kennst dich ja aus.«

»Im Töten von Menschen nicht.«

Wolfgang kräuselte seine Oberlippe. »Ich auch nicht, falls du das andeuten wolltest.« Er machte eine Pause. »Brauchst du Hilfe?«

Ihre Knie wurden für einen Augenblick weich. Du wärst der Letzte, von dem ich etwas annehmen würde, wollte sie ihm entgegenschleudern. »Nein«, sagte sie leise.

»Vielleicht finanzieller Art? Eine Beerdigung kostet viel Geld.«

»Kein Problem, aber danke. Holger hatte eine kleine Lebensversicherung«.

»Wenn du was brauchst …« Schwerfällig erhob er sich. »Astrid, ich weiß, es fällt dir schwer darüber zu reden, aber eine kleine Wiedergutmachung …«

»Wiedergutmachung? Für was?«

Wolfgang trat an ihr vorbei. »Für all die Zeit, die ich ihn dir weggenommen habe.«

»Das war seine freie Entscheidung gewesen. Du hast ihn ja nicht dazu animiert?« Das war ihr als Frage herausgerutscht, obwohl es eine Feststellung war. Sofort verfinsterte sich sein Gesicht.

»Warum sollte ich?« Seine Stimme wurde lauter. »Ich wollte nur behilflich sein, weiter nichts.«

»Verstehe. Entschuldige bitte, ich bin müde und vielleicht etwas überempfindlich.« Ihre Stimme versagte.

»Schon gut.« Er hatte die Haustür erreicht. »Ruf an, wenn du mich brauchst.«

Sie nickte, obwohl sie das niemals tun würde. Lieber würde sie sich die Zunge abbeißen als ihn um einen Gefallen zu bitten. Er war ihr genauso zuwider wie seine unausstehliche Frau.

Als die Tür hinter ihm ins Schloss fiel, kehrte die Stille zurück. Erschöpft wischte sie sich über die Augen. Ein Albtraum, dieses Wochenende. Die Trauer ihrer Schwiegermutter war unerträglich gewesen. Sie hatte wie am Spieß geschrien, immer wieder, bis Holgers Stiefvater schließlich einen Arzt gerufen hatte. Der Schock der Kinder über das Verhalten ihrer Großmutter, die immer für sie da gewesen war, wirkte jetzt noch nach.

Mit Holgers Tod war alles wie ein Kartenhaus in sich zusammengefallen. Ein Unfall, es musste ein Unfall gewesen sein. Ihre Beine gaben nach, und sie krümmte sich auf dem Teppich zusammen, zog die Knie an.

So blieb sie eine Weile liegen, erlaubte ihren Gedanken, in das schwarze Loch des Vergessens zu fallen.

Das Läuten des Telefons – Holger hatte den altmodischen Klingelton eingestellt – holte sie in die Wirklichkeit zurück. Mühselig erhob sie sich, hoffte dabei, der Anrufer würde aufgeben. Das nervige Klingeln erstarb – nur um erneut einzusetzen.

»Mechtinger«, sagte sie müde.

»Astrid?«

Auch das noch. Ihre Schwester. »Hallo, Karin. Was gibt's?«

»Was es gibt? Bist du narrisch? Ich habe das mit Holger gehört. Entsetzlich. Wie konnte das passieren?! Er war doch immer besonders vorsichtig. Oder hat er sich selbst …?«

»Werde bloß nicht hysterisch, das kann ich jetzt am allerwenigsten brauchen.«

Karin atmete schwer. »Keine Sorge. Ach, Astrid, meine große Asti …« Es folgten einige Sätze des Mitleids, des Erstaunens und der Mutmaßungen.

Astrid wartete, bis sich Karins Redefluss erschöpft hatte. »Wie geht es dir?«, fragte sie in eine Pause hinein.

»Beschissen.«

Jetzt würde der wahre Grund ihres Anrufs auf den Tisch kommen. Es ging um Karin, wie immer. Astrid umklammerte den Hörer, schloss die Augen und wappnete sich innerlich, wieder einmal für jemand anderen stark sein zu müssen.

»Du brauchst Hilfe, Astrid«, sagte Karin fest. »Ich komme morgen vorbei und bleibe eine Weile bei dir, wenn's recht ist.«

Oh nein, bloß das nicht. Wenn ihre Schwester bei ihr einzöge, würde die mühselig aufrechterhaltene Ordnung dem Chaos weichen. »Lass mal gut sein, Karin. Das ist lieb von dir, aber du kannst deinen Laden doch nicht allein lassen.«

»Kein Problem. Für dich tue ich das gern.«

Vielleicht stimmte das sogar, und vielleicht tat sie ihrer Schwester Unrecht. Astrid suchte krampfhaft nach Worten. Sie wollte mit ihren Kindern die Trauer ungestört verarbeiten können – ohne Oma, ohne Schwester und erst recht ohne Halbert. »Ich komme schon klar.«

»Das sagst du so leichthin, aber ich kenne dich. Morgen Mittag stehe ich bei dir auf der Matte und nehme dir alles ab.«

Astrid bezweifelte, dass dies so kurzfristig zu bewerkstelligen sein würde, denn Karin lebte seit einigen Jahren auf Mallorca und müsste zuerst einen Flug buchen und den vor allem bezahlen. »Ich glaube kaum, dass du das so schnell schaffst.«

»Hab schon gebucht. Gleich geht's los. Bis morgen dann. Tschüssi und Bussi.«

Verblüfft ließ Astrid den Hörer sinken. Dass Karin sie nicht um Geld angebettelt hatte, war merkwürdig, denn das tat sie ständig; vor allem in der Wintersaison, wenn weniger Touristen die Sachen in ihrer Strandboutique kauften. Jahrelang hatte sie sich für Karin verantwortlich gefühlt, doch dann hatten sie sich voneinander entfernt, als schöbe sich etwas zwischen sie, was in Karins Weggang gipfelte. Doch so sehr Astrid sich anstrengte, sie konnte sich an den eigentlichen Anlass der Entfremdung nicht erinnern. Dort, wo ihr Gedächtnis wohnte, gähnte jetzt ein Schwarzes Loch. Oder war es immer schon dagewesen und hatte unbemerkt alles Unangenehme aufgefressen?

Die Leere des Hauses drückte ihr aufs Gemüt, die Stille schmerzte in den Ohren. Komisch, dass sie das vorher nie so empfunden hatte, denn normalerweise war Holger um diese Zeit in der Schule gewesen.

Wenn sie länger hierbliebe, würde ihr die Decke auf den Kopf fallen. Sie zog feste Schuhe an, nahm die Umhängeleinen vom Haken neben der Tür und ließ die Waffen, wo sie waren. Sie musste in den Wald, dort würde sie ihre innere Ruhe wiederfinden.

Die Hunde freuten sich, als hätten sie sie eine Ewigkeit nicht mehr gesehen. Sie sprangen um sie herum und schmiegten sich an ihre Beine, als wüssten sie, was geschehen war, und wollten Trost spenden. Dankbar schmuste sie mit den beiden. Der Geruch von Kiefern und feuchter Erde legte sich wie ein schützender Kokon um sie, begleitet von den fröhlichen Liedern der Vögel. Sie schlug den Weg auf die andere Seite des Waldes ein. Dort hatte es ebenfalls einen Toten gegeben, einen Unbekannten, einen, der sie nichts anging. Sie marschierte auf den Fundort zu, von dem aus ein Feldweg ins Dorf führte.

Die Bewegung an der frischen Luft tat ihr gut. Vom Waldrand aus konnte sie die Kirchturmspitze des Ortes sehen, die Hausdächer hingegen blieben in einer Senke verborgen.

Nanu, frische Reifenspuren? Die waren vor einigen Tagen noch nicht da gewesen. Der Feldweg war für den öffentlichen Verkehr gesperrt, und der Bauer fuhr einen Traktor, zu dem die Abdrücke nicht passten. Vielleicht von der Polizei?

Versonnen starrte sie auf die Spur, und in ihr keimte der Verdacht, die Reifenabdrücke könnten etwas mit Holger zu tun haben.

Unsinn. Sie machte kehrt und eilte in die Düsternis des Waldes zurück.

8 RICHARD

Richard schnappte sich den schicken BMW und fuhr zum Victoria-Gymnasium, das mitten in der Stadt lag. Da die Parkplätze davor alle belegt waren, stellte er den Wagen in der verkehrsberuhigten Straße neben der Schule ab.

Ein Teil der Schule war in einem historischen Jugendstil-Gebäude untergebracht, mit einem Türmchen und bemalten hohen Fenstern. Drinnen empfingen ihn schwarz-weiße Bodenfliesen, Tiffany-Leuchten und Treppen aus Edelholz. Das Neue Gymnasium in Nürnberg, das er besucht hatte, war nur ein moderner Zweckbau gewesen.

Über eine breite Steintreppe gelangte er in den ersten Stock des Gebäudes. Dort klopfte er an die Tür mit der Aufschrift »Sekretariat« und trat ein, ohne die Aufforderung dazu abzuwarten. Eine ältliche Dame mit Brille und Dutt warf ihm einen strengen Blick zu und beschäftigte sich dann wieder mit dem Papierstapel vor ihr.

»Ich habe einen Termin beim Herrn Direktor«, sagte er.

»Der ist unterwegs«, erwiderte sie, ohne aufzublicken.

»Und das heißt?«

»Dass er nicht da ist.«

Richard sah ihr noch einen Moment beim Sortieren der Blätter zu.

Als sie nach dem Telefon griff, fragte er schnell: »Sie wissen, wer ich bin?«

»Der Herr von der Kriminalpolizei?«

»Richtig. Wann ist er zurück? Ich kann ihn auch auf die Inspektion bestellen, wenn ihm das lieber ist.«

Erst jetzt schenkte sie ihm ihre volle Aufmerksamkeit.

»Sie kommen sicher wegen Oberstudienrat Mechtinger. Ich verstehe nicht ganz, was wir damit zu tun haben.«

»Ganz einfach: Wir wollen wissen, was für ein Mensch er war, welche Freunde und vor allem welche Feinde er hatte.« Bisher hatte jeder der Befragten das Opfer in den höchsten Tönen, fast wie einen Heiligen, gelobt. Solche Heilige erweckten grundsätzlich sein Misstrauen.

Die Dame hob ihre schmalen Augenbrauen. »Ich dachte, die Kripo ermittelt nur, wenn die Staatsanwaltschaft einen Mord vermutet?«

»Herr Mechtinger ist nicht an Krebs gestorben, deshalb ermitteln wir so lange, bis wir eine Fremdbeteiligung ausschließen können.«

Ihr Gesicht verschloss sich noch mehr. »Und das heißt?«

»Nichts weiter als dass ihn eine Kugel traf, die jemand absichtlich oder unabsichtlich abfeuerte.«

Sie kräuselte Stirn und Oberlippe. »Aber es war doch ein Unfall, nicht wahr? Warum sind Sie dann hier?«

Sie konnte oder wollte ihn nicht verstehen, was er in gewisser Weise sogar nachvollziehen konnte. »Das können wir noch nicht mit Bestimmtheit sagen. Deshalb mache ich mir ein Bild vom privaten und beruflichen Umfeld des Opfers. War Herr Mechtinger in letzter Zeit gestresst, oder hatte er Grund zu Depressionen?«

»Nicht, dass ich wüsste.« Sie lächelte jetzt fein. »Er war wie immer: lustig, umgänglich, äußerst korrekt und leistungsorientiert, und im Kollegium sehr beliebt.«

Ein Heiliger eben. Richard sah an ihr vorbei aus dem Fenster auf die schmutzige Fassade eines alten Hauses. »Er hatte also keine Feinde?«

Sie verneinte. »Einige Schüler konnten ihn nicht leiden, aber das ist normal.«

»Bei einem Lateinlehrer kann ich mir das lebhaft vorstellen«, sagte Richard. Seine witzig gemeinte Bemerkung sollte die verkrampfte Stimmung etwas auflockern.

Aber bei der Dame lockerte sich nichts. Offenbar hielt sie viel von dieser toten Sprache, denn ihr Gesicht verhärtete sich erneut, die scharfen Linien um ihren Mund traten deutlich hervor. »Sprechen Sie Latein?«

»Nein, und ich kann gut damit leben.«

»Latein ist eine der Säulen der humanistischen Bildung.«

Der Pausengong ertönte und schlagartig erhöhte sich draußen der Geräuschpegel. Zeit für ihn zu gehen. Auch die Dame schien das Gespräch als beendet zu erachten, denn sie griff nach der Maus ihres Computers.

Er rief sich Mechtingers Aussehen ins Gedächtnis. »Herr Mechtinger war ein attraktiver Mann?«

»Ist das eine Frage oder eine Feststellung?«

»Beides.«

Sie lehnte sich zurück. »Ja, das war er. Wie gesagt, sehr beliebt, sogar bei den Schülerinnen und Schülern, unter anderem auch deshalb, weil er es verstand, dieser toten Sprache Leben einzuhauchen.«

»Aber nicht bei allen.«

»Richtig.«

»Können Sie mir Namen nennen?«

»Ich bitte Sie. Das ist doch etwas realitätsfern. Wir formen aus jungen Menschen Humanisten – keine Mörder.« Sie zeigte das typische Verhalten einer altgedienten Angestellten, die den guten Ruf ihrer Schule und erst recht den ihres Direktors mit Klauen und Zähnen verteidigte.

Er hob die Schultern. »Ich frage nur aus Routine. Dass ein verprellter Schüler seinen Lateinlehrer umbringt, halten Sie also für realitätsfern?«

»Genau.« Sie beugte sich wieder vor, bewegte die Maus und starrte auf den Bildschirm.

Anscheinend hatte er sie mit seiner Frage verletzt. Für heute reichte es. Er bedankte sich und bat sie, dem Direktor mitzuteilen, dass er hier war. Während er den Raum verließ, fragte er sich, ob sie womöglich mehr wusste, als sie zugegeben hatte.

Aus dem Fenster des Treppenhauses konnte er auf den von Nachkriegs-Gebäuden umrahmten Schulhof blicken. Nachdenklich betrachtete Richard das muntere Treiben. Einige Schüler bildeten Grüppchen, dazwischen ein paar Einzelgänger sowie zwei Lehrer, die Aufsicht führten. Eine eigene, heile Welt – nach außen zumindest.

Unten angekommen, schlenderte er in die Pausenhalle. An einer Wand hingen Schaukästen und das Mitteilungsbrett, gegenüber waren Pinnwände aufgestellt. Auf einer davon war ein Foto von Holger Mechtinger zu sehen, daneben ein schwarz umrahmter Nachruf. Jemand hatte einen Strauß weißer Nelken in einer Vase darunter abgestellt. Kinder kamen, lasen den Nachruf, sprachen mit leiser Stimme. Ein Mädchen aus einer der unteren Klassen legte sogar ein Plüschtier neben die Blumen. Rührende Bekenntnisse der Anteilnahme.

Ziellos ließ er sich mittreiben, spürte wieder die einzigartige Atmosphäre, die jede Schule ausstrahlte. Er war nur ein mittelmäßiger Schüler gewesen, den Sport mehr als Vokabeln oder mathematische Gleichungen interessiert hatte. Sein gutes Gedächtnis hatte ihn mehr als einmal vor einer Ehrenrunde bewahrt. Erinnerungen an die eigene Schulzeit wurden wach: die erste Zigarette, der erste Suff, das erste Verliebtsein, aber auch das Gefühl, von einem Lehrer um eine gute Note betrogen worden zu sein.

Ein hübsches Mädchen in kurzem Rock stand beim Ausgang zum Pausenhof und diskutierte lebhaft mit einem älteren Jungen. Er schätzte sie auf ungefähr 16 oder 17 Jahre, ihn auf knapp 19. Vermutlich ihr Freund. Ihr verheultes Gesicht und sein aufgeregtes Gehabe ließen auf einen Streit schließen. Der Junge war mager und groß, trug eine blaue Strickmütze, obwohl es nicht kalt war, sowie einen Kapuzensweater. Auf der Mütze prangte ein graublauer Ansteckbutton mit einem Logo. In der Hand hielt er eine langstielige rote Rose, die sie offenbar von ihm einforderte. Als er den Kopf schüttelte, zeigte sie ihm den Stinkefinger. Mit einer verächtlichen Handbewegung warf er die Rose vor ihre Füße, wandte sich von ihr ab und verschwand. Richard hatte das Gefühl, die Szene könnte etwas bedeuten, aber vielleicht bildete er sich das auch nur ein. Polizistenparanoia, in allen Details etwas Negatives zu sehen, nannte er das.

»Ein tragischer Unfall«, sagte eine tiefe Stimme neben ihm, die einem kleinen Mann mit grauem Bürstenhaarschnitt gehörte. Durch die stark vergrößernden Gläser einer Hornbrille blickten ihn zwei Augen traurig an – wie ein Uhu. »Ein großer Verlust für uns. Gestatten Sie, Oberstudiendirektor König, der Leiter dieser Lehranstalt.«

Richard stellte sich ebenfalls vor und schüttelte die ausgestreckte Hand. Königs grauer Anzug saß makellos und erinnerte Richard eher an einen Versicherungsvertreter als an einen Schuldirektor.

Der Uhu blinzelte. »Meine Sekretärin informierte mich soeben über Ihr Hiersein. Darf ich fragen, wonach Sie suchen?«

»Ich wollte mir einen Überblick verschaffen.« Von seinem siebten Sinn, der ihn bisher nur selten getäuscht hatte, erwähnte er nichts.

Eine tiefe Furche bildete sich zwischen den grauen Augenbrauen seines Gegenübers. »Wenn die Polizei in der Schule ermittelt, bringt das eine gewisse Unruhe mit sich.«

Den Eindruck hatte Richard nicht. Keiner der Schüler beachtete sie. »Wir werden so diskret wie möglich vorgehen.«

»Ich weiß, Sie tun nur Ihre Pflicht.« Der Direktor ließ seinen Blick über Richards Lederjacke schweifen. »Dennoch verunsichert Ihre Anwesenheit unsere Schüler.« Der Uhu beugte sich leicht nach vorn. »Wenn nichts Konkretes vorliegt, möchte ich Sie bitten, den Schulbetrieb nicht länger zu stören.«

Das war deutlich. Solche Typen hatte er gefressen. »Vielen Dank für Ihre Hilfsbereitschaft.«

Der Direktor verzog keine Miene, als hätte er den ironischen Unterton nicht bemerkt. »Sie sind nicht aus Coburg, oder? Wir sind stolz auf unser humanistisches Gymnasium. Negativschlagzeilen sind schlecht für unser Image. Es reicht schon, in der Zeitung lesen zu müssen, wie ein hochangesehenes Mitglied unseres Lehrkörpers ums Leben kam. Ich hätte mir etwas mehr Rücksichtnahme gewünscht.«

»Das kann ich gut nachvollziehen.« Von ihm hatte die Presse jedenfalls keine Informationen erhalten. Er zog seine Visitenkarte aus der Jackentasche. »Falls Ihnen etwas einfällt, das Licht ins Dunkel unserer Ermittlungen bringen könnte.«

Der Direktor warf einen kurzen Blick darauf, nahm sie aber nicht entgegen. Auch gut.

»Um einen Unfall festzustellen, bedarf es keines Lichts.«

Richard steckte seine Karte wieder ein. »Wo Licht ist, ist auch Schatten. Selbst in einer gut ausgeleuchteten Schule wie dieser. Sie wissen ja: Errare humanum est.«

Mitunter zahlte es sich aus, die Asterix-und-Obelix-Comics gelesen zu haben.

Damit drehte Richard sich um und steuerte auf den Ausgang zu. Auf dem Schwarzen Brett leuchtete etwas Rotes. Eine langstielige Rose hing diagonal über der Traueranzeige. Wahrscheinlich dieselbe, die das Mädchen vorhin dem Jungen abgetrotzt hatte. Er sah sich nach ihr um, aber sie war in der Masse der Schüler untergetaucht. Am Ende der Pausenhalle sah der Direktor argwöhnisch zu ihm herüber.

Er verließ das Gebäude auf demselben Weg, auf dem er es betreten hatte. Die Rose ging ihm nicht aus dem Kopf. Eine Liebschaft zwischen Schülerin und Lehrer? So etwas kam vor, es konnte aber auch nur eine harmlose Schwärmerei gewesen sein.

Vier ältere Herren in grünen Studentenmützen und mit Schärpen über der Brust kreuzten fröhlich plaudernd seinen Weg. Die Studentenverbindungen hatten von der Stadt Besitz ergriffen, obwohl der Konvent erst in ein paar Tagen beginnen würde.

Unschuldig grinsend marschierte eine Politesse auf ihn zu. Ein Knöllchen zierte die Windschutzscheibe seines Wagens. Er nahm den Zettel, knüllte ihn zusammen und drückte ihn der verdutzten Dame in die Hand. »Sie sind wohl neu bei uns. Kriminaloberkommissar Levin, dienstlich unterwegs.«

9 TOBIAS

Langsam schob Tobias die Patrone in den Lauf seines Repetierers, Kaliber 7x64 mit Mauser 98 Verschluss – der Waffe, die Mechtinger ins Jenseits befördert hatte, sehr ähnlich.

In den letzten Monaten hatte er wegen der Schonzeit nur gelegentlich einen Kontrollgang im Revier gemacht, aber nun war es endlich so weit, die Jagd auf den Rehbock war auf, wie die Jäger sagten. Sein Vater besaß ein Stück Land und war somit Mitglied der Jagdgenossenschaft, was ihm geholfen hatte, vom Jagdpächter einen Begehungsschein zu erhalten. Obwohl Autobahn und ICE-Strecke an der Flur vorbeiführten, hatte sie sich in ihrer Weite ein Stückchen die Ruhe erhalten, die vor der Grenzöffnung geherrscht haben soll. Doch bis auf die Schlangen der stinkenden und knatternden Trabis, die sich durch Lautertal gequält hatten und dass monatelang Bananen in den Geschäften ausverkauft gewesen waren, konnte er sich kaum noch daran erinnern.

Bevor er auf die Bockjagd gehen konnte, galt es noch die alljährliche Pflichtübung zu absolvieren: das Einschießen des Gewehrs, um sicherzustellen, dass das Geschoss auch dort traf, wohin man zielte: Das war der Jäger dem Wild schuldig. Tobias setzte sich hin, nahm drei Patronen aus seiner Tasche, legte das Gewehr auf dem Holzgestell auf und entsicherte es. Er zog den Verschluss nach hinten, öffnete so das Patronenlager und drückte drei Patronen von oben durch den Verschluss in das Magazin. Nachdem er den Verschluss nach vorne geschoben hatte, sicherte er die Waffe wieder, denn nun befand sich durch den Mechanismus eine Patrone im Patronenlager und war scharf. Durch das Zielfernrohr visierte er die Zielscheibe an, die in 100 Meter Entfernung vor einem Erdwall stand. Zehn ineinander liegende, nummerierte Ringe befanden sich darauf. Er musste die Mitte, die Zehn, treffen. Im Laufe der Zeit konnte sich das Absehen – oder umgangssprachlich das Fadenkreuz – im Fernrohr minimal verstellen und Fehlschüsse waren die Folge. Dementsprechend ernst nahm Tobias die Aufgabe. Ruhig durchatmen. Nachdem er entsichert hatte, legte er den ausgestreckten Finger an den Abzugsbügel und suchte den Kontakt zum hinteren Abzug, den Stecher, den er nach hinten drückte. Die Waffe war eingestochen und brandgefährlich, denn nun genügte ein leichter Druck am vorderen Abzug. Immer noch auf dem Ziel, tastete er nach dem vorderen Abzug und berührte ihn. Mit einem gewaltigen Rums donnerte die Kugel aus dem Rohr, der Schaft der Waffe schlug Tobias gegen die Schulter. Er schob die Ohrenschützer in den Nacken.

»Nicht schlecht«, sagte Forstamtmann Heumann, der ihn zu dem Einschießen eingeladen hatte. Er blickte von seinem Spektiv auf und kratzte sich seinen bereits ergrauten Spitzbart, der einem Geißbock alle Ehre gemacht hätte.

»Eine Acht. Liegt's an dir oder taugt dein Zielfernrohr nichts?«, fragte Mehlkofer, der einen Pirschbezirk in Heumanns Revier bejagte und als Rechthaber galt. Dem untersetzten Männlein hatte man den Spitznamen »Maikäfer« verpasst, weil er sich aufpumpte wie eines dieser Insekten vor dem Abflug, wenn er Spaziergänger zur Sau machte, die ihren Hund frei im Wald laufen ließen.

»Bei mir hat der erste Schuss noch nie in der Zehn gesessen.«

»Als Polizist solltest du mehr draufhaben.«

»Ein Gewehr ist keine Pistole.«

»Ach, wirklich?« Mehlkofer wandte sich ab. Tobias zog hinter dessen Rücken eine Grimasse, was Heumann mit einem Augenzwinkern zur Kenntnis nahm.

Also Zielfernrohr nachjustiert und das Ganze noch mal von vorn. Laden, in Anschlag gehen, das Ziel aufnehmen, entsichern und Schuss. Zufrieden mit dem Ergebnis erhob Tobias sich.

»Was gibt's Neues beim Mechtinger?«, fragte Mehlkofer, der plötzlich wieder neben ihm stand.

»Nichts, das ist Sache der Kripo.«

»Ich dachte, es war ein Unfall?«

Tobias holte tief Luft. Er hätte sich denken können, dass er von seinen Waidkameraden bei jeder unpassenden Gelegenheit darauf angesprochen werden würde. »Die Kollegen ermitteln noch«, knurrte er. »Wir haben zurzeit ganz andere Sorgen.«

»Hab's schon gehört. Die Cogida plant beim Aufmarsch der Studenten eine Demonstration. Da wird's für euch einiges zu tun geben.«

»Vor allem weil sich auch die Gegner von denen angekündigt haben«, sagte Heumann. »Wir brauchen weder Cogida noch Ausländerfeindlichkeit bei uns.«

Der Maikäfer verzog seinen Mund. »Jetzt, wo so viele Flüchtlinge ins Land kommen, wird's für die Einheimischen immer gefährlicher. Die bringen ihre ganzen Probleme mit zu uns. Ich sag nur IS. Meiner Meinung nach haben wir schon genug Ausländer hier.«

»Wieso?« Heumann grinste. »In dei'm Häusla ist doch noch Platz?«

»Halb Neustadt ist schon türkisch.«

Tobias hasste diese Diskussionen. Als Polizist hatte er für Recht und Ordnung zu sorgen und ansonsten war seine Devise: leben und leben lassen. Außer beim Reh- oder Schwarzwild, das er am liebsten als Braten neben zwei Thüringer Klößen auf seinem Teller liegen sah.

»Und die Schlepper verdienen sich eine goldene Nase«, sagte Heumann. Offenbar hatten sie weitergeredet. »Menschenleben sind denen wurscht.«

»Wegen mir könnten die alle in Griechenland, in der Türkei oder sonst wo bleiben.«

Tobias drehte sich zu Heumann um und dachte über dessen Äußerung über die Schlepper nach. Der unbekannte Tote fiel ihm ein. Aber wer würde schon illegale Flüchtlinge durchs Coburger Land kutschieren? Er schüttelte den Gedanken ab. Die Demonstrationen am Donnerstag machten ihm mehr Sorgen, obwohl sie in den vergangenen Jahren ohne größere Zwischenfälle verlaufen waren. Das Auftreten der Bereitschaftspolizisten mit ihrer martialischen Ausrüstung hatte die Störer abgeschreckt, und die wenigen Wortgefechte waren belanglos geblieben.

»Ich mach mich auf die Socken.«

»Dass es ein Unfall war, kann ich mir nur schwer vorstellen«, sagte Heumann langsam. »Holger war ein Pedant, wenn es um Sicherheit ging.«

»Des war a ganz Genauer. Deshalb haben wir ihn ja auch zu unserm Schatzmeister g'macht«, mischte sich der Maikäfer erneut ein.

Richtig, und zwar Schatzmeister der Kreisgruppe Coburg des Bayerischen Jagdschutzverbands. Daran hatte Tobias nicht gedacht. Er sollte Levin davon berichten.

»Wohin so eilig?«, fragte der Maikäfer. »Wartet wohl a jungs Häsla auf dich.« Er lachte meckernd.

Das war zu viel. Tobias winkte den anderen zu und nahm seine Gewehrtasche auf. Heumann folgte ihm bis zu Tobias'

Wagen. Obwohl nicht viel von seinem Gesicht zu sehen war, konnte er den ernsten Ausdruck unter dessen Vollbart erahnen.

»Warum ist die Kripo eingeschaltet, wenn es ein Unfall war?«

»Weil die genaue Todesursache nicht feststeht.«

»Welche Zweifel gibt es bei einem Kopfschuss?«

Tobias verbannte die blutigen Bilder in die hinterste Ecke seiner Erinnerung. »Ich meine, bis geklärt ist, wer den Finger gekrümmt hat.«

Heumann nickte, seine Augen wurden schmal. »Also doch Mord.«

»Die Möglichkeit besteht.«

»Bei einem Unfall hätte die Waffe entsichert und geladen sein müssen, und wenn sie sogar eingestochen war, genügt schon ein leichter Stoß.« Eine Nachlässigkeit dieser Art schloss Heumann bei Mechtinger offenbar aus.

»Jeder macht mal einen Fehler.«

Heumanns Schultern hoben und senkten sich. »Aber Holger nicht. Zumindest was die Handhabung von Waffen anbelangt.«

»Wenn du von Mord sprichst, brauchst du einen Täter und ein Motiv. Kennst du jemand, der einen Grund gehabt hätte?«

Heumann schwieg.

»Siehst du.«

»Mir tut die Astrid leid. Wie sie das alles nur aushält. Gott sei Dank ist jetzt ihre Schwester da, um ihr beizustehen.«

»Die Karin?« Tobias dachte mit gemischten Gefühlen an sie. Sie war einst eine Schulkameradin von ihm gewesen. »Die war doch schon immer ein lockerer Vogel. Von den Mädels unserer Klasse war sie die Erste, die einen BH anzog, aber auch die Erste, die ihn wieder auszog. Ich dachte, sie ist auf Mallorca.«

»Keine Ahnung.« Heumanns Wangen überzogen sich mit einem ungewohnten Rot. »Sie ist mir am Freitag in Coburg auf dem Marktplatz begegnet.«

»Am Todestag vom Mechtinger?«, sagte Tobias mehr zu sich selbst als zu Heumann.

Der sah auf. »Meinst du, sie hat was damit zu tun?«

»Du und deine Mordtheorie. Ich darf mich jetzt erst mal um den zerstörten Hochsitz bei der Astrid kümmern.«

»Sag mir Bescheid, wenn ihr den Idioten habt, damit er bei mir ein paar neue bauen kann.«

»Mach ich«, sagte Tobias und lachte. »Bloß, den zu schnappen, dürfte schwierig werden. In diesem Sinne – Waidmannsheil.«

»Waidmannsheil.«

10 ASTRID

Unten im Erdgeschoss schlugen die Hunde wie verrückt an. Rino ließ sogar ein Jaulen hören, das er nur besonders geliebten Menschen widmete, und Astrid wusste sofort: Karin war eingetroffen.

Langsam schob Astrid die Schublade ihres Nachttischs zu. Sie fühlte sich müde und ausgelaugt. Auch diese Nacht hatte sie kaum geschlafen. Das Geschehene mit Tabletten zu verdrängen erwies sich als unmöglich. Die Frage nach dem Warum bohrte in ihr wie ein Borkenkäfer in der Rinde eines Baumstamms, und am Ende würde die Rinde abfallen und der Baum sterben.

Irgendwo in den Windungen ihres Gehirns lag die Antwort auf diese Frage verborgen, nur hatte sie bislang den Weg zur Oberfläche noch nicht gefunden.

Unten jodelte Rino in den höchsten Tönen, und Diana aus Sympathie gleich mit, obwohl sie Karin noch nie begegnet war. Karin war im Haus. Die Tür des Forsthauses blieb tagsüber offen, um Besuchern des Forstamts den Eintritt zu ermöglichen. Sie hätte sie verschließen sollen.

Es half nichts, sie musste hinunter. Astrid wappnete sich innerlich gegen die Mitleidsbekundungen, mit denen sie gleich überhäuft werden würde.

Karin sah aus wie aus einem Magazin für Sommermode: rote Leggins, weiße High Heels sowie ein weißes Spitzen-T-Shirt, das ihre Bräune voll zur Geltung brachte. Die langen, blonden Haare hatte sie zu einem Knoten zusammengebunden. Ihre Handtasche, mit dem goldenen Gucci-Emblem, lag auf dem Dielenboden, dahinter leuchtete ein rot lackierter Koffer. Bereits im Flur stehend war Karin bemüht, Rinos Versuche abzuwehren, ihr ein Begrüßungsküsschen zu geben.

Astrid fiel in ein Wechselbad der Gefühle. Einerseits erfüllte sie Karins Anblick mit schwesterlicher Liebe, andererseits rief ihre Anwesenheit eine gewisse Unruhe, ja fast Ärger und Ablehnung, in ihr hervor. Die Ursache hierfür schien an dem schwarzen Loch zu liegen, das ihre Erinnerungen aufsaugte.

Eine Spur von Eifersucht mischte sich in Astrids Gefühlswirrwarr, als Rino mit seiner Zunge über Karins Wange leckte. Er war ihr Hund, und seine Liebe teilte sie nur ungern mit anderen. Holger war nie ein Hundemensch gewesen. Für ihn waren sie lediglich Gebrauchshunde gewesen, für die er keine Zuneigung empfunden hatte. Dianas verzweifelte Bemühungen, sich bei ihm einzuschmeicheln, hatten Astrid immer wehgetan, aber das gehörte der Vergangenheit an.

»Hallo!«, begrüßte Karin sie eine Spur zu laut.

»Schön, dass du da bist.« In diesem Moment meinte sie das sogar ehrlich.

Mit ausgebreiteten Armen kam die Schwester auf sie zu. Einem inneren Impuls folgend wich Astrid einen Schritt zurück. Was war nur mit ihr los? Stocksteif ließ sie die Umarmung über sich ergehen.

»Du Ärmste. Das muss schrecklich für dich gewesen sein«, schluchzte Karin.

Astrid entzog sich der Umarmung. »Das war es und ist es noch immer. Bist du gerade erst angekommen?«

»Ja, mit dem Zug.«

Sofort zwickte das schlechte Gewissen. Sie hätte sich um sie kümmern müssen, anstatt sich in Selbstmitleid zu ergehen. »Hättest du mich benachrichtigt, wäre ich am Bahnhof gewesen, um dich abzuholen.«

»Du hast genug um die Ohren. Ich habe mir ein Taxi genommen.«

»Das war bestimmt teuer.«

»Kann man wohl sagen.«

»Willst du das Geld zurück?«

Karin zögerte, strich sich eine lose Haarsträhne aus dem Gesicht. »Schon gut.«

»Okay.« Mehr fiel Astrid nicht ein. Sie fühlte sich im Flur ihres eigenen Hauses fremd, als wäre sie der Gast und nicht Karin.

»Ich nehme dasselbe Zimmer wie immer. Einverstanden?«

»Ist jetzt unser Bügelzimmer.« Rumpelkammer wäre der passendere Ausdruck gewesen. Entschuldigend zog sie die Schultern hoch. »Ziemlich unaufgeräumt da drin.«

»Macht nichts.« Karin zeigte ihre Zähne, die etwas zu weit auseinanderstanden. »Wo sind die Kinder? Ich habe sie sehr vermisst.«

Das glaubte Astrid ihr sogar, denn mit Kindern konnte sie hervorragend umgehen. »Noch bei ihren Freunden.«

»Bei Sabrina? Wohnt sie noch in Grub?«

Astrid nickte. »Du wirst müde sein.«

»Es geht.« Karin packte ihren Koffer am Griff und zog ihn hinter sich her auf die Treppe zu. Dort blieb sie stehen und drehte sich zu Astrid um. »Wann ist die Beisetzung? Hast du schon ein Bestattungsunternehmen beauftragt?«

Astrid stand nach wie vor wie festgenagelt auf ihrem Platz, die Beine bleischwer. Ihr Mund wurde trocken. »Er ist noch …«, die Worte kamen ihr nur schwer über die Lippen, »… in der Gerichtsmedizin.«

»Wie ist es passiert?«

»Keine Ahnung«, flüsterte sie. »Jedenfalls ist er tot.«

»Ich meinte, wie ist er ums Leben gekommen?«

Astrids Zunge klebte am Gaumen. »Erschossen.«

Karin blickte genervt zur Decke hoch – eine Reaktion, die Astrid nur allzu gut von ihr kannte und auf den Tod nicht ausstehen konnte. »Das ist mir bekannt. Ich wollte den genauen Hergang wissen«, sagte Karin.

Endlich wich die Erstarrung aus ihrem Körper, und sie begann, wild mit ihren Händen herumzufuchteln. »Ich weiß es nicht. Ein Schuss fiel … und der Bock brach zusammen.«

»Quatsch. Ich rede von Holger, nicht von einem Rehbock.«

Es war zu viel, sie musste weg von ihr. »Ich brauche einen Schluck Wasser.« Wie eine Verdurstende hastete sie zum Wasserhahn in der Küche, schnappte sich ein Glas und ließ es volllaufen. Durch Karins Fragen wurde sie wieder von Panik eingeholt. Wie, verdammt noch mal, war es passiert? Wie hatte es passieren können? Und vor allem: Warum war es passiert?

Kaltes Wasser füllte ihren Mund und verstärkte ihren Durst noch mehr. Karin war ihr gefolgt und beobachtete jede ihrer Bewegungen.

»Was ist?«, fragte Astrid.

»Du warst dort. Du musst etwas gesehen haben.«

»Ich war viel zu weit weg, um Einzelheiten erkennen zu können, und habe ihn nur durchs Zielfernrohr beobachtet.«

»Aber nahe genug, um Augenzeuge zu sein.«

»Was willst du von mir?«

Karin legte ihre Hand auf die ihre. »Dir helfen. Weiter nichts. Wenn du alles verdrängst, machst du es nur schlimmer.

»Die Kripo wollte schon alles haarklein beschrieben haben. Ich weiß gar nicht mehr, wo mir der Kopf steht. Wenn ich versuche, mich daran zu erinnern, blicke ich nur in ein schwarzes Loch.«

Karins Daumen strich sanft über ihre Haut. Zuerst nahm sie es kaum wahr, doch plötzlich begann die Stelle zu brennen. Sie erwog, die Hand zurückzuziehen, beließ sie jedoch dort und ertrug die Berührung.

»Durch das schwarze Loch wirst du hindurchgehen müssen«, sagte Karin.

»Wie meinst du das?«

»Trauerarbeit leisten.«

Was wusste Karin schon von ihrer Trauer? Astrid zog ihre Hand zurück. »Wenn die Zeit reif ist dafür. Momentan fühle ich mich, als hätte ich eine Jacke verkehrt herum angezogen. Verstehst du, was ich meine?«

Karins Blick wurde weich. »Natürlich. Es tut mir leid, dass ich mit der Tür ins Haus gefallen bin und dich so bedrängt habe. Das alles regt mich halt auch auf.«

»Schon gut. Ich muss noch mal in den Wald, etwas kontrollieren. Könntest du die Kinder in der Zwischenzeit abholen? Der Autoschlüssel hängt da, wo er immer hängt.«

»Na klar. Zuerst möchte ich mich aber noch ein bisschen frisch machen.«

Astrid eilte ins Büro. Sie musste raus hier. Diana hatte heute bereits genügend Auslauf gehabt und würde deshalb zu Hause bleiben, nur Rino würde sie begleiten. Dennoch erntete sie beim Abschied einen traurigen Blick.

Sie wählte einen Leitersitz, der möglichst weit vom Unglücksort entfernt stand. Mit schweißnassen Händen erklomm sie die Sprossen der Leiter. Kaum oben, überkam sie erneut Panik. Wollte sie ihren Job behalten, durfte sie sich nicht von ihren Emotionen überwältigen lassen, musste unbeirrt weitermachen wie bisher und sich dem Leben stellen. Langsam beruhigte sich ihre Atmung, und auch Rino legte sich mit einem zufriedenen Grunzen ab.

Die Umgebung verlor ihre Konturen, die Dämmerung nahm dem Wald die Farben. Trotz dieser Tragödie hatte sie einen Abschussplan zu erfüllen, denn die Rehe nahmen auf ihre Befindlichkeit keine Rücksicht und würden munter die jungen Triebe verbeißen. Selbst die Naturschützer waren für eine intensive Bejagung, da alle natürlichen Feinde des Rehwildes ausgerottet worden waren, und deshalb nur der Mensch als Regulator übrig geblieben war. Eine Zwickmühle für jeden, der die Natur liebte.

Doch Astrid plagten ganz andere Sorgen. Holgers gewaltsames Ende wollte nicht aus ihrem Kopf weichen. Immer wieder hörte sie den verhängnisvollen zweiten Schuss, mit dem ihre sorgsam aufgebaute Ordnung völlig aus den Fugen geraten war.

Rino schnupperte in den Wind. Gebannt starrte Astrid in die Richtung, in die seine Nase zeigte. Sie umfasste den Pistolengriff des Gewehrs fester. Rino sog die Luft erneut ein, zitterte dabei am ganzen Körper. Ein Knacken im Unterholz – dann Stille.

Langsam hob sie das Gewehr an, brachte es in Anschlag und legte die Flügelsicherung um. Ihr Zeigefinger lag gestreckt neben dem Abzug.

Sie erahnte das Reh mehr, als dass sie es sah. Rinos Zittern verstärkte sich. Tatsächlich, der alte Bock, hinter dem sie schon so lange her war. Wie viele Jahre würde er noch haben? Ein harter Winter könnte für ihn das Ende bedeuten.

Wer hatte das Recht, über Leben und Tod zu entscheiden? Sie etwa? Ihr Zeigefinger berührte den hinteren der beiden Abzüge, den Stecher, und zog ihn zurück, bis er einrastete.

Der Rehbock verharrte am Waldrand, sicherte in alle Richtungen, konnte aber weder sie noch Rino riechen, weil er den Wind im Rücken hatte. Endlich trat er ganz ins Freie und zeigte sich von der Seite, als wäre er darauf aus, erlegt zu werden.

Vorsichtig tastete sie nach dem Abzug.

Plötzlich verschwammen die Konturen des Rehbocks im Zielfernrohr, auch das Fadenkreuz wurde unscharf. Sie hörte den verhängnisvollen zweiten Schuss und sah Holger vom Hochsitz fallen.

Ihre Hände zitterten. Irritiert ließ sie das Gewehr sinken. Sie konnte nicht schießen, selbst wenn sie gewollt hätte.

Die zerstörte Jagdkanzel. Warum war ihr das nicht eher eingefallen? Hatte sich Holger dort mit jemandem getroffen? Wenn sie doch nur Licht ins Dunkel ihrer Erinnerung bringen könnte. Sie war sich sicher, bei dem Hochsitz lag die Antwort auf die Frage nach dem Warum verborgen.

11 TOBIAS

Am Dienstagmorgen bewahrheiteten sich Tobias' Befürchtungen. Demo und Gegendemo fanden auf dem Coburger Marktplatz statt. Vielleicht nahmen einige das dortige Eiserne Kreuz, das von helleren Pflastersteinen gebildet wurde und nur aus größerer Höhe zu erkennen war, zum Anlass, eiserne Parolen hinauszugrölen. Eisern deshalb, weil keine der Seiten bereit war, sich mit den Argumenten des jeweiligen Gegners auseinanderzusetzen.

»Nazis raus!«, riefen die einen, »Rotärsche!«, schrien die anderen. Trotz aller Bemühungen der Kollegen, die verfeindeten Gruppen voneinander fernzuhalten, standen sie sich nun in der engen Steingasse johlend gegenüber. Einige trugen Schilder, Spruchbänder oder Fahnen mit sich. Die

Kräfte waren ausgeglichen, vielleicht 50 oder 60 auf jeder Seite, aber ein kleiner Funke würde genügen, um das Pulverfass zum Explodieren zu bringen.

Tobias befand sich mit einer Handvoll Kollegen zwischen den Fronten, um eben dies zu verhindern. Zu ihrer Unterstützung stand eine Hundertschaft der Bereitschaftspolizei auf Abruf bereit.

»Jetzt wird's gleich ungemütlich«, brummte Heinlein neben ihm.

Tobias empfand das Verhalten der Demonstranten als unmöglich. Seine Meinung kundzutun war schön und gut, aber bitte schön ohne Gewalt und vor allem nicht gegen die Polizei.

Die Medien lauerten geradezu darauf, dass das Ganze eskalieren würde, und Tobias fragte sich, ob die Stimmung gelassener wäre, wenn sie nicht vor Ort wären. Allerdings bezweifelte er, dass die Streithähne vernünftigen Argumenten zugänglich sein würden.

In der abzweigenden Kirchgasse stand der Übertragungswagen einer öffentlich-rechtlichen Sendeanstalt, bereit, den großen Showdown zu senden. Die Stimmung kochte. Einige Studenten versuchten auszuweichen – zu spät.

»Nazischweine«, brüllte einer der Störer, der garantiert keiner etablierten Partei angehörte.

»Scheißfaschisten!«, schrie ein anderer.

»Soll ich was sagen?«, fragte Tobias seinen Vorgesetzten Heinlein.

»Auf keinen Fall. Das würde die Stimmung nur noch mehr anheizen. Wenn sie gewalttätig werden, rufen wir die Bepo.«

Tobias schwitzte unter seiner Mütze, und seine Kopfhaut fühlte sich an, als hätte sich heißer Dampf darüber aufgebaut. Eine Dusche, ein Königreich für eine kalte Dusche und ein kühles Helles.

»Asoziales Pack!«

»Arschlöcher!«

Dass sich die Demonstranten nun der Fäkalsprache bedienten, war ein schlechtes Zeichen für einen glimpflichen Ausgang.

»Gleich kracht's«, raunte Heinlein.

Und schon flog die erste Flasche, die nur wenige Schritte vor ihm auf dem Asphalt zerbarst. Bier spritzte nach allen Seiten und hinterließ Flecken auf seiner Hose. Sauerei. Was konnte er für deren Meinungsverschiedenheiten.

Polizeihauptkommissar Sachse hing am Funkgerät und forderte wohl die Bepo an.

Nun ging der Tanz erst richtig los.

Wutgeschrei und berstendes Glas. Fehlte nur noch, dass Feuerwerkskörper geworfen wurden. Tobias rang nach Atem, sein Herz raste. Zum Glück stand er an einer Hauswand, denn die heftigsten Auseinandersetzungen fanden in der Mitte der Gasse statt.

Plötzlich ertönte das vertraute Heulen von Martinshörnern. Und da kam auch schon die breite Phalanx der Kollegen von der Bepo heranmarschiert. Ein martialisches Bild, wie sie mit Schutzschild und Helm anrückten.

Jemand drängte an ihm vorbei. Aus den Augenwinkeln sah Tobias ein blaues Kapuzenshirt, darüber eine gleichfarbige Strickmütze, an der ein graublauer Ansteckbutton hing. Der Typ war ihm zuvor schon als besonders aggressiv aufgefallen. Als Tobias nach ihm griff, schlug der schlaksige junge Mann seine Hand zur Seite. Doch bevor der Kerl sich aus dem Staub machen konnte, erwischte Tobias ihn an der Kapuze. Der Teenager versuchte wegzurennen, sodass Tobias schon befürchtete, sie könnte reißen, aber sie hielt. Er bekam einen Arm zu fassen und ließ sich ein Stück mitzerren, stemmte sich dann aber mit aller Kraft dagegen.

»Loslassen, du Bullensau!«, schrie der junge Mann und schlug mit der Faust nach ihm.

»Sie sind vorläufig festgenommen«, stieß Tobias hervor.

»Fick dich selbst, du Wichser.«

Tobias brach der Schweiß aus. Er sah sich nach Heinlein um, aber der war im Gewühl verschwunden.

Inzwischen rückte auch von der anderen Seite der Gasse eine Polizeikette vor, sodass die Randalierer in der Falle saßen. Mit seinem Festgenommenen stand er auf einem kleinen Vorhof, der als Parkplatz diente und Abseits des Hauptgeschehens lag. Scheiße, denn nun musste er allein mit dem Kerl fertig werden.

»Ich hab nix gemacht«, schnaubte der Halbwüchsige und verfehlte Tobias' Kinn nur knapp. Beim Ausweichen strauchelte Tobias und ließ im Fallen seinen Gegner los. Hart landete er auf seinem Hintern. Der andere hatte die Situation wohl noch nicht erfasst, denn er zögerte. Zeit genug für Tobias, ihn mit einem Fußfeger von den Beinen zu holen. Er rappelte sich auf, zerrte den Burschen am Kragen hoch und drückte ihn gegen eine Hauswand.

Die Wildheit im Blick des Teenagers verschwand, und auf seiner Oberlippe bildeten sich Schweißperlen. »Ich bin nur zufällig hier.«

»Beamtenbeleidigung, Widerstand gegen die Staatsgewalt, Teilnahme an einer nicht genehmigten Demonstration und Landfriedensbruch. Ich denke das reicht.«

Immer noch wehrte sich der junge Mann gegen den Griff. Tobias drehte ihm den Arm auf den Rücken und spürte, wie der Widerstand nachließ. Mit seiner anderen Hand angelte er nach den Handschellen im Gürteletui.

Endlich hatte er den Kerl unter Kontrolle. Tobias konnte es kaum fassen. Ihm waren Außeneinsätze und Streifendienst zuwider. Er bevorzugte ein warmes Büro und heißen Kaffee auf dem Schreibtisch.

»Ich hab Sie gar nicht gesehen«, sagte der Festgenommene. »Dachte, einer von den Nazis greift mich an.«

»Das können Sie Ihrer Großmutter erzählen.«

»Ehrlich, ich schwör's.« Seine Stimme klang weinerlich.

»Sie heißen?«

»Mischa Paschke.«

»Ihren Ausweis.« Verflucht, wo blieb die Verstärkung? Dem Geschrei hinter ihm nach zu urteilen waren alle voll beschäftigt.

»Der ist bei mir daheim.«

»Haben Sie gefährliche oder spitze Gegenstände an sich? Messer, Injektionsnadeln oder ähnliches?«

»Nee, nix.«

Tobias tastete ihn von Kopf bis Fuß ab und vergaß auch nicht, unter der Strickmütze nachzuschauen, aber außer ein paar Taschentüchern und einem Portemonnaie trug der Teenager nichts bei sich. »Sie wissen, dass Sie Ihren Ausweis mitführen müssen?«

»Konnte ja nicht ahnen, dass ich von euch gefilzt werde.«

Am liebsten hätte Tobias ihm eine gelangt.

Paschke grinste ihn über die Schulter frech an. »Und jetzt?«

»Sie können sich umdrehen.«

Heinlein trat zu ihnen. Selten hatte Tobias seine Anwesenheit so willkommen geheißen.

»Na, wen haben wir denn da?«, fragte Heinlein und musterte Paschke von oben bis unten.

»Angeblich Mischa Paschke, vorläufig festgenommen wegen Beamtenbeleidigung, Widerstand gegen die Staatsgewalt und Landfriedensbruch. Kann sich nicht ausweisen.«

»So, so. Nicht das erste Mal, stimmt's, Mischa?« Heinleins Schnurrbart zuckte. »Was hast du hier zu suchen?«

»Ich wollte nur mal sehen, was abgeht. Ist doch sonst nichts los in dem Kaff. Als es anfing, wollte ich mich verpissen, aber da hat der mich von hinten gepackt. Konnte ja nicht ahnen, dass es ein Bu… ein Polizist ist.«

Heinlein deutete auf den Button. »Seit wann gehörst du der Peta an?«

»Hä?« Paschke verdrehte die Augen. »Ach, das Ding an meiner Mütze. Nee, die hab ich mir geliehen, weil ich meine verloren hab.«

Das Bild der Mütze an der zerstörten Jagdkanzel tauchte aus Tobias' Erinnerung auf. Könnte es sein, dass …? Nein, das wäre zu viel des Zufalls. »Wo? In der Gleisenau?«, platzte es trotzdem aus ihm heraus.

Paschkes Gesichtsausdruck versteinerte sich für eine Sekunde, doch sofort zeigte er wieder sein unverschämtes Grinsen. »Kenn ich nicht. Wo soll das sein?«

»Du kommst jedenfalls erst mal mit«, sagte Heinlein. »Deine Mutter wird sich freuen.«

»Wenn's sein muss«, brummte Paschke.

Sie führten ihn zu einem Kastenwagen, vor dem bereits andere Festgenommene schweigend auf ihren Abtransport warteten. Die Kollegen waren offensichtlich erfolgreich gewesen.

»Woher kennst du ihn?«, fragte Tobias den Kollegen Heinlein.

»Seine Familie hat mal bei uns um die Ecke gewohnt. Ist schon lange her. Mischa ist letztes Jahr straffällig geworden. Bei dem stimmt was nicht im Oberstübchen.« Heinlein tippte sich mit dem Zeigefinger auf die Stirn. »Was war das mit der Gleisenau?«

»Dort wurde bei einem mutwillig zerstörten Hochsitz eine Mütze gefunden.«

»Die könnte weiß Gott wem gehören.«

Tobias kam sich wegen seiner Vermutung blöd vor. »War nur so eine Idee von mir.«

Heinlein klopfte ihm auf die Schulter. »Gut gemacht. Ich habe euer Gerangel gesehen.«

Hätte Heinlein nicht freundlich dabei genickt, hätte er meinen können, er machte sich über ihn lustig.

12 RICHARD

Nachts vor dem Einschlafen kamen die Dämonen und verscheuchten die Müdigkeit. Im Halbschlaf konnte er den Schuss hören und den Rückschlag der Glock spüren. Er sah das panische Erkennen in den aufgerissenen Augen seines Gegenübers, sah einen schwarzen Gegenstand aus dessen Hand zu Boden fallen, sah die nackte Realität. Panik setzte ein und die Frage nach der Schuld dröhnte in seinem Kopf. In diesem einen Moment stand alles still.

Zum Teufel mit diesem Albtraum! Aber die anderen, die ihn sonst heimsuchten, waren auch nicht besser. Mit einem Ruck richtete Richard sich auf und fuhr sich über die Augen. Die Leuchtziffern des elektronischen Weckers auf dem Nachttisch zeigten sechs Uhr morgens. Die Nacht war vorüber.

Versagt zu haben war schlimm, und die bohrende Frage nach dem Warum unerträglich. Hatte er den Mann töten wollen, weil er einen Asylanten völlig grundlos umgebracht hatte, oder hatte er wirklich eine Schusswaffe in dessen Hand gesehen?

Wie immer fand er darauf keine Antwort. Wie würde die Neue dazu stehen? Die wenigsten Vorgesetzten schätzten einen allzu schnellen Schusswaffengebrauch.

Noch mal zu schlafen lohnte sich nicht mehr. Duschen? Logisch. Rasieren? Nein, dazu war er heute zu faul, zu ausgelaugt, zu müde. Ein gepflegter Dreitagebart hatte etwas für sich und außerdem stand das Wochenende mit dem Ritterturnier bevor. Ein etwas verwegenes Aussehen würde sich dabei gut machen.

Das Turnier fand an demselben Ort statt, an dem ihm der Wagen zerkratzt worden war. Den Lackstift zum Kaschieren des Schadens musste er noch besorgen. Erneut packte ihn das ungute Gefühl einer bösen Vorahnung. Er sollte seine Teilnahme absagen. Werde bloß nicht albern, schalt er sich selbst. Du hörst schon das Gras wachsen und siehst Waffen, wo keine sind.

Auch der Anblick von Mechtingers Leiche verfolgte ihn. Ein Mensch, der keine Feinde, keine Schulden, keine Laster gehabt hatte. Ein Mensch, dessen Schülerinnen ihre Trauer mit Plüschtieren und einer roten Rose zum Ausdruck brachten.

Rote Rosen waren ein Symbol der Liebe. Könnte es sein, dass ihm seine Ehefrau aus Eifersucht das Lebenslicht ausgeblasen hatte? Sie hatten sich auf ihre Aussage verlassen. Was, wenn sie die Täterin war? Wie könnte ihr das nachgewiesen werden?

Er öffnete die Kaffeedose, aber außer ein paar Krümeln und dem Duft befand sich nichts darin. Im Kühlschrank gähnende Leere. Gestern Abend hatte es nicht mehr zum Einkaufen gereicht. Blieb nur ein schnelles Frühstück in irgendeinem Fastfood-Restaurant. Sein Vater würde jetzt sagen, er hätte heiraten sollen.

Und was hatte Vater die Ehe gebracht? Mutter hatte früh das Zeitliche gesegnet und die gemeinsamen Kinder waren bei der Oma aufgewachsen, weil er als Beamter beim damaligen Bundesgrenzschutz mehr ab- als anwesend gewesen war.

Entschlossen verließ er das schmutzig gelbe Mietshaus in der Rosenauer Straße. Ursprünglich hatte er hier nur vorübergehend wohnen wollen, aber wie so oft war aus der Notlösung eine Dauereinrichtung geworden, begünstigt dadurch, dass er zu Fuß zur Dienststelle gehen konnte.

Draußen auf dem Gehsteig stand der alte Wenzel aus dem Erdgeschoss, der wie ein Luchs achtgab auf alles, was sich im und um das Haus ereignete. In seiner zu weiten und ausgebeulten Hose und mit der Schiebermütze auf dem Kopf sah er aus wie ein Überbleibsel aus den 50er-Jahren, passend zum Haus. Auch heute hatte er seinen Besen in der Hand, vor ihm ein Häuflein Dreck. Dabei war er kein Hausmeister, sondern nur ein gelangweilter Rentner.

»Guten Morgen, Herr Hauptkommissar.«

»Morgen. Danke für die Beförderung, aber ich bin immer noch Oberkommissar.« Richard zwinkerte ihm zu.

»Scho recht.« Wenzel winkte ab. »Hamse was vom Streit bei den Bauers mitgekriegt?«

»Nein.«

»War ganz schö' laut heut Nacht.« Wenzel sah ihn vorwurfsvoll an. »Wegen dem Krach hab ich kein Auge zugemacht.«

Richard wohnte ihm gegenüber, auf der anderen Seite des dritten Stocks. Die Schlaftabletten hatten Wirkung gezeigt, wenn auch nur für wenige Stunden. »Hab ich wohl verschlafen. Wenn es wieder zu laut wird, rufen Sie einfach die Polizei.«

Wenzel blinzelte zweimal. »Ich dachte, Sie sind …«

»Kripo. Für Lärmbelästigungen ist die Schupo zuständig.«

»Ach so.« Wenzel nickte bedächtig. Bestimmt dachte er, Richard wollte sich drücken, was in gewisser Weise sogar stimmte.

Er streckte sich kurz, um die Verspannung seines Nackens zu lösen, und steuerte auf sein Auto zu, das er gestern vor seiner Garage abgestellt hatte. Sie zu öffnen, war er zu faul gewesen. Wie zum Hohn strahlte ihn der helle Kratzer auf dem dunklen Lack an. Seine Mitstreiter in Nürnberg würden sauer sein, wenn er sie versetzte. Als Kompromiss käme der Schwertkampf mit Dominik ohne die Teilnahme am LARP-Kampf infrage. Aber warum sollte er ihn nur wegen eines dummen Gefühls sausen lassen?

Im Büro begrüßte ihn die neue Chefin eisig: »Dienstbeginn ist um acht Uhr, Herr Levin.«

Sie trug einen Hosenanzug sowie hohe Absätze, die ihre Beine noch länger wirken ließen. Kein Make-up. Die Haare hatte sie zu einem Knoten zusammengebunden. Richard blickte zur Wanduhr. Der große Zeiger stand genau auf der Zwölf.

»Es ist acht.«

»Sie kommen aber jetzt erst zur Tür herein. Ich hatte um Punkt acht eine Besprechung anberaumt.«

Peter grinste hinter ihrem Rücken und beschrieb mit seinem Zeigefinger kleine Kreise neben seiner Schläfe. Anscheinend war sie noch schlimmer als Weidinger.

Richard versuchte es mit einem Lächeln. »Die paar Minuten werden nicht so schlimm sein. Schließlich arbeiten wir nicht am Fließband, oder?«

Eine leichte Röte überzog ihre Stirn. »Wenn Sie ein Problem mit weiblichen Vorgesetzten haben, lassen Sie es mich wissen.«

»Nur wenn Sie Probleme mit männlichen Untergebenen haben.« Er zog seine Jacke aus, hing sie über die Stuhllehne, griff nach seinen Papieren, die er am Vorabend nach Dienstschluss vorbereitet hatte, und ging an ihr vorbei ins Besprechungszimmer. Dort setzte er sich an seinen angestammten Platz und breitete die Unterlagen vor sich aus.

Maxi Frohn schob sich in sein Blickfeld, ließ sich langsam auf ihrem Stuhl an der Stirnseite des Tisches nieder und legte die Hände neben den Notizblock. Ein zarter Duft von Mandarinen und Vanille umgab sie.

Erst jetzt setzten sich Peter und die anderen Kollegen schweigend an den Tisch. Nadine hatte ihren freien Tag.

»Meine Herren«, begann sie, »wie Sie wissen bin ich neu hier und mit Ihren Gepflogenheiten noch nicht vertraut. In nicht ganz zwei Wochen wird der Erste Hauptkommissar Weidling in den wohlverdienten Ruhestand verabschiedet, und ich werde die Leitung des Kommissariats übernehmen. Daher sollten wir schon einige Grundregeln festlegen. Ich lege Wert auf Pünktlichkeit. Wir haben Ergebnisse abzuliefern und dürfen deshalb keine Zeit verschwenden. In Zukunft erwarte ich Sie fünf Minuten vor dem festgesetzten Zeitpunkt. Wenn ein Bericht zu einem bestimmten Termin vorzulegen ist, sollte er bis dahin fertig sein.«

Keiner antwortete, jeder stierte auf die Tischplatte vor sich. Was in ihren Köpfen vor sich ging, war leicht zu erraten. Plötzlich schauten alle zu Richard herüber. Offenbar erwarteten die Kollegen eine Erwiderung von ihm. Die würde sie auch bekommen, allerdings nur unter vier Augen. Die neue Chefin öffentlich bloßzustellen konnte ins Auge gehen, vor allem, wenn er an den Eintrag in seiner Personalakte dachte. Er räusperte sich. »Na, dann wollen wir mal.«

Sie musste spüren, dass die Kollegen ihn als ihren Sprecher erachteten. Von dem Makel, der ihm wie Kaugummi an der Schuhsohle klebte, hatten sie keine Ahnung. Aber die Frohn würde davon wissen, denn Weidling hatte es ihr bestimmt als Erstes gesteckt.

Nacheinander präsentierten sie ihre Ergebnisse zu einzelnen Fällen. Peter berichtete über den Stand der Ermittlungen eines Raubüberfalls. Als er eine Vermutung äußerte, wurde er daran erinnert, dass sie nur Tatsachen zu sammeln hätten. Vermutungen hätten nichts mit Polizeiarbeit zu tun.

Richard war als Letzter dran. Viel hatte er nicht zu bieten, außer der Nachricht, dass von der Gerichtsmedizin noch keine Ergebnisse vorlägen. »Die Kugel, beziehungsweise die Reste davon, konnten nicht gefunden werden. *Vermutlich* stecken sie in irgendeinem der Bäume. Stehen ja genug rum – im Wald«, schloss er seinen Bericht, nicht ohne eine gewisse Ironie.

Sie sagte eine Weile nichts, kräuselte nur den fein geschwungenen Mund.

Es gab doch einen Unterschied zu Weidling: Der wäre auf seine Provokation eingegangen.

Sie ließ ihn nicht aus den Augen, verzog dabei keine Miene. »Sie sagen also, ein Unfall oder auch Selbstmord kann nicht ausgeschlossen werden?«

»Richtig.«

»Die zwei fehlenden Patronen sprechen dafür.«

»Darüber spekuliere ich nicht. Ich sammele nur Fakten.«

Außer einem unterdrückten Kichern aus Peters Richtung war nichts zu hören. Die Frohn lehnte sich zurück. »Haben wir jemanden, der sich mit der Jagd auskennt?«

»Bei uns nicht.«

»Der Tobias von der Schupo«, meldete sich Peter und wurde rot. »Ich mein, Polizeihauptmeister Tobias Schneider is' Jäger.«

»Gut.« Sie fasste wieder Richard ins Auge. »Herr Levin, stellen Sie ein Ermittlungsteam zusammen und bleiben Sie bei der Gerichtsmedizin am Ball. Ich erwarte, jeden Morgen über den Fortgang der Ermittlungen unterrichtet zu werden – hier –, und pünktlich, wenn es Ihnen nichts ausmacht. Und bitte keine Eigenmächtigkeiten.«

»Wie Sie wünschen.«

Ihr Stuhl ruckte geräuschvoll nach hinten, als sie sich erhob. »Das wäre für heute alles. Danke, meine Herren.« Mit leichtem Hüftschwung stöckelte sie aus dem Raum.

»Des muss dem Weidling sei Tochter sein«, meinte Peter.

»Die hat Hoar auf die Zähn«, sagte Fredl, der aus dem Oberbayrischen stammte.

»Der Weidling wird sie geimpft haben, wie sie mit uns umzugehen hat.«

Richard lachte innerlich, ließ sich dies aber nicht anmerken. »Ihr täuscht euch. Gegen die ist Weidling der reinste Chorknabe. Frauenpower nennt man das heutzutage.«

Peter schüttelte den Kopf. »Ich glaub, ich lass mich zur Schupo versetzen.«

Der kleine Peter als Schutzpolizist? Kaum vorstellbar. Richard unterdrückte erneut ein Grinsen. Auf seinem Schreibtisch meldete sich das Telefon. Nach dem zweiten Klingelton hatte er den Hörer am Ohr.

»Monika Lange von der Gerichtsmedizin. Unser Untersuchungsbericht ist fertig. Das Ergebnis wird dich interessieren.«

13 MAXI

»Wie geht's dir?«, lautete die Nachricht auf Maxis Handy. Sie stammte von ihrer Mama, die einen siebten Sinn zu haben schien, wenn es um Maxis Wohlbefinden ging.

»Einigermaßen«, tippte sie zurück und fügte noch einen Smiley dazu.

»Ruf abends bitte mal an!«

Sie versprach es, legte ihr Handy zurück und atmete tief durch. Ihr Vorgänger hatte ihr ein trostloses Büro ohne jede Zierde hinterlassen. Nicht einmal eine Grünpflanze war zurückgeblieben. Sie schob ihren Notizblock in die Mitte des Schreibtischs, der abgesehen von Telefon und Computer wie leergefegt aussah.

Sich in Coburg zu behaupten würde schwer für sie werden, hatte sie ihr alter Vorgesetzter in Bayreuth gewarnt.

Die Gründe dafür waren ihr bekannt. Sie war nicht nur jung und attraktiv, sondern besaß auch noch die Unverschämtheit, an manch altgedientem Kollegen auf der Überholspur vorbeizuziehen. Das schürte Eifersucht, was zur Folge hatte, dass jede ihrer Aktionen mit Argusaugen verfolgt wurde.

In einem Trainingsseminar für Frauen als Vorgesetzte hatte man ihr viele Tipps gegeben: »Kleiden Sie sich unauffällig. Kein oder höchstens dezentes Make-up. Keine Hängeohrringe und keine offenen Schuhe, da beides als sexuelles Signal erachtet wird, und auch keine enganliegende Kleidung, die ihre weiblichen Reize betont. Die Männer sollen Sie als eine von ihnen akzeptieren und nicht als Beute sehen.« Offenbar fand die Emanzipation der Beamtinnen durch Vermännlichung statt.

Dabei gab es schicke Klamotten, die trotzdem dezent und vor allem bequem waren, wie zum Beispiel ihre geliebten Jeans und Shirts oder ihre Sandaletten. Warum, verdammt noch mal, sollte sie ihre Weiblichkeit kaschieren? Allen Unkenrufen zum Trotz würde sie heute die neuen Stöckelschuhe anziehen. Außerdem konnte man sie notfalls als Waffe benutzen. Sie lachte leise, als sie an einen Film dachte, dessen Titel ihr entfallen war. Die Szene, in der das weibliche Opfer den eigenen Pfennigabsatz in die Kehle des Peinigers drückte, war ihr jedoch lebhaft in Erinnerung geblieben.

Sie solle sich von Weidling gut einführen lassen, hatte ihr ehemaliger Vorgesetzter ihr geraten. Nachdem sie möglichst viele Informationen über ihre Mitarbeiter gesammelt habe, solle sie herausfinden, wer mit wem gut könne und wer der heimliche Rudelführer sei. Den müsse sie von ihren Führungsqualitäten überzeugen, dann würde ihr der Rest der Meute aus der Hand fressen.

An sich eine gute Idee, nur waren ihre Fragen bei einem Sturkopf wie Weidling auf taube Ohren gestoßen. Sie angelte mit den Zehen nach ihren Schuhen und schlüpfte hinein. Welch ungewohnte Höhe, selbst nach dem zweiten Tag des Tragens. Nur nicht umknicken und schon gar nicht vor diesem Levin.

Ihn hatte sie sofort als ihren natürlichen Feind identifiziert, war er doch als Weidlings designierter Nachfolger gehandelt worden, dem das Polizeipräsidium München nun sie vor die Nase gesetzt hatte. Nicht ihre Schuld, aber Levin schätzte das sicher anders ein.

Dabei sah er gar nicht mal schlecht aus, wenn sie ihn mit den anderen Kollegen des Kommissariats verglich. Allerdings war seine Aussage, mit der er versucht hatte, sie auflaufen zu lassen, die Kugel stecke *vermutlich* in einem Baum, geradezu lächerlich. Hielt er sie etwa für blöde?

Weidlings Lippen formten einen schmalen Strich, als er sie sah. Offensichtlich beruhte die Antipathie auf Gegenseitigkeit. Trotzdem versuchte sie es mit einem Lächeln. »Haben Sie einen Moment Zeit, Herr Weidling? Ich würde gern etwas mit Ihnen besprechen.«

»Was denn?«

Sie sah sich unsicher um, ob jemand mithören konnte. Levin und Weingarth standen unweit an einem Whiteboard und diskutierten über eine Skizze. Sie betrat Weidlings Büro und zog die Tür hinter sich zu. »Es geht um die mir in Zukunft unterstellten Kollegen. Ich möchte keine Fehler machen.«

»Da gibt es nicht viel zu besprechen. Die machen ihren Dienst, wie jeder andere auch.«

»Sagten Sie nicht, dass einige Quertreiber darunter sind?«

»Die gibt es überall.«

»Sie empfehlen also eher eine lockere Führung?«

»Dann werden sie Ihnen auf Ihrer hübschen Nase herumtanzen.« Weidling erhob sich, und sein Ledersessel prallte mit einem Knall gegen den geschlossenen Aktenschrank. »Ich dachte, Frauen hätten so etwas wie einen sechsten Sinn, wenn es um Menschenführung geht?«

Sein Blick sprach Bände. Garantiert gehörte er zu denen, die Frauen in Führungsposition verabscheuten.

»Ich rate Ihnen, sich eingehend mit den Personalakten zu beschäftigen. Der Einblick steht Ihnen aber erst zu, wenn Sie hier eingezogen sind. Bis dahin bleiben sie unter Verschluss.« Weidling klopfte auf die Rollladentür das Schranks hinter sich. »Legen Sie Ihren Leuten im Fall Mechtinger keine Steine in den Weg, aber bedenken Sie, dass der Tote großes Ansehen in der Stadt genoss. Behutsames Vorgehen ist angesagt. Levin wird darauf keine Rücksicht nehmen, und Ihre Karriere könnte einen Knick kriegen, bevor Sie die Leitung des Kommissariats überhaupt angetreten haben.«

Würde Levin ihr wirklich in den Rücken fallen? Sie straffte sich. »Danke, Herr Weidling. Haben Sie sonst noch einen Ratschlag für mich?«

Vor ihr stehend, reichte er ihr gerade bis zur Nase. Nachdem er an ihr hochgeblickt hatte, wich er einen Schritt zurück. »Ja. Ziehen Sie flachere Schuhe an.«

14 ASTRID

»Hm, so gut.« Karin biss so herzhaft in die Bratwurst, dass das Fett herausspritzte. Ein warmer Frühlingswind und ein strahlend blauer Himmel verzauberten den Marktplatz mit den historischen Gebäuden sowie dem Denkmal des Prinzgemahls Albert in der Mitte. Die ersten Burschenschaftler, eine Touristengruppe sowie ein paar Einheimische strömten an den beiden Bratwurstbuden vorbei in die Fußgängerzone. Die Straßencafés waren gut besucht. Von dem Krawall, der hier erst vor Kurzem stattgefunden hatte, zeugte nur noch ein Streifenwagen der Polizei.

Astrid zögerte. Ihre mit Senf beschmierte Bratwurst hing traurig aus der Semmelhälfte. Bratwurstessen auf dem Marktplatz war eine gern gepflegte Tradition gewesen, bis Holger sie ihr mit dem Argument der Gesundheitsschädlichkeit ausgetrieben hatte.

»Hab ganz vergessen, wie gut die sind«, sagte Karin und verdrehte genießerisch die Augen.

Ein Senffleck zierte Karins Wange. Astrid machte sie darauf aufmerksam, woraufhin ihn Karin mit ihrem Handgelenk breit schmierte. Wie in alten Zeiten, als sie Kinder waren, dachte Astrid und wischte ihr mit einer Papierserviette den Senf von der Wange.

Wild entschlossen ging sie nun daran, ihrer eigenen Wurst den Garaus zu machen, um die verloren gegangene Liebe zu den über Holzscheiten gegrillten Dingern wiederzuentdecken. Das grobe Gemisch aus Fleisch, Fett und Gewürzen machte ihr anfangs das Schlucken schwer, zumal Holger neben ihr zu stehen schien, um ihr einen Vortrag über gesundes Essen zu halten.

Tapfer biss sie erneut hinein. Vielleicht sollte sie – Holger zum Trotz – zehn Stück davon essen. Unsinn, was würde sich dadurch ändern?

Karin beobachtete sie schmatzend. »Ich denke, du magst keine Bratwürste. Kann es sein, dass du dich von Holger zu sehr hast unterbuttern lassen?«

Die Wahrheit in diesen Worten schmerzte. »Ich doch nicht.«

»Ich glaube schon.« Karin schob mit einem zufriedenen Seufzer das letzte Stückchen Wurst zwischen ihre Zähne. »Mensch, habe ich das vermisst: den mittäglichen Rundgang über den Markt und erst recht die Bratwürste. Warum Holger sie verabscheute, habe ich nie verstanden.«

Tief in Astrids Innerem verursachte das Loch in ihrer Erinnerung eine nie gekannte Unruhe. Es war, als wollte von dort etwas hervorbrechen, das von undefinierbaren Kräften zurückgehalten wurde. Schnell verdrängte sie dieses beängstigende Gefühl. »Klappe zu, Affe tot«, hatte ihr Vater immer gesagt, wenn er eine Flasche Gin vor Mutters neugierigen Augen in ihrer Spielzeugkiste versteckt hatte. Auch diese Erinnerung gehörte weggepackt, genau wie all die anderen, denn sie führten nur zu Depressionen.

»Jetzt fehlt nur noch ein Eis«, sagte Karin.

Astrid verabscheute Eis. Wahrscheinlich litt sie unter einer Laktoseintoleranz, denn Milchprodukte bereiteten ihr Verdauungsprobleme. »Hab dich nicht so«, hatte ihre Mutter immer gesagt. »Jedes Kind mag Erdbeereis.« Unsicher, ob sie ablehnen sollte, schaute sie in Karins fröhliches Gesicht. Mit ihr waren die Hektik und die alten Erinnerungen zurückgekehrt.

»Hab dich nicht so«, sagte Karin. »Dich zwingt doch keiner, eines zu essen. Trink halt einen Cappuccino mit Sojamilch.«

Erstaunt schaute sie Karin an. »Seit wann sorgst du dich um mich?«

»Seit ich erwachsen geworden bin – auf Mallorca. Da war ich ganz auf mich allein gestellt.« Karin hakte sich bei Astrid ein. »Komm mit, du musst wieder am Leben teilnehmen.«

Vorbei an Straßencafés und Läden, vor denen Ständer mit bunter Frühlingskleidung standen, sowie an Buchhandlungen und einem Juwelier, schlenderten sie durch die breite Spitalgasse. Der warme Frühlingstag vermittelte Astrid ein Gefühl von Aufbruch, das sie zu ignorieren beschloss.

Am Spitalturm steuerte Karin zielstrebig auf das danebenstehende Stadt-Café zu und fand einen freien Tisch im Glasanbau davor. Die Einrichtung war modern und durch die Fenster konnte man das Treiben auf der Mohrenstraße verfolgen. Geschäftig eilten die Bedienungen zu den Tischen, um Kaffee und Eisbecher zu servieren. Etwas zu voll für Astrids Geschmack. Ihr war, als hätte sie im Wald die Fähigkeit verloren, sich an Plätzen mit vielen Menschen wohlzufühlen. Zögernd hängte sie ihre Handtasche über die Stuhllehne.

Karin drehte den Kopf weg und winkte dem Ober zu. »Einen laktosefreien Cappuccino für meine Schwester und für mich einen Schokoladeneisbecher.«

»Laktosefrei haben wir nicht. Scusi.«

»Schon gut«, sagte Astrid. »Normale Milch tut's auch.«

Karin strahlte den südländisch wirkenden Ober an, der sofort zurückgrinste. »Va bene.« Einem schnellen Flirt war sie noch nie abgeneigt gewesen.

Astrid stützte die Ellenbogen auf dem Tisch ab. Gestern hatten sie kaum Zeit gefunden miteinander zu reden und wenn, dann nur über Holgers Unglück. Jetzt wollte Astrid etwas über Karins Leben auf Mallorca hören und erwartete ein Schwärmen von Strand, Meer und Sonne – also Glück pur. »Wie läuft deine Boutique? Hast du die Finca gekauft, von der du immer geschwärmt hast?«

Das Lächeln verschwand schlagartig aus Karins Gesicht. »Alles scheiße.«

Der Mund blieb Astrid offen stehen. Eigentlich hätte sie es sich denken können. »So schlimm?«

»Wenn ich's dir sage.« Karins Mundwinkel zuckten, ihre Augen wurden feucht und ein tiefer Atemzug folgte. »War alles ein Riesenreinfall. Ich bin pleite. Meine letzten Kröten sind für den Herflug draufgegangen.«

Also war Karin nicht ihretwegen in Coburg, sondern weil sie eine Bleibe suchte. Sie wäre auch ohne Holgers Tod gekommen. Das schmerzte. »Und was ist mit deinem Mann?«

Karin winkte ab. »Der Drecksack ist abgehauen. Mit all meinen Ersparnissen.«

»Du machst Witze.«

»Seh ich so aus? Er lebt mit einer anderen in der Nähe von Köln und arbeitet wieder in der Klempnerei seines Vaters.«

»Muss er dir nicht Unterhalt zahlen?«

»Nö. Kinder haben wir keine und ich bin arbeitsfähig.« Karin knetete ihre Hände. »Klar, alles meine Schuld. Die Boutique lief so lala, aber in manchen Monaten ging gar nichts. Matthias dachte, dass er leicht Arbeit finden würde, aber Pustekuchen. Die Mallorquiner haben nicht gerade auf uns gewartet. Solange du Kohle hast, ist alles okay, aber wehe sie geht dir aus. Ist halt wie überall in der Welt.«

Eine Welle von Mitleid überflutete Astrid, aber auch die Erkenntnis, dass Karin tatsächlich erwachsen geworden war. »Tut mir leid.«

»Wie gesagt, war ja meine eigene Blödheit, mich mit diesem Traumtänzer einzulassen. Allein hätte ich es gepackt, aber als Matthias mit der Kohle abgehauen ist, war der Ofen aus. Und dann auch noch die Scheidungskosten.«

»Bist du nicht wegen einer enttäuschten Liebe nach Mallorca ausgewandert?«

Karins Augen wurden schmal, ihr durchdringender Blick traf Astrid wie ein Speer mitten ins Herz. »Hm.«

Eigentlich wollte Astrid nachhaken, aber der Ober traf mit ihrer Bestellung ein und sie entschied, die bissige Bemerkung für sich zu behalten. In den Schaum von Astrids Cappuccino war ein Herzchen gemalt. Karin war wie ein Schmetterling, der von einer Blume zur anderen flatterte, sofern sie nur bunt genug war. Dabei zeigte sie das seltene Talent, von einer Enttäuschung in die nächste zu taumeln, und offenbar traf das auch auf ihr Berufsleben zu.

»Was hast du jetzt vor?«, fragte Astrid.

»Erst mal wäre es schön, wenn ich für eine Weile bei dir unterkommen könnte. Ist doch okay, oder?«

»Für wie lange?«

»Bis ich was Neues gefunden hab.«

Das konnte dauern. Das letzte Mal hatte sie sich für ein Jahr bei ihr eingenistet. »Wie vor deiner Abreise?«

Karin wurde nicht einmal rot. »Na ja, dieses Mal dauert's hoffentlich nicht so lange.«

»Kommen da noch Möbel von dir? Wie du weißt, ist in unserem Forsthaus wenig Platz.«

Karin machte eine abwehrende Geste. »Das Bügelzimmer ist in Ordnung, mehr brauche ich nicht.«

Astrid nickte nur schwach. Was für ein Tohuwabohu war ihr Leben geworden? Nicht einmal mehr ihre Gefühle brachte sie auf die Reihe. Sie liebte und hasste ihre Schwester gleichermaßen. Ging das überhaupt? Oder stand sie kurz davor, verrückt zu werden? Sie tauchte ihren Kaffeelöffel in den Cappuccino und zerstörte das Herz.

»Schau, die Halberts«, sagte Karin.

Auch das noch. Wolfgang Halbert kam mit seiner Frau auf sie zu. Marga sah blass aus, ihre Augen waren rot gerändert. Sie zupfte an Wolfgangs Ärmel, als wollte sie ihn davon abhalten, sie anzusprechen. Wolfgang jedoch ließ sich davon nicht beirren und trat zu ihnen an den Tisch.

»Hallo, Astrid.« Wolfgang nickte ihr zu, dann fiel sein Blick auf Karin. Seine Mundwinkel zuckten kurz nach oben, um im nächsten Moment der Schwerkraft nachzugeben. »Karin? Was für eine Überraschung. Dich hätte ich nicht erwartet. Was führt dich nach Coburg?«

»Holgers Tod«, antwortete Karin eisig.

»Natürlich. Wie dumm von mir.« Wolfgang verlagerte sein Gewicht auf den anderen Fuß. »Habe nur nicht damit gerechnet, dich zu treffen.«

»Unverhofft kommt oft. Genauso wie Holgers Unfall, wenn es denn einer war«, erwiderte Karin.

»Zweifelst du etwa daran?« Marga warf Karin einen scharfen Blick zu. Die drei schienen sich besser zu kennen, als Astrid angenommen hatte.

Während sie abends brav im Forsthaus gesessen war, hatte Holger oft mit seinem Freund Wolfgang die Sau rausgelassen, wie sie es nannten.

Ihre Gedanken schweiften ab. Eigentlich wollte sie nichts weiter, als in Ruhe gelassen werden. Sie musste ihr Leben wieder in geordnete Bahnen lenken, denn zurzeit lief alles aus dem Lot.

»Hat die Polizei schon neue Erkenntnisse?«, fragte Halbert.

Schweiß brach ihr aus. »Ich gehe«, sagte sie fest entschlossen. »Ihr könnt euch gern ohne mich weiterstreiten. Ich brauche das jetzt wirklich nicht.«

15 RICHARD

Frau Dr. med. Monika Lange erwartete Richard mit einer Zigarette in der Hand vor der Aussegnungshalle des Friedhofs am Glockenberg. Ihr kastanienbrauner Pagenschnitt schwang bei jeder Bewegung mit. Die Rechtsmedizinerin lachte ihm schon von Weitem entgegen, sie kannten sich seit Jahren. Anfangs hatte es ausgesehen, als könnte aus ihnen etwas werden, aber dann hatten vielleicht zu viele Leichen jede Romantik erstarren lassen. Freundschaft war geblieben. Sie war ein Lichtblick in der schwermütig machenden Atmosphäre des Friedhofs und trotz ihres gruseligen Handwerks.

»Na, Richard. Wie geht's?«, eröffnete sie das Gespräch und blies Zigarettenrauch in die Luft.

»Besser als dem Mann dort drinnen.«

»Deinen trockenen Humor hast du dir jedenfalls bewahrt.«

»Bleibt einem ja nichts anderes übrig, wenn man in dieser Gegend überleben will.«

Sie drehte den Kopf, um ein älteres Paar zu beobachten, das mit ernsten Gesichtern und einem bunten Blumenstrauß an ihnen vorbeiging, um schließlich in der weitläufigen, einem Park nicht unähnlichen Anlage zu verschwinden. »Du bist freiwillig in die Provinz, Richard, vergiss das nicht. Dominik hat gesagt, du würdest zurück in die alte Heimat kommen?«

»Hat er das? Davon weiß ich nichts.«

Die Rechtsmedizinerin war eine der wenigen, die von seinem Geheimnis wusste, da sie damals die Obduktion der Leiche durchgeführt hatte. Aber er hätte es ihr auch von sich aus erzählt. Er schätzte ihre professionelle Art und ihre Verschwiegenheit.

»Vielleicht ist bei Dom der Wunsch Vater des Gedankens«, sagte sie mit einem Augenzwinkern.

»Na ja, wenigstens einer, der mich zurückwünscht.«

»Das nennt man Fishing for Compliments.« Sie trat ihre Zigarette aus. »Du weißt, es gibt einige, die dich gern wieder in Nürnberg sehen würden. Ich zum Beispiel.«

»Aus rein beruflichen Gründen natürlich.«

»Du sagst es. Wollen wir reingehen?«

Er folgte ihr in den Keller unter der Aussegnungshalle. In einem kalt und steril wirkenden Nebenraum, der immer dann für Obduktionen genutzt wurde, wenn der Leichnam nicht ins Institut für Rechtsmedizin nach Erlangen verbracht wurde, lag Holger Mechtinger auf dem Obduktionstisch unter einem Tuch, das sie nun zurückschlug. Das Blut war entfernt worden, ein Teil der Schädeldecke fehlte. Einmal mehr fragte er sich, was eine hübsche und lebenslustige Frau dazu trieb, Leichen auseinanderzunehmen.

»Was Interessantes gefunden?«, fragte er.

»Zwei Dinge, die bemerkenswert sind. Am Einschuss befinden sich keine Schmauchspuren. Der Schuss wurde also aus größerer Entfernung abgegeben. Aber an seiner Hand habe ich welche gefunden.«

»Das deckt sich mit der Aussage seiner Frau, wonach er mindestens einmal selbst geschossen hat. In der Nähe des Opfers lag ein totes Reh.«

»Das ergibt Sinn. Nun zum Einschusswinkel. Der weist auf eine zweite Person hin.« Sie deutete auf das Gesicht des Toten. »Siehst du? Der Schuss trat vorne rechts an der Schläfe ein und hinten wieder aus.«

Sie zeigte auf die gegenüberliegende Seite, die Richard nicht sehen konnte, da die Leiche auf dem Rücken lag. »Der Schusskanal ist durch das verwendete Teilmantelgeschoss nicht exakt feststellbar. Dazu richtet es einfach zu viel Schaden an, vor allem in weichem Gewebe wie dem Gehirn. Daher kann ich nur eine ungefähre Aussage über den Schusswinkel machen.«

Das hatte er erwartet. »Das heißt, der Schuss wurde etwa aus der Höhe abgefeuert, in der sich auch der Kopf befand.«

»Vorsicht, denn das hängt vom tatsächlichen Winkel, also von der Kopfhaltung, sowie der Entfernung ab.«

Er erinnerte sich an den Amateurfilm von der Ermordung J. F. Kennedys, der bei den Ermittlungen wertvolle Dienste geleistet hatte, gleichwohl die Gerüchte über einen zweiten Attentäter nie verstummt waren. Durch ihn konnte man die Richtung feststellen, aus der der Schuss kam, denn die Kopfhaltung war bekannt. Doch diesen Luxus hatte er nicht. »Es steht also fest, dass der Schuss weder von steil unten noch von oben kam.«

»Richtig.«

»Lässt sich die Entfernung des Schützen bestimmen?«

»Nein. Wie du weißt, ist die Energie einer Gewehrkugel selbst nach mehreren Kilometern noch groß genug, um einen Schädel zu durchschlagen. Alles, was ich sagen kann, ist, dass der Schuss aus mindestens drei Metern und höchstens zwei bis drei Kilometern Entfernung abgegeben wurde, was bei einem Gefährdungsbereich von fünf Kilometern naheliegend ist.«

Er stellte sich vor, wie eine Kugel aus dem Nachbarrevier zufällig Holger Mechtingers Schläfe durchschlagen hatte. Der Fall entwickelte sich allmählich zum Albtraum. »Ziemlich unwahrscheinlich, dass die Kugel aus größerer Entfernung stammte, weil es dort wegen der Bewaldung kaum einen Kilometer freies Schussfeld gibt.«

»Er saß auf einem Hochsitz am Waldrand, oder?«

»Stimmt.« Richard zog seinen Notizblock hervor und blätterte darin, bis er die Skizze des Tatorts fand und zeigte sie ihr. »Selbstmord ist demnach ausgeschlossen?«

»Nach den bisherigen Erkenntnissen ja.« Ihre braunen Augen leuchteten. »Auch einen Unfall halte ich für unwahrscheinlich. Saß er auch noch, als der Schuss abgegeben wurde?«

»Das ist unklar.« Er starrte auf seine Skizze und ärgerte sich über ihre Unvollständigkeit. Es fehlten zu viele Details. »Es könnte auch während des Herunterkletterns passiert sein. Wir haben nur die Aussage seiner Frau und die ist ziemlich vage.«

»Was hat sie denn gesagt?«

»Dass sie ihn oben sitzen sah, dann sei der Schuss gefallen und er plötzlich weg gewesen. Den Moment, als er getroffen wurde, scheint sie nicht beobachtet zu haben.«

»Wie, weg gewesen?«

»Nicht mehr sichtbar.«

»Wäre es beim Herunterklettern passiert, würde dies immer noch nicht den Einschusswinkel erklären.«

»Außer ihm wäre das Gewehr beim Hinuntersteigen entglitten und er hätte ihm hinterhergeschaut.«

»Und beim Aufprall hat sich der Schuss gelöst?« Sie neigte den Kopf zur Seite. »Das wäre möglich, vorausgesetzt die Waffe war geladen und entsichert.«

»Das war sie. Wir fanden auch zwei Patronenhülsen, eine neben dem Hochsitz, die andere in der Kammer.«

Sie verzog ihren Mund, deckte Mechtinger wieder zu und schüttelte den Kopf. »Das wiederum spricht für einen Unfall.«

»Außer jemand hat sich anschließend an der Waffe zu schaffen gemacht und wieder eine Hülse reingeschoben.« Tausende von Möglichkeiten schwirrten ihm durch den Kopf. Der Staatsanwalt würde sich nicht mit Vermutungen begnügen, der wollte harte Fakten. »Kennen wir die Position, in der sich das Opfer befand, wissen wir auch, aus welcher Richtung der Schuss abgegeben wurde. Wenn er oben gesessen hat, kam die Kugel von rechts, war er beim Heruntersteigen, dann von links, weil er sich für den Abstieg um 180 Grad drehen musste. Hat er heruntergeschaut, kam die Kugel vom Boden, hat er in die Luft geguckt, vom Himmel. Wunderbar, im Prinzip wissen wir gar nichts.«

Sie machte ein mitleidiges Gesicht. »Tut mir leid, dass ich dir nicht weiterhelfen konnte. Mein schriftliches Protokoll schicke ich dir noch heute zu.«

»Na ja, zumindest können wir Selbstmord ausschließen. Und seine Frau werde ich mir noch mal vorknöpfen. Vielleicht ist ihr Gedächtnis inzwischen zurückgekehrt. Schau her.« Er zeigte Monika auf der Skizze den Tatort und die Stelle, wo sich Astrid Mechtinger befunden hatte. »Das ist mein Dilemma. Der Mörder – falls es denn einen gibt – kann praktisch von überall geschossen haben.«

»Ich denke, du liebst Herausforderungen.«

»Schon. Nur sitzt mir meine neue Chefin im Genick.«

Er erzählte ihr kurz von Maxi Frohn, wobei ihm der Duft von Monikas Parfum in die Nase stieg: Vanille und Mandarine. Anscheinend das gleiche, das die Frohn benutzte.

»Armer Kerl. Musst jetzt den Befehlen einer Frau gehorchen«, sagte sie. »Ist sie wenigstens hübsch?«

»Das kann man wohl sagen, aber das ist nicht das Problem.«

»Sondern?«

Sollte er ihr sagen, dass man ihm eine jüngere Frau vor die Nase gesetzt hatte? Monika war selbst eine Karrierefrau, die in ihrem Beruf völlig aufging und dafür sogar auf eine Familie verzichtete. Sie würde es als das bezeichnen, was es war: ein dummes Vorurteil. Nein, auf dieses Gesprächsthema wollte er sich nicht einlassen.

»Und was ist das zweite Bemerkenswerte, von dem du vorhin sprachst?«, fragte er.

Ihr Gesicht verzog sich zu einem Grinsen. »Der Mann war Diabetiker und hatte eine vergrößerte Prostata.«

»Das bedeutet?«

»Na ja, das führt oft zu Erektionsstörungen.«

Er verstand nur Bahnhof. »Was hat das mit seinem Tod zu tun?«

»Das musst du herausfinden. Er hatte Spuren von Phosphodiesterase – besser bekannt unter dem Namen ›Viagra‹ – im Blut.«

16 TOBIAS

»Ganz schön lange Liste«, sagte Heinlein und schob Tobias einen Computerausdruck zu. »Paschke war an gewalttätigen Demonstrationen gegen Neonazis in Nürnberg und Erlangen beteiligt. Ist also ein alter Bekannter in der Szene.«

Tobias sah von seinem Bildschirm hoch. Die Erlebnisse des vorangegangenen Einsatzes zerrten noch an seinen Nerven, obwohl nichts Dramatisches passiert war. »Das passt. Ich schreibe gerade Paschkes Einlieferungsanzeige.«

»Die kommen alle in Unterbindungsgewahrsam, hat Sachse gesagt.«

Gute Idee, dann konnten die Brüder keinen Unsinn mehr anstellen. Tobias überflog den Ausdruck. »Sieh an. Flaschen- und Steinewerfen sowie ein brennender Pkw vor zwei Jahren in Nürnberg gehen auch auf sein Konto.«

»Und sich danach auf Meinungsfreiheit berufen. Der hat noch mehr auf dem Kerbholz.«

Tobias blätterte um. »Vor drei Jahren war er an einer Aktion der ALF beteiligt, bei der Versuchstiere aus einem Labor entwendet wurden. Weißt du, für was ALF steht?«

»Animal Liberation Front, auf Deutsch: Tierbefreiungsfront.«

»Von denen hab ich schon gehört. Die machen auch gegen die Jagd mobil.« Tobias las weiter. »Als Biologiestudent hat er die Zustände in einem Schlachthof mit versteckter Kamera festgehalten und die Aufnahmen Peta zur Verfügung gestellt, die daraufhin Anzeige erstattet haben.«

»People for the Ethical Treatment of Animals«, erklärte Heinlein, bevor Tobias nach der Bedeutung der Abkürzung fragen konnte und übersetzte auch gleich: »Menschen für den ethischen Umgang mit Tieren.«

»Sehr interessant das alles.«

»Wenn es um die Umsetzung irgendwelcher Ideale geht, kennt Paschke offenbar keine Skrupel.«

»Und er ist Jagdgegner.«

Heinleins Stirn legte sich in Falten. »Wie kommst du darauf?«

»Weil er Mitglied bei der ALF ist. Die Kanzel in Mechtingers Revier könnte er zerstört haben. Das würde passen.«

»Worauf willst du hinaus?«

»Mechtingers Kanzel wurde an dem Tag demoliert, an dem er starb. Am Tatort wurde eine grüne Strickmütze mit dem Peta-Logo gefunden. Hübscher Zufall, gell?«

»Hm.« Heinlein rieb sich das Kinn und zupfte an seinem Schnurrbart. »Du meinst, da könnte ein Zusammenhang bestehen?«

»Wäre doch möglich.«

»Scheint mir weit hergeholt. Gibt es denn eine Verbindung zu Mechtinger oder meinst du, die Wahl der Kanzel war purer Zufall?«

Tobias meinte gar nichts. Plötzlich erschien ihm der Fall wie eine wachsende Masse, die ihn zu ersticken drohte. Genau deshalb war er lieber zur Schupo als zur Kripo gegangen. Er kratzte sich den schwitzenden Nacken. »Müsste halt mal einer nachprüfen«, sagte er gedehnt.

»Gute Idee. Das machst du, und zwar bevor Paschke wieder abtaucht.«

»Wie denn?«, fragte Tobias, obwohl er die Antwort bereits kannte.

»Wie wär's, wenn du ihn einfach vernimmst?« Heinleins Schnurrbart zuckte amüsiert. »Wegen der Einlieferungsanzeige musst du sowieso mit ihm sprechen. Er ist mit den anderen noch in der GeS.«

Wegen den zu erwartenden Ausschreitungen hatten sie vorsorglich eine Gefangenensammelstelle eingerichtet, um freiheitsentziehende und erkennungsdienstliche Maßnahmen durchführen zu können. Manchmal kam sich Tobias richtig blöd vor. »Mach ich gleich.«

Draußen auf dem Gang begegnete ihm Richard Levin, der mit grantigem Gesicht auf ihn zusteuerte. Das sah nach Arbeit aus. Anscheinend hatte man es heute auf ihn abgesehen.

»Gut, dass ich Sie treffe«, sagte Levin und baute sich vor ihm auf. Tobias war kleiner als er, hatte dafür aber mehr Bauchumfang vorzuweisen. »Ich muss mit Ihnen reden.«

Also hatte er richtig vermutet. Aber zumindest konnte er bei der Gelegenheit von Paschkes Festnahme berichten. »Ich mit Ihnen auch.«

Levin legte den Kopf schief. »Was liegt an?«

Tobias wäre es lieber gewesen, der Kollege würde zuerst mit seiner Sache herausrücken, aber der sah ihn nur mit dem gleichen strengen Blick an wie sein Vater früher, wenn er als Kind etwas ausgefressen hatte. »Wir haben einen Mann festgenommen, der Mechtingers Hochsitz zerstört haben könnte.«

Levin beugte sich vor, unterschritt damit Tobias' Komfortzone. Tobias wich zurück.

»Prima, erzählen Sie mir mehr«, sagte Levin.

Tobias setzte an, brach aber sofort wieder ab, weil hinter Levin Maxi Frohn auftauchte und direkt auf sie zusteuerte.

»Polizeihauptmeister Schneider, nicht wahr?«, fragte sie mit kühler Stimme.

»Äh, richtig«, krächzte er.

»Hat Kollege Levin Sie bereits eingeweiht? Im Fall Mechtinger wird ein Ermittlungsteam zusammengestellt, und wir hätten gern jemanden dabei, der sich mit der Jagd auskennt. Sie sind doch Jäger?«

Eine derartige Einladung erfolgte sehr selten und war nur Experten vorbehalten. Hoffentlich blamierte er sich nicht.

Sie musterte ihn lange, wobei ihre Oberlippe leicht zuckte. Sie musste ihn für begriffsstutzig halten, weil er immer noch schwieg, während Levins Gesicht wie versteinert war. Offensichtlich missfiel ihm ihr Vorschlag. Na, Prost Mahlzeit. Das würde eine tolle Zusammenarbeit geben. Aber er nahm sich vor, ihr zu zeigen, dass er mehr drauf hatte als nur Speck auf den Hüften.

»Äh, richtig«, antwortete er und bemerkte, dass er zweimal hintereinander dieselbe Antwort gegeben hatte.

In Levins Augen blitzte es amüsiert auf.

»Gut. Willkommen im Team.« Sie streckte ihm ihre Hand entgegen, die Tobias nur zögerlich ergriff. Erstaunlich fest umschloss ihre warme, weiche Haut seine kalten, schweißigen Finger. Kaum lockerte sie den Griff, zog er seine Hand zurück.

»Der Kollege wird Sie einweisen.« Sie wandte sich schwungvoll ab und stöckelte mit strammen Pobacken davon.

17 RICHARD

Es ging Richard gewaltig gegen den Strich, dass die Frohn ihm zuvorgekommen war, Schneider hinzuzuziehen. Als Teamleiter oblag das eigentlich ihm und nicht ihr. Aber wenigstens war sie nicht lange geblieben. Richard atmete hörbar aus, um die Anspannung zu vertreiben. »Wo waren wir stehen geblieben? Ach ja, bei dem Hochsitz.«

»Der Verdächtige heißt Michael Paschke und wurde heute beim Einsatz in der Innenstadt festgenommen. Der Kerl hat's faustdick hinter den Ohren und ist kein unbeschriebenes Blatt.«

»Und was hat der mit dem Mechtinger zu tun?«

»Er trug eine ähnliche Mütze wie die, die in der Nähe des Tatorts gefunden wurde. Außerdem hat er sich der ALF angeschlossen, die als Jagdgegner gelten.«

Was sie aber noch lange nicht zu Mördern machte, ergänzte Levin im Geist und schürzte die Lippen. »Alf jagt nur Katzen.«

»Ich meine die Animal Liberation Front«, sagte Tobias kalt.

»Und ich habe mir einen Scherz erlaubt. Michael Paschke, sagten Sie?«

»Ja. 21, Student der Biologie in Erlangen. Er befindet sich noch in der GeS.«

»Dann schauen wir mal nach dem Bürschchen.«

Schneider zog seine Schultern zurück, deutete in Richtung Konferenzraum. »Da lang.«

In dem Raum wartete eine Gruppe vorläufig Festgenommener auf die erkennungsdienstliche Behandlung und Vernehmung. Schneider erklärte sein Anliegen dem verantwortlichen Kollegen.

»Der war schon dran und bestreitet alle Vorwürfe«, erklärte dieser. »Dort drüben ist er.«

Paschke saß halb vom Stuhl heruntergerutscht, mit dem Kopf gegen die Wand gelehnt, die Arme verschränkt und die Beine weit gespreizt, als ginge ihn das alles nichts an. Richard erkannte ihn sofort, das war der Junge mit der Rose vor der Schule. Schneider stellte sich einen Schritt hinter Richard.

»He«, sprach Paschke ihn an. »Wann kann ich endlich gehen?«

»Keine Ahnung, wann Sie Ihre Gehfähigkeit wiedererlangen, aber gehen *dürfen* Sie am Dienstagnachmittag, wenn der Konvent vorbei ist.«

»Was?«

»Man nennt das Unterbindungsgewahrsam.«

»Ich will 'nen Anwalt!«, rief ein junger Mann, der neben Paschke saß.

»Was ist mit Ihnen? Sie wollen keinen?«, fragte er Paschke.

»Kostet nur 'ne Menge Kohle. Außerdem hab ich nix gemacht.«

»Das sagen alle.« Levin stellte sich vor ihn und hielt ihm seinen Ausweis vor die Nase.

Langsam nahm Paschke eine aufrechte Position ein, wobei sein Gesicht eine Spur blasser wurde. »Kripo? Vielleicht sollte ich doch 'nen Anwalt verlangen.«

»Können Sie gern, aber ich an Ihrer Stelle würde mir erst mal anhören, um was es geht. Vielleicht erübrigt sich das dann.«

Paschke nickte. »Schießen Sie los.«

»Hier nicht. Kommen Sie mit.« Richard bedeutete Schneider, sie zu begleiten. Sie nahmen Paschke in die Mitte und

gingen hinauf in den ersten Stock, in ein spartanisch einge-
richtetes Vernehmungszimmer: die Wände schmucklos, die
einzigen Möbel waren einige unbequeme Stühle sowie ein
L-förmiger Arbeitstisch, auf dem Telefon und Computer
standen. Mehr Luxus gab es nicht.

»Machen Sie es sich bequem«, sagte Richard zu Paschke,
der sich neugierig umsah. Dass Paschke wütend und hass-
erfüllt war, konnte er spüren. Er kannte diese Typen, die
jeden anderen für ihr Scheitern verantwortlich machten, nur
nicht sich selbst. Der Polizeihauptmeister schien das ebenfalls zu bemerken, denn er hielt Abstand zu dem Mann.

»Ist das Ihre Bude?«, fragte Paschke mit abfälligem Unterton in der Stimme.

»Nein. So viel Luxus steht mir nicht zu.«

Die Antwort schien Paschke zu gefallen, denn er grinste
breit, rückte sich den Stuhl zurecht und fläzte sich darauf,
als befände er sich in seinem Wohnzimmer.

Ein schwieriger Kandidat. Einer, der sich aufgrund seiner Vorgeschichte bestimmt im Strafgesetzbuch auskannte.
Richard musterte ihn eine Weile, bis Paschke begann, unruhig auf dem Stuhl hin und her zu rutschen.

Darauf hatte Richard gewartet. »Kann es sein, dass ich
Sie kürzlich vor dem Victoria-Gymnasium gesehen habe?«

Treffer. Paschkes Augen bewegten sich zuerst nach links
und gleich danach nach rechts. »Schon möglich. Liegt ja
mitten in der Stadt.«

Richard schaltete den Computer ein, der Bildschirm
flammte auf. Er bewegte seine Finger, um sie zu lockern,
schenkte Paschke dabei nur einen Seitenblick und rief die
Kriminalaktendatenbank auf.

»Seit wann ist es verboten durch die Stadt zu gehen? Ich
will doch lieber 'nen Rechtsanwalt.«

»Haben Sie denn was zu befürchten?«

»Ich? Nee. Ist halt nur, weil ich wegen 'ner harmlosen Demo bei der Kripo hocke.«

»Das hat mit der Demo nichts zu tun. Wir machen lediglich eine Zeugenbefragung mit Ihnen.« Richard befeuchtete seine Lippen. »Dann wollen wir mal schauen, was im KAN unter Ihrem Namen alles gespeichert ist.«

»Ich dachte, ihr arbeitet mit INPOL als Informationssystem.«

»Der Kriminalaktennachweis ist Bestandteil von INPOL. Zufrieden?«

Paschke zuckte nur die Achseln.

»Ihr Name ist Michael Paschke?«

Der Befragte knirschte mit den Zähnen. »Mischa, wenn's recht ist.«

»Mischa Paschke also.« Richard tippte trotzdem »Michael« ein, denn er war bestimmt unter seinem offiziellen Vornamen vermerkt. Tatsächlich erschien eine Liste mit den entsprechenden Daten. »Ich war gestern am Vicki und meine, Sie dort mit einer Rose in der Hand gesehen zu haben. Dieselbe Kleidung, dieselbe Mütze, sogar dasselbe Emblem darauf. Sie haben dann die Rose einer Freundin gegeben.«

»Falsch.«

Schneider räusperte sich. »Kennen Sie Holger Mechtinger?«

»Hä?«

Schneider schien zu wissen, worauf es ankam, um den Verdächtigen aus der Ruhe zu bringen. »Der Kollege will wissen, ob Ihnen ein Holger Mechtinger bekannt ist«, wiederholte Richard.

Rote Flecken bildeten sich auf Paschkes Wangen. »Ich will 'nen Anwalt.«

»Wozu? Sie sind nicht als Beschuldigter hier, sondern als Zeuge.«

»Soviel ich weiß, wurde der Mechtinger umgelegt, und das wollen Sie mir offensichtlich in die Schuhe schieben.«

»Ihre Latschen interessieren mich nicht.« Richard drehte den Bildschirm so, dass Paschke mitlesen konnte. »Ich öffne jetzt ein Protokollformular, das wir am Ende der Vernehmung zusammen durchgehen. Sie brauchen sich nicht selbst zu belasten, aber wenn Sie aussagen, müssen Sie die Wahrheit sagen.«

Paschke musste der Arsch auf Grundeis gehen, denn ihm brach der Schweiß aus. »Dass ich beim Vicki war, heißt gar nichts.«

»Also waren Sie dort? Warum nicht gleich so?«

»Scheiß…« Paschke verschluckte den Rest. Plötzlich lehnte er sich im Stuhl zurück. »Klar war ich da.«

»Das ist doch schon mal ein Anfang.«

»Wird wohl doch ein Verhör.«

»Sorry, die Macht der Gewohnheit. Mir geht es nicht darum, ob Sie an der Schule waren oder nicht. Wir hoffen vielmehr, dass Sie uns im Fall Mechtinger weiterhelfen können. Was ist nun? Kannten Sie ihn oder nicht?«

Paschke hob die Schultern an und zog sie zurück, als wollte er eine Verspannung lösen. »Nur vom Hörensagen. Er war Lehrer am Vicki. Ich verstehe immer noch nicht, worauf Sie hinauswollen. Was soll ich eigentlich bezeugen?«

Richard ließ sich mit dem Eintippen Zeit. Paschkes Nervosität musste er ausnutzen.

»Sagt Ihnen die Gleisenau etwas?«, fragte Schneider dazwischen.

»Was wollen Sie andauernd mit der Gleisenau? Wo soll das denn sein?«

»Bei Ebersdorf …«

»Kenn' ich nich', sagte ich schon.« Paschke schüttelte den Kopf und legte die Hände in den Schoß. Eine harte Nuss, die es zu knacken galt. Schneider fuhr fort: »Wir denken, dass Sie sich in dem Gebiet auskennen, weil wir dort eine Mütze gefunden haben, die Ihrer zum Verwechseln ähnlich sieht.«

Paschke zog sie vom Kopf. Darunter kamen kurze blonde Stoppeln zum Vorschein. »Die hab' ich mir geliehen, sagte ich auch schon ...«

»Der Fundort war an einem zerstörten Hochsitz in Mechtingers Jagdrevier«, sagte Richard.

»Was soll das werden? Ich weiß nix von 'ner Kanzel.«

Immerhin wusste er, dass es eine Kanzel gewesen war, aber er konnte es von woanders erfahren haben. Richard ließ sich nichts anmerken. »Schade. Ihr Beruf?«

»Biologiestudent.«

»Sie haben nicht zufällig am Vicki Abitur gemacht?«

»Ich kannte weder den Mechtinger persönlich noch weiß ich was von 'nem zerstörten Hochsitz. Das können Sie in Ihr Protokoll aufnehmen. Wenn Sie Ihre Vernehmung fortsetzen, will ich einen Rechtsanwalt.«

»Kein Problem. Wollen Sie ihn gleich anrufen?«

Paschke wurde blass um die Nase. »Warum?«

»Weil ich als Nächstes eine DNA-Probe von Ihnen nehmen werde.«

Paschke zuckte zurück, hob abwehrend seine Hände. »Fick dich doch selbst. Von mir bekommt ihr nix!«

Jetzt hatte er ihn. Langsam beugte Richard sich vor. »Das gibt eine weitere Anzeige wegen Beamtenbeleidigung. Sie wissen, dass Sie als Vorbestrafter Ihr Studium an den Nagel hängen können. Ihre Liste wird immer länger. Aber bitte, rufen Sie Ihren Anwalt ruhig an. In der Zwischenzeit hole ich mir den richterlichen Beschluss.«

Paschkes Fuß zuckte rhythmisch. »Ob Sie den bekommen, ist fraglich.« Paschkes Stimme klang höhnisch »Weil bei mir nämlich keine Gefahr im Verzug ist.«

»Ach, der Herr kennt sich aus.« Richard lehnte sich zurück, beobachtete den Verdächtigen genau. »Hier geht es nicht um Gefahr im Verzug, hier geht es um die Feststellung, ob Sie in der Gleisenau waren. Wie wäre es mit einer Freiwilligkeitserklärung, dass ich die Probe bei Ihnen nehmen darf?«

»Die kriegen Sie am Sankt-Nimmerleins-Tag.«

»Na, dann eben doch mit Richterbeschluss. Sie sind ja noch länger verfügbar.« Richard tippte auf seiner Tastatur herum. »Ich darf das so aufnehmen, ja? Sie bekommen gleich das Protokoll Ihrer Aussage zum Nachlesen und danach dürfen Sie unten warten.«

»Steht alles, was ich gesagt hab, da drin?«

»Alles.«

Paschke nagte wieder an der Unterlippe. »Könnten Sie etwas herausnehmen?«

»Warum sollte ich?«

»Nicht mal, wenn ich Ihnen meine DNA freiwillig gebe?«

»Wir sind doch nicht auf dem Basar.« Er ließ seine Hand über der Tastatur schweben.

»Die Beleidigung … tut mir leid. Ist mir rausgerutscht.«

Richard scrollte durch das Geschriebene. Wenn Paschke sich seine DNA freiwillig abnehmen ließe, würde ihm das den Papierkrieg mit dem Gericht ersparen. Er fühlte Schneiders Blick im Nacken.

Der Drucker in der Ecke begann zu rumoren. Er entnahm ihm das Formular und legte es Paschke vor. »Unterschreiben.«

»Was ist mit der Beleidigung?«

Anstatt einer Antwort zückte Richard einen Kugelschreiber, den Paschke unsicher entgegennahm.

»Die Beleidigung habe ich gar nicht reingeschrieben, da sonst unweigerlich eine Anzeige erfolgt wäre. Wir haben genügend gegen Sie in der Hand, um Ihre DNA auch so zu bekommen. Wovor haben Sie eigentlich Angst?«

»Ihr könnt mich mal«, stieß Paschke hervor und erhob sich.

18 ASTRID

Am Unangenehmsten waren ihr Karins neugierige Blicke, die sie meistens dann verfolgten, wenn Karin meinte, sie würden nicht bemerkt. Doch nun war Karin nach unten gegangen, um ihnen einen Kaffee zu machen. Eine günstige Gelegenheit, um ihr Vorhaben in die Tat umzusetzen. Unschlüssig stand Astrid vor dem Kleiderschrank; die Trittstufe, damit sie das oberste Fach erreichen konnte, daneben. Sollte sie wirklich, wie ein Leichenfledderer, Holgers Sachen durchsuchen und sie in die Kleidersammlung geben?

Jahrelang hatte sie seine Wäsche gewaschen und gebügelt und sollte eigentlich keine Berührungsängste haben. Vor ihr hing sein schwarzer Anzug, den er nur zu feierlichen Anlässen getragen hatte. Ansonsten hatte er einen eher legeren

Kleidungsstil bevorzugt. Bei Karins Hochzeit auf Mallorca war der Anzug zum letzten Mal zum Einsatz gekommen. Obwohl Holger dort die meiste Zeit schlecht gelaunt gewesen war, hatten sie dennoch eine schöne Zeit verlebt. Etwas an Karins Ehemann hatte ihm wohl nicht gepasst, und er hatte sich aufgeführt, als wäre er ihr Vater.

Würde er den Anzug noch einmal brauchen? Sie zupfte ein langes Haar vom Revers. Was für ein lächerlicher Gedanke. Wurden Tote nicht in ihr bestes Kleidungsstück gesteckt, bevor sich der Sargdeckel für immer schloss? Keine Ahnung. Das Beerdigungsinstitut würde sich um alles kümmern.

Das Haar schwebte zu Boden und blieb dort golden schimmernd liegen. Sie sollte ihn einäschern lassen.

Am einfachsten wäre es, sie würde seinen ganzen Kram zusammenpacken und in den Müll werfen. Nur langsam lösten sich ihre verkrampften Finger von dem Ärmel. Wie absurd, jetzt an die Entsorgung seiner Sachen zu denken. Jahrelang war Holger ihr Rettungsanker gewesen, ihr Fels in der Brandung, ihr Hort der Sicherheit.

Ein Geräusch hinter ihr riss sie aus ihren Gedanken. Karin, wer sonst.

»Entschuldigen Sie.« Eine männliche Stimme.

Erschrocken fuhr sie herum. Vor ihr stand der Kriminalkommissar. Dass er helle Augen hatte, fiel ihr erst in diesem Moment auf, und sein Dreitagebart hatte sich inzwischen zum Vollbart entwickelt. Etwas verwegen und selbstbewusst sah er aus. Wie war er hereingekommen?

»Kriminaloberkommissar Levin. Ihre Schwester hat mich reingelassen.«

Karin natürlich. Astrid streckte sich. Eine aufrechte Haltung ist wichtig, waren die Nonnen im Heim nicht müde geworden zu predigen, als Mutter sie wegen ihrer ständigen Lügerei einfach abgeschoben hatte. Damals war sie 15 Jahre alt gewesen, und die Schuld der Unkeuschheit hatte zwischen ihren Beinen gebrannt.

Levin sah sie prüfend an, nicht abschätzig, eher wissend, was sie unangenehm berührte.

»Ich bin gerade beim Aufräumen.« Sie folgte seinem Blick, der auf den leeren Karton und den vollen Kleiderschrank fiel. Viel hatte sie nicht geschafft, genau genommen nichts.

Levin schob die Hände in die Hosentaschen. »Ich hoffe, ich störe nicht.«

Natürlich tat er das, und das wusste er auch. Wärme kribbelte in ihren Wangen, als hätte er sie bei etwas Verbotenem erwischt.

»Nein.« Sie holte tief Luft. »Ich versuche nur, mich abzulenken.«

»Verstehe.«

Von wegen verstehen. Ihr Mann war tot, und wie es ihr ging, konnte er garantiert nicht nachempfinden. »Keine schöne Arbeit, aber was sein muss, muss sein.«

Eine Pause entstand. Levin stand immer noch da, die Hände in den Taschen, den Blick wie ein Großinquisitor auf sie gerichtet, darin eine Härte, die sie nur allzu gut kannte. Der Mann war zu allem fähig, schoss es ihr durch den Kopf. Der wusste, wie man einen Menschen fertigmachte – körperlich und psychisch.

Levin zog die Hände aus den Taschen und trat zwischen sie und den Schank, als wollte er Holgers Sachen vor ihrem Zugriff schützten.

»Sind Sie mit Ihren Ermittlungen weitergekommen?«, fragte sie mit belegter Stimme.

»Nicht viel, aber Selbstmord können wir ausschließen.«

»Dazu wäre Holger auch nicht der Typ gewesen.«

»Wie meinen Sie das?«

»Er war keiner, der gekniffen hätte – vor dem Leben, meine ich. Holger wusste immer, was zu tun war, und tat es dann auch.«

»Manchmal spielen solche Menschen ihrer Umgebung nur was vor, um zu kaschieren, wie es in ihnen aussieht.« Levin befühlte Holgers Anzug. Astrids Nackenhaare sträubten sich.

»Guter Stoff.« Er zog ihn heraus. »Ein Maßanzug?«

»Holger war immer sehr auf sein Äußeres bedacht gewesen.«

Ein Schmunzeln wischte die Härte aus Levins Gesicht. Schnell besah er sich alles, was sonst noch in dem Schrank aufbewahrt wurde: Holgers Hemden, seine Shirts sowie die modernen, teilweise schon albern wirkenden Seidenkrawatten – eine für Weihnachten, eine für Ostern, eine für Halloween.

»Er trug sie hauptsächlich in der Schule, zum allgemeinen Spaß seiner Gymnasiasten«, erklärte sie, als sie seinen Blick bemerkte.

»Das glaube ich gern.«

»Er war sehr beliebt.«

»Davon habe ich gehört. Kaum zu glauben bei einem Lateinlehrer.« Levin fuhr mit der Hand über den oberen Regalboden.

Ihre Lungen brannten. Hatte sie schon wieder die Luft angehalten? Sie atmete tief durch.

»Darf ich?«, fragte Levin.

»Suchen Sie etwas Bestimmtes?«

»Na ja … wenn es kein Selbstmord war …«

»Es gab keinen Grund, ihn zu ermorden.«

»Das sagen Sie. Sie wären nicht die erste Ehefrau, die von den Eskapaden ihres Mannes keine Ahnung hat.«

»Das verbitte ich mir. Holger war ein guter Mann.« Wieder dieser Röntgenblick. Sie wandte sich dem leeren Karton zu. »Wieso schließen Sie Selbstmord aus?«

»Weil an der Eintrittsstelle der Kugel keine Schmauchspuren zu finden waren.« Levin zog ein gefaltetes Papier aus dem Fach hervor und klappte es so auf, dass sie mitlesen konnte: die Rechnung einer Bar. Über 900 Euro.

Ihr Nacken begann zu kribbeln. »Holger war sehr einfallsreich«, sagte sie. »Er hätte bestimmt einen Weg gefunden, einen Selbstmord wie einen Unfall aussehen zu lassen.«

»Was wollen Sie damit sagen?« Levin wandte sich ihr zu, die Rechnung in der Hand. »Nicht schlecht. Mal eben in einer Bar 900 Euro auszugeben, kann sich nicht jeder leisten.«

Sie verstand die Anspielung und erneut erwachte die Unruhe in ihr. »Er konnte mit seinem Geld machen, was er wollte.« Vergeblich hatte sie versucht, den Ärger in ihrer Stimme zu unterdrücken, und presste die Lippen aufeinander.

»Sie hatten getrennte Kassen?«, fragte Levin.

»Nein. Er behielt alles und gab mir Haushaltsgeld.«

Ein befremdeter Ausdruck flog über Levins Gesicht, daher fügte sie schnell hinzu: »Das war in Ordnung für mich.«

»Wenn Sie meinen.« Levin ließ die Hand über Holgers Kleidung gleiten, stoppte an einer Jeans und fasste mit zwei Fingern in deren kleine Tasche.

Was machte der Mann da? War das rechtmäßig? Wie würde er reagieren, wenn sie es ihm verböte?

Levins Körper verdeckte, ob er etwas gefunden hatte, und als er sich zu ihr umdrehte, waren seine Hände leer, aber die Augen schmal.

Er hatte etwas gefunden, von dem sie nichts wissen durfte.

»Führten Sie eine gute Ehe?«, fragte er.

Ihr wurde schwarz vor den Augen.

»Was haben Sie in den Sachen meines Schwagers herumzustöbern?«, fragte Karin scharf dazwischen. Sie stand am Türrahmen angelehnt, die Arme verschränkt und die Haare zu einem Zopf geflochten, der ihr bis auf die Brust fiel. »Haben Sie einen Hausdurchsuchungsbefehl?«

»Brauche ich den?« Levin klang amüsiert.

Mit ihrem Zeigefinger deutete sie auf die Brust des Kommissars. »Sie haben seine Sachen durchwühlt.«

»Eine Hausdurchsuchung würde anders ablaufen, das können Sie mir glauben. Außerdem hätte Frau Mechtinger jederzeit Einspruch erheben können, sie stand die ganze Zeit direkt daneben.«

»Meine Schwester erhebt nie gegen etwas Einspruch.« Karin warf ihr ein Lächeln zu, das ihr sauer aufstieß.

»Beantworten Sie mir jetzt bitte meine Frage nach Ihrer Ehe?«, sagte Levin und wandte sich wieder Astrid zu.

»Wieso wollen Sie das wissen?«, drängte Karin.

»Weil es kein Selbstmord war.«

»Und da haben Sie automatisch seine Frau in Verdacht?«

»Jeder, der ein Motiv haben könnte, kommt als Täter in Betracht. Hatten Sie eines?«

»Ich?« Karin warf den Kopf zurück, sodass der Zopf ihr in den Nacken flog. »Holger war immer gut zu mir gewesen. Schließlich durfte ich nach meiner ersten Pleite hier einziehen.«

Die Unruhe in Astrid hatte inzwischen ihren Magen erreicht, Übelkeit stieg in ihr auf. Sie fühlte sich wie damals, als sie, mit Karin an der Hand, von ihrem Vater im Dunkeln über den zugefrorenen Teich zum Zigarettenholen geschickt worden war.

»Unsere Ehe war in Ordnung«, sagte sie fest. »Holger ging öfter mit seinem Freund Wolfgang Halbert aus. Der hat meistens die Zeche gezahlt. Kann durchaus sein, dass Holger die Rechnung auch mal übernommen hat.«

»Wie definieren Sie ›in Ordnung‹?«

Das traf sie unvorbereitet. Ihre Gedanken rasten. Worauf wollte der Kerl hinaus? »Er … hat mich nie geschlagen, nicht getrunken, mich nie zu irgendwas gezwungen, das ich nicht wollte.«

Sie erschrak. Hatte sie nicht soeben all das aufgezählt, was sie ihrem Vater einst vorgeworfen hatte? War ihre Ehe wirklich darauf beschränkt gewesen?

Levin schien sich mit ihrer Antwort zufriedenzugeben, bohrte nicht weiter nach. »Hatte er Feinde?«, fragte er an Karin gewandt.

»Nicht, dass ich wüsste.«

»Es fällt mir schwer, an den perfekten Menschen zu glauben, der von allen geliebt wird.«

»Kann doch auch ein Unfall gewesen sein, oder?«, meinte Karin.

»Noch können wir das nicht ausschließen.« Levin hielt Karin seine Visitenkarte hin. »Sollte Ihnen noch etwas einfallen, rufen Sie mich bitte an.«

»Ich habe alles gesagt, was ich weiß.« Die Visitenkarte wanderte in ihre Jeanstasche. »In Anbetracht des Zustands meiner Schwester bitte ich Sie, von weiteren zufälligen Besuchen abzusehen.«

Levin sah von ihr zu Karin und nickte dann. »Ich dachte, eine Aufklärung des Falls liegt auch in Ihrem Interesse«, erwiderte er und schob sich an Karin vorbei aus dem Zimmer.

Astrid ließ sich aufs Bett sinken. Ihr war klar, dass sie sich verdächtig gemacht hatte. Nun würde das Kesseltreiben gegen sie beginnen. Ohne ein weiteres Wort zu verlieren, ging Karin aus dem Zimmer und ließ sie mit ihren Ängsten allein.

19 RICHARD

»Nur auf ein Bierchen« war maßlos untertrieben, denn Richard kannte Dominik und seinen unbändigen Durst zur Genüge. Für einen Mai-Abend war die Luft ungewöhnlich warm und der Josias-Biergarten hinter dem Bürglaß-Schlösschen zu verlockend, um gleich nach Hause zu gehen. In ihm hatte Prinz Josias gelebt, dem der Garten seinen Namen verdankte. Ein Denkmal des berühmten Feldmarschalls, der die Türken besiegt hatte, stand auch dort. Dankbare Bürger hatten es errichtet, nachdem er die Stadt Coburg vor der Plünderung durch die Franzosen bewahrt hatte. Solche Storys mochte Richard, bildeten doch die Menschen den Grundstein der Geschichte und nicht nur deren Bauwerke.

Holzbänke, der Duft von deftigem Essen und die Aussicht auf ein kühles Bier luden unter dem frischen Laub der Eichen und Ahornbäume zum Verweilen ein. Da würde er sich noch ein zweites Dunkles genehmigen.

Ihm gegenüber breitete Dom, breit grinsend, die Arme aus. »Das lob ich mir. Fast wie Urlaub.«

Es war nichts Ungewöhnliches, dass Dom Richard am Wochenende besuchte – meistens dann, wenn er selbst nicht nach Nürnberg kommen konnte –, aber unter der Woche war es eher die Ausnahme. Richard vermutete daher, dass es für sein Auftauchen einen Grund gab, den er am Telefon nicht verraten wollte. Das letzte Mal war ein massiver Ehekrach der Anlass gewesen, doch heute sprach Doms Verhalten gegen ein neuerliches Eheproblem.

»Hast wohl eine stressige Woche hinter dir?«, fragte Richard.

»Du etwa nicht?«

Richard winkte ab. »Nee, bei uns gab's nichts Besonderes.«

»Wie geht's deinem Toten?«

»Erstens ist das nicht meiner und zweitens geht's allen Toten gleich gut oder schlecht – wie man's nimmt.«

»Schon eine heiße Spur gefunden?«

»Eher eine laue. Die Ehefrau sagt, er wäre ein Engel gewesen. Allerdings nahm dieser Engel Viagra und hielt Kondome in der Hosentasche bereit.«

Dom pfiff leise durch die Zähne. »War sie's?«

»Könnte sein. Ich werde nur nicht schlau aus ihr. Für eine kaltblütige Mörderin ist sie viel zu schockiert.«

»Vielleicht ist sie deshalb so schockiert, weil sie Sachen über ihn herausgefunden hat, die nicht zu dem Bild passen, das sie von ihm hatte.«

Richard nahm den Faden auf. »Mag sein. Wenn sie erst jetzt erfahren hat, was für ein Hallodri ihr Göttergatte war, hätte sie kein Motiv gehabt. Und wenn sie es vor dem Mord gewusst hätte, wäre sie nicht so schockiert. Verstehst du, was ich meine?«

»Erst nach dem dritten Bier.«

»Ich vermute, wir kennen bis jetzt nur die Spitze des Eisbergs. Ich habe da so ein Gefühl.«

»Das dich bisher nie getrogen hat.«

Vielleicht war es eben dieser Spürsinn gewesen, der Richard bewogen hatte, eine Laufbahn bei der Polizei einzuschlagen. Dem Recht auf die Sprünge zu helfen war bestimmt ein Teil seiner Motivation gewesen, aber letztlich war der Reiz der Detektivarbeit ausschlaggebend gewesen. Er war sich sicher, dass dies bei Dominik ähnlich war.

»Und wie läuft's bei dir?«

Dominik machte eine ausladende Handbewegung. »Wie's halt so läuft. Manchmal klappt's auf Anhieb, manchmal zieht's sich ewig hin und manche Fälle werden nie aufgeklärt, wie du weißt.«

»Sonst was Neues?«

»Wie wär's mit Schleuserbanden, die Flüchtlinge nach Deutschland karren?«

»Mitten in Deutschland bestimmt weniger ein Problem als an den Grenzen.«

»Das glaubst du.«

»Lohnt sich das denn?«

»Mehr als du denkst. Es gibt Gerüchte, wonach eine wahre Flut an Flüchtlingen auf uns zukommen wird, wenn der Mittlere Osten nicht zur Ruhe kommt.«

»Das könnte spannend werden.«

»Richtig. Und nicht jedem passen. Wir haben Anhaltspunkte, wonach eine Route der Schleuser über Coburg laufen könnte.«

Richard überlegte, stellte sich in Gedanken eine Deutschlandkarte vor. »Kommt es nicht darauf an, wohin sie wollen?«

»Freilich, aber den Schleusern ist das schnuppe. Hauptsache, die Kohle stimmt. Ob die Leute auf dem Transport verrecken, ist denen scheißegal. Je schneller und sicherer gegen Auffliegen eine Route ist, desto besser. Da Coburg mitten in Deutschland liegt, wäre es also der ideale Umladeplatz.«

»Nicht ganz.« Richard hob den Krug vom Bierdeckel, zog seinen Kuli aus der Jacke und malte die Grenzen Deutschlands mehr schlecht als recht auf den Deckel. »In Erdkunde war ich noch nie gut.«

»Du hast die Einbuchtung bei Passau vergessen«, stichelte Dominik. »Und die Grenze zu Polen stimmt auch nicht.«

»Sei mal nicht so kleinlich.« Richard deutete die Autobahnen an und drückte mit dem Kuli ein Loch in den Deckel. »Hier ungefähr ist die Mitte, aber das haben die Autobahnbauer in der Nachkriegszeit nicht berücksichtigt.«

»Coburg liegt tief in der Provinz und wir konzentrieren uns auf die A 3 oder die A 7, was die Schleuser bestimmt wissen und deshalb Alternativen suchen.«

»Na, das hören die Coburger Residenzler aber nicht gern. Die halten sich doch für den Nabel der Welt.«

»Apropos, habt ihr irgendwelche Aktivitäten festgestellt?«

»Ist das eine offizielle Anfrage?«

»Nee, nee, eher persönliche Neugier.« Dominik grinste. »Dir scheint's besser zu gehen. Vorhin dachte ich schon, du schläfst gleich ein.«

»Mein Büroschlaf ist in letzter Zeit etwas zu kurz gekommen. Ich kann mich ja mal umhören.«

»Übrigens, die Monika …«

Sofort tauchte ihr Bild vor seinem geistigen Auge auf: der Pagenkopf, die fein geschwungenen Lippen und der Gesichtsausdruck mit dem leicht ironischen Touch. »Was ist mit ihr?«

»Sie war hier in Coburg, nicht wahr?« Dominiks Augenbrauen zuckten nach oben, als wollte er damit etwas andeuten.

Dominik und seine Frau wollten ihn schon lange verkuppeln, und dass Monika Richard gefiel, musste den beiden aufgefallen sein. Hatte er sich so wenig unter Kontrolle, dass man ihm das anmerkte? Demonstrativ verschränkte er die Arme vor der Brust. »Wegen der Leiche.«

An den Nachbartischen feierten einige Studenten lautstark, und es begann ungemütlich zu werden.

»Da fällt mir ein«, Dominik beugte sich vor, »der Heißenbach ist wieder auf freiem Fuß.«

Richard zuckte zusammen, eine unsichtbare Kraft schnürte ihm den Brustkorb ein. Die Nennung dieses Namens löste eine Flut an Erinnerungen aus: das Blut auf dem Gehsteig, der zusammengekrümmte Tote, Springerstiefel, kahlgeschorene Köpfe, das weinende Kind, die Verwüstung, das Sturmgewehr. Das alles war schon schlimm genug, wäre da nicht noch ein weiter zurückliegendes Ereignis mit hochgespült worden. Eine Berührung an seinem Arm holte ihn in die Gegenwart zurück.

»Nimm's locker«, sagte Dominik.

Richard zwang sich zu einem neutralen Gesichtsausdruck, während die lärmende Meute gegenüber zu singen anfing. Heißenbach frei. Ihm war, als wäre dessen Festnahme erst gestern erfolgt. »Der ist aber ziemlich früh wieder draußen.«

»Schon vergessen, dass er alle Vorwürfe bestritten hat?« Dominik presste ein künstliches Lachen hervor. »Unschuldig wie ein Lamm, obwohl er meiner Ansicht nach der Anstifter war.«

Richards Meinung nach auch. »Da sieht man mal, was ein guter Anwalt bewirken kann.«

»Der kurze Zwangsurlaub wird ihn kaum geläutert haben.«

»Die Hoffnung stirbt bekanntlich zuletzt.« Richard deutete mit dem Kopf in Richtung der Studenten, um Dominik zu zeigen, dass ihm deren Gesellschaft nicht passte.

Dominik nickte, trank aus und stand auf. »Gehen wir?«

Richard war's recht. Er erhob sich ebenfalls, folgte Dominik am Bürglaß-Schlösschen vorbei zu dem benachbarten Landestheater, dem er schon seit Langem einen Besuch abstatten wollte, aber bislang nie Zeit gefunden hatte. Vielleicht scheute er sich auch, alleine dort hinzugehen.

»Aber Heißenbach ist in Nürnberg und du bist hier«, sagte Dominik.

»Uns trennen nur eine gute Stunde Autobahnfahrt. Außerdem treiben die Neonazis in der ganzen Region zurzeit ihr Unwesen. Am Wochenende ist Pfingstkongress, und wir hatten bereits einige Zwischenfälle mit denen.«

»Hab davon gehört. Du meinst, er könnte herkommen, um Randale zu machen? Zuzutrauen wär's ihm.«

»Das sehe ich genauso.«

»Weiß er denn, dass du hier lebst?«

»Von mir nicht. Aber wenn er will, wird er's rauskriegen.«

»Falls er noch auf Rache aus ist. Im Knast hat man viel Zeit zum Nachdenken, und mancher Saulus ist schon als Paulus wieder rausmarschiert.«

»Warum reitest du so hartnäckig darauf herum?«

»Weil ich merke, dass du dir Gedanken machst. Meiner Meinung nach hast du damals richtig gehandelt. Ich hätte es genauso gemacht.«

Das mochte sein, aber Richards Stimmung war im Eimer. »Das wird ihn einen Dreck scheren. Schließlich habe ich seinen Bruder erschossen.«

20 MAXI

Natürlich verdächtige Levin die Ehefrau des Opfers, und das ärgerte Maxi. Körperliche Gewalt gegen den Ehemann oder Partner war bei Frauen eher die Ausnahme und beruhte meist auf Gegenseitigkeit. Levin verschwendete deshalb seine Zeit, wenn er Astrid Mechtinger ins Visier nahm, anstatt den Täter im männlichen Umfeld zu suchen, da war sich Maxi sicher.

Maxi sah in die kleine Runde, die von Polizeihauptmeister Schneider ergänzt wurde. Auf ihre Bitte hin hatte er sein Jagdgewehr samt Munition mitgebracht, um die Funktionsweise der Waffe zu demonstrieren. Sie betrachtete es mit Argwohn, obwohl sie wusste, dass nicht die Waffe tötete, sondern der Schütze, der den Abzug betätigte. Für sie waren Schusswaffen ein notwendiges Übel, ein Mittel zum Zweck, nichts weiter. Zwar hatte sie gelernt mit einer Pistole umzugehen, aber Gott möge sie davor bewahren, sie jemals einsetzen zu müssen.

Während Weingarth mit schläfrigen Augen seine Arme auf dem Tisch verschränkte, betrachtete Levin den Repetierer mit verschlossener Miene.

Das war schon so ein Haufen, den sie hier beieinander hatte, fand Maxi: Levin, der Buchhaltertyp, Weingarth, der besser Verkäufer hätte werden sollen, und nun auch noch Polizeihauptmeister Schneider, der sie eher an einen behäbigen Dorfpolizisten erinnerte als an einen forschen Ermittler. Zudem sprach Weingarth einen fürchterlichen Dialekt, den kein Auswärtiger verstehen konnte. Schneiders Sprache war nicht viel besser. Beide bemühten sich ihr gegenüber zwar um ein einigermaßen verständliches Deutsch, aber wenn sie sich unter sich glaubten, legten sie los. Das Itzgründer Fränkisch, das in der Gegend gesprochen wurde, wies einige Eigenheiten auf, die die Grammatik auf den Kopf stellten. Es kam Maxi wie eine Geheimsprache vor, wie sie sie als Kinder benutzt hatten, um Geheimnisse auszutauschen. Die B-Sprache oder die L-Sprache. Eigentlich eine Frechheit, denn sie vermied ihren oberbayrischen Dialekt, sprach stattdessen Hochdeutsch – außer, wenn sie in Rage war. Dann konnte sie den Marktweibern auf dem Münchener Viktualienmarkt Konkurrenz machen. Aber davon wussten ihre neuen Kollegen noch nichts.

Levin bat Schneider, ihnen zu demonstrieren, wie man das Gewehr schussfertig machte und eine abgeschossene Hülse aus dem Patronenlager entfernte. Mit einer ungeahnten Behändigkeit kam Schneider der Bitte nach. Er bewegte den Repetierhebel, dass es nur so klackte, während Weingarth dämlich grinste, als eine leere Hülse im hohen Bogen herausflog, die Levin blitzschnell in der Luft auffing. Ein so gutes Reaktionsvermögen hatte sie ihm nicht zugetraut.

»Wenn ich das richtig verstanden habe, bleibt die leere Patrone in der Kammer, bis sie herausgeholt wird?«, fragte sie. Levins Oberlippe zuckte verdächtig, wahrscheinlich hielt er sie für begriffsstutzig. Sollte er ruhig.

»Richtig, im Gegensatz zu automatischen oder halbautomatischen Waffen, das wären Selbstlader, aber die sind verboten«, erklärte Schneider. »Mit dem Auswerfen der Hülse aus dem Verschluss wird eine neue Patrone nachgeladen und das Schloss gespannt. Die Waffe ist dann schussbereit. Man nennt den Vorgang repetieren.«

»In der Kammer wurde eine abgeschossene Patrone gefunden.«

»Das heißt«, sagte Schneider und legte das Gewehr auf dem Tisch ab, sodass der Lauf an ihr vorbeizeigte. »Mechtinger muss zweimal geschossen haben.«

»Wieso? Es bedeutet nur, dass er nicht mehr dazu kam, die Hülse zu entfernen.«

»Es fehlten zwei Patronen.« Schneider schaute triumphierend in die Runde. »Ein Jäger lädt immer sein Magazin voll. Drei Patronen waren noch im Magazin, es fehlten zwei. Es wurde zweimal aus der Waffe geschossen, wobei die letzte, leere Patrone noch im Verschluss steckte.«

»Selbstmord? Zuerst das Tier und dann sich selbst?«

»Keine Schmauchspuren«, erinnerte Levin. »Kein Selbstmord.«

»Unfall«, sagte Schneider. »Das ist die einzige Erklärung für die zwei Schüsse.«

»Leider heißt es das nicht«, Levin lehnte sich in seinem Stuhl zurück, die Hände unterm Tisch, »weil wir eine Manipulation durch eine zweite Person bis dato nicht ausschließen können.«

Sie musste sich zwingen, ihre Hände ruhig auf dem Tisch liegen zu lassen und nicht in dem Notizblock vor ihr herumzukritzeln. »Erläutern Sie das näher.«

»Ich muss ausholen. Wir haben mehrere Szenarios. Mechtinger war kein Sonntagsjäger. Sooft es seine Zeit erlaubte, ging er auf die Jagd und schoss deshalb sicher häufiger als nur zweimal im Jahr. Wir können nicht bestimmen, ob er beide Kugeln kurz hintereinander oder eine beispielsweise nachmittags und eine am Abend davor abgeschossen hat. Der Todesschuss wäre dann aus einem anderen Gewehr abgegeben worden. Das ist Szenario eins, die zwei Schüsse aus seinem Gewehr erfolgten zeitlich getrennt.«

Sie war verwirrt. »Sie reden also von drei Schüssen? Frau Mechtinger sprach aber nur von zweien.«

Levin zeigte auf sie. »Genau das ist der Punkt. Laut ihrer Aussage hörte sie zwei Schüsse, was bis jetzt niemand bestätigt hat.«

»Ist es relevant, wie oft er geschossen hat?«

»Es sind zwei Hülsen vorhanden. Eine am Hochsitz, die er herausrepetiert hat, und die in der Kammer, die er nicht mehr entfernen konnte.«

Schneider nickte. »Er hat den Bock geschossen, und vielleicht ist ihm dann das Gewehr entglitten und vom Hochsitz gefallen. Wenn es eingestochen und entsichert war, kann sich beim Aufprall ein Schuss lösen. Zum Einstechen wird die Waffe entsichert und mit dem hinteren Abzug der vordere vorgespannt. Vielleicht dachte Mechtinger, er müsse nachschießen, also ein zweites Mal schießen, falls er den Bock nur verwundet hatte.«

»Ein Unfall, Möglichkeit zwei«, sagte Peter und hielt zwei Finger hoch.

»Die dritte Variante wäre«, warf Levin ein, »dass nie zweimal aus derselben Waffe geschossen wurde, sondern nur einmal auf den Bock, der tödliche Schuss aus einer anderen Waffe stammt und Mechtingers Waffe nach der Tat manipuliert wurde, damit es so aussieht, als wäre der zweite Schuss damit abgefeuert worden, um einen Unfall vorzutäuschen.«

»Wie ist dann die Hülse in die Waffe gekommen?«, fragte Maxi und betrachtete den Repetierer, dessen offene Kammer sie hämisch anzulachen schien. »Einfach einlegen kann man sie nicht.«

»Oh doch«, sagte Schneider. Er drückte die Hülse auf die Patronen des Magazins und repetierte sie in das Patronenlager.

»Voilà«, sagte Levin. »Natürlich kann die Hülse auch vom Schuss auf den Bock stammen und die andere von einem früheren Schuss.«

Sie hasste den schulmeisterlichen Tonfall in Levins Stimme. Ihr wurde klar, dass er mit der Handhabung der Waffe vertraut sein musste, um zu diesem Schluss zu kommen. Repetierer gehörten nicht zum Standardrepertoire der Polizei. Schneider strich fast liebevoll über den Schaft des Gewehrs, der mit Schnitzereien von Tieren geschmückt war. Maxi verabscheute das Töten von Tieren, egal zu welchem Zweck. Deshalb war sie schon vor Jahren Vegetarierin geworden, liebäugelte inzwischen sogar mit einer veganen Ernährungsweise. Als weibliche Vorgesetzte band man das aber seinen fleischfressenden Kollegen besser nicht auf die Nase.

»Seine Frau sollte wissen, wann er was geschossen hat. Schließlich überwacht sie die Abschusszahlen«, sagte Schneider.

»Und wenn's ein Fehlschuss war?«, fragte Levin.

»Das wird nicht dokumentiert.« Schneider ließ seine Waffe los. »Ist nicht wie in der damaligen DDR, wo man seine Patronen abgezählt bekommen hat und nach der Jagd die nicht abgeschossenen wieder abgeben musste.«

Levin hob die Augenbrauen und nickte. »Zumindest sollte sie wissen, wann er ansaß.«

Am liebsten hätte Maxi ihre Fingernägel gekaut, um dem Druck zu entgehen, den Levin aufbaute, aber das hatte sie sich schon vor Jahren abgewöhnt. Sie bemerkte, dass sein Blick auf ihr ruhte. Zu ihrem Ärger schoss ihr Wärme in die Wangen.

»Was wissen wir sonst noch über Mechtinger?«, fragte sie.

»Er war Schatzmeister in der Kreisgruppe Coburg des Bayerischen Jagdschutzverbandes«, sagte Schneider.

»Also hat man ihm vertraut?«

»Ja, natürlich.«

Levin legte seine Hände auf den Tisch, und die Finger seiner rechten Hand begannen darauf herumzuklopfen. »War dieses Vertrauen gerechtfertigt?«

»Ich denke schon«, erwiderte Schneider.

»Denken heißt nicht wissen.«

Ratlosigkeit machte sich auf Schneiders Gesicht breit. »Hätte man ihm misstraut, wäre er nicht wiedergewählt worden.«

»Jeder Verein hat einen oder mehrere Kassenprüfer. Sollte es zu Unregelmäßigkeiten gekommen sein, müssten die es wissen. Prüfen Sie das bitte nach.«

Schneider gewann an Gesichtsfarbe. Offenbar gefiel es Levin, andere zu attackieren, dachte Maxi. »Herr Levin, was veranlasst Sie zu der Annahme, Mechtinger könnte in die Vereinskasse gegriffen haben?«

»Das Verhalten seiner Frau gegenüber. Die übrigens von all dem nichts zu ahnen scheint. Mir erschließt sich nicht, warum jemand Kondome in seiner Jeans spazieren trägt, wenn er verheiratet ist. Dazu kommen 900 Euro, die er in einer Bar auf den Kopf gehauen hat.«

»Sie vermuten, er könnte seine Frau betrogen haben?«

»Nach meiner Einschätzung war er bei Weitem nicht der Engel, für den er gehalten wurde.« Zum ersten Mal zeigte Levin Emotionen, indem er seine Stirn in Falten legte. »Peter hat sich in dem Schuppen umgehört.«

Kriminalkommissar Peter Weingarth nickte eifrig. »Des stimmt. Der Mechtinger war mit dem Wolfgang Halbert öfter auf Zechtour. Die zwei war'n in dem Laden Stammgäste.«

Plötzlich betrachtete sie den Toten in einem ganz anderen Licht. Ein Lateinlehrer in einer Bar schien fast genauso skurril wie eine Nonne im Puff. Aber die Erfahrung hatte sie gelehrt, dass in ihrem Job nichts unmöglich war. Vielleicht hatte jemand aus dem Coburger Nachtmilieu Selbstjustiz geübt? Oder verfolgte Levin ausschließlich seinen Anfangsverdacht, die Ehefrau habe ihn auf dem Gewissen, und ließ deshalb andere Aspekte außen vor? Ihr gefiel, dass er seine Mitarbeiter auch mal zu Wort kommen ließ. Dass nicht jeder Gruppenleiter so fair war, hatte sie am eigenen Leib erfahren müssen. Sie wandte sich an Weingarth. »Was wissen wir über Halbert?«

»Nur des, was in der Stadt über ihn geplaudert wird.«

Sie wartete auf eine nähere Erklärung, aber Weingarth schwieg sich aus, rutschte nur unruhig auf seinem Stuhl hin und her. »Und das wäre?«

»Hab ganz vergessen, Sie sind ja net von hier.« Weingarth richtete sich auf. »Also, der Halbert is' Spediteur, hat jede Menge Kohle und lässt gern die Puppen tanzen. Außerdem is' er sehr spendabel, auch der Stadt gegenüber oder wenn's um soziale Projekte geht.«

»Hatte er einen Grund, seinen Freund umzubringen?«

»Keine Ahnung.« Weingarth schob die Unterlippe vor.

»Ist er auch Jäger?«, fragte sie in die Runde.

»Nein«, antwortete Schneider.

»Hat er einen Waffenschein oder eine Waffenbesitzkarte?«

»Äh, ja. Er ist im Schützenverein.«

»Also ist er mit Waffen vertraut?«

Levins Finger malten Kreise auf den Tisch. »Wir sollten ihn genauer unter die Lupe nehmen, Peter, bevor wir ihn aus dem Kreis der Verdächtigen streichen.«

Er kam ihr mit dem Verteilen von Aufgaben zuvor – Frechheit. Irritiert studierte sie ihre Notizen. »Was ist mit Paschke?«

»Er war vermutlich an der zerstörten Kanzel. Die DNA sowie die Bewegungsdaten seines Handys sind ausgewertet und auf dem Weg zu uns.« Levin schob ihr einen Ausdruck hin. »Er ist militanter Tierschützer und als Krawallmacher bereits mehrfach in Erscheinung getreten.«

»Sicherlich gegen die Pegida-Bewegung. Oder wie heißt sie hier? Cogida?« Sie mochte Gruppierungen dieser Art nicht, scherte deren Anhänger alle über einen Kamm, egal, welche weltfremden Theorien sie hinausposaunten. »Haben die nicht erst kürzlich demonstriert?«

»Richtig.« Schneider räusperte sich. »Wir haben Paschke und einige andere bei einer Gegendemo festgenommen. Zurzeit ist er in Unterbindungsgewahrsam.«

»Dass ein militanter Tierschützer für seine Ideale mordet, wäre mir neu. Ich habe auch zwei Katzen aus dem Tierheim gerettet und bringe niemanden um.«

Levins Augen blitzten auf, seine Hand hob sich. Einen Lidschlag lang löste sich der verspannte Zug um seinen Mund. Offensichtlich amüsierte ihn der kurze Ausflug in ihr Privatleben, den sie augenblicklich bereute.

»Wir werden herausfinden, ob mehr dahintersteckt.« Jetzt klopfte er mit dem Zeigefinger auf den Tisch.

Der Kerl trieb sie noch in den Wahnsinn. Sie riss ihren Blick von seinen Händen los, schrieb »Paschke« auf ihren Notizblock und unterstrich den Namen zweimal. »Ich danke Ihnen, meine Herren. Morgen um dieselbe Zeit.«

Weingarth und Schneider erhoben sich und verschwanden nach draußen, während Levin sitzen blieb.

»Keinen Spezialauftrag für mich?«, fragte er kalt.

»Momentan nicht, warum?«

»Ach, nur so.«

Auf was wartete er noch? Sie raffte ihre Sachen zusammen, drückte ihren Notizblock fest gegen die Brust. »Gibt es noch etwas?«, fragte sie betont spitz.

»Mechtinger hatte kein Handy, deshalb können wir nicht feststellen, wo er sich herumgetrieben hat.«

»Wieso ist das wichtig?«

»Weil wir dann sagen könnten, wie lange er auf diesem Hochsitz war und ob das mit der Aussage seiner Frau, die zwei Schüsse betreffend, übereinstimmt.«

Der Mann hörte nicht auf, auf seiner Theorie von einem Ehegattenmord herumzureiten. Allmählich verlor sie die Geduld. »Hätten wir dann nicht eine weitere Hülse gefunden?«

»Wohl kaum.« Endlich richtete er sich zu seiner vollen Größe auf. Er überragte sie. Endlich mal einer, zu dem sie aufblicken musste. Was für ein lächerlicher Gedanke, ihn mit den unzähligen zu kurz Geratenen zu vergleichen. Sie hob ihr Kinn an. Was sie hier in Coburg brauchte, waren schnelle Erfolge, und wenn alles glatt lief, konnte sie nach maximal zwei Jahren in ihr geliebtes München zurückkehren. »Was stehen Sie noch herum? Es gilt einen Mörder zu überführen.«

Sein Gesicht versteinerte, er zuckte mit den Achseln und verließ das Konferenzzimmer.

Herrgott, warum ging sie alles falsch an, und wieso musste der Mann so schwierig sein?

21 RICHARD

»So a Kaschperltheater«, brummte Peter Weingarth, während er auf seinem Schreibtisch Papierblätter sortierte.

Richard musste schmunzeln, denn kaum war Peter außer Frohns Hörweite, fiel er in seinen Coburger Dialekt zurück, an den Richard sich im Laufe der Zeit gewöhnt hatte. Frohn hatte das Konferenzzimmer mit dem ihr eigenen forschen Schritt verlassen, nur dass sie heute keine Stöckelschuhe trug. Aber selbst im Hosenanzug und mit flachen Schuhen sah sie sexy aus.

Blöde Gedanken. Sie war seine Vorgesetzte, hatte ihm den schon sicher geglaubten Posten vor der Nase weggeschnappt. Er wandte sich dem Computerbildschirm zu und tippte »Wolfgang Halbert« in die Suchmaschine – nichts. Er versuchte es noch einmal – mit demselben Ergebnis. Am liebsten hätte er dem Ding einen Tritt verpasst.

»Nei und naus mit dera Hüls'n«, sagte Peter in Richards Ärger hinein.

»Ist aber ein wichtiger Aspekt.«

Peter gestikulierte wild in der Luft herum. »Dass des a Unfall war, is doch klar wie Kloßbrüh. Blöd genug war er ja, der Herr Lehrer.«

»Wie kommst du darauf?«

»A Lateinlehrer der a Rechnung von 'ner Bumskneipe rumliegen lässt, damit sei Frau se findet und dann noch des Kondom in seiner Jeans. So einer sollte eigentlich gscheiter sein.«

»Tja, bei manchen Männern reicht das Blut entweder fürs Hirn oder den Schniedel. Beides gleichzeitig zu versorgen geht nicht.« Verzweifelt hackte Richard mit seinem Finger auf der Tastatur herum, aber der Bildschirm blieb unverändert.

»Hat er sich mal wieder aufg'hängt?«

»Ich kann das Mistding nicht einmal ausschalten. Das kommt davon, weil wir mit vorsintflutlichen Geräten arbeiten.«

»Der Computer, mit dem du zurechtkommst, muss erst noch erfunden wer'n.«

Das war eine Frechheit, denn mit seinem privaten Laptop hatte Richard keine Probleme. Peter kam um den Schreibtisch herum und drückte auf eine Taste. Der Bildschirm wurde schwarz. Dann ein Flackern, und das Fenster zum Einloggen tauchte auf.

»Siehste«, sagte Peter. »Geht doch. Übrigens, der Weidinger kann se auch net leiden. Hat er g'sagt – nach 'm dritten Schnaps.«

Weidling und Alkohol? Der war doch nach dem ersten schon betrunken. »Wovon sprichst du?«

»Na, von der Neuen.«

»Wieso ›auch‹? Wer kann sie denn sonst noch nicht leiden?«

Peter drückte ihm den Zeigefinger auf die Brust. »Du zum Beispiel.«

»Ich?«

»Is sonst noch jemand hier?« Endlich entfernte sich Peter aus seiner Komfortzone und ging an seinen Platz zurück.

Am besten ignorieren, ermahnte sich Richard. Er mochte Peter, wollte aber trotzdem seine Schutzschilde nicht herunterfahren. Er öffnete die KAN-Seite und gab erneut »Wolfgang Halbert« ein.

Wie erwartet: kein Eintrag.

Wäre auch zu einfach gewesen. Ein unbescholtener Bürger also. Er schüttelte den Kopf, um das aufkommende ungute Gefühl loszuwerden, in jedem Menschen einen potenziellen Straftäter zu sehen. »Wir sollten Halbert mal genauer durchleuchten, wie in der Besprechung vorgeschlagen.«

»Soll ich hinfahr'n?«

»Was sagt dein Spürsinn?«

»Dass es a Unfall war.«

»Dann konstruiere ein Szenario, wie der abgelaufen sein könnte – aber plausibel, wenn's geht.«

»Und ich sag, es war der Paschke.« Polizeihauptmeister Schneider war hinzugetreten. »Ich würde dem Bürschchen nur allzu gern noch mal auf den Zahn fühlen.«

Das gefiel Richard. Der gemütliche Schneider in Aktion. »Bitte, gern. Ist er schon in der JVA Kronach oder noch hier bei uns?«

»Noch unten. Ich konnt's einrichten, dass er nicht verlegt wird. Unsere Zellen sind ganz gemütlich. Der hält das schon aus.«

Die Zellen waren eher zur Ausnüchterung geeignet und nur für eine kurze Verweildauer gedacht. Peter grinste. »Vergesst 'n bloß net dort unten.«

»Soll schon mal vorgekommen sein«, sagte Schneider.

Nach einem kurzen Kichern wurden die beiden Herren wieder ernst. Richard wandte sich an Schneider: »Kaufen Sie dem Paschke ab, dass er den Mechtinger nur flüchtig gekannt haben will?«

»Nein«, kam es wie aus der Pistole geschossen. »Ich kann ja mal in der Schule nachfragen.«

Richard erzählte ihm von dem Mädchen mit der Rose.

»Bestimmt dem Paschke sei Freundin«, meinte Peter.

Schneider sagte eine Weile nichts, starrte nur vor sich hin. »Ich hab jetzt Streifendienst. Da kann ich ja mal bei der Schule vorbeifahren. Den Direx kenn ich recht gut.«

»Prima. Und ich werde in der Zwischenzeit die Kollegen des Wirtschaftsdezernats fragen, was sie über Halbert wissen.«

Das Wirtschaftsdezernat lag direkt nebenan und Kriminaloberkommissar Ali Salem, der mit seinen Eltern vor Jahren aus dem Iran gekommen war, sich daran aber kaum mehr erinnern konnte, hatte auch gleich eine Antwort parat. »Freilich kennen wir den.«

Der fränkische Zungenschlag des gebürtigen Iraners amüsierte Richard jedes Mal aufs Neue. Er ließ sich auf einen Stuhl vor Alis Schreibtisch plumpsen. »Dann schieß mal los.«

»Wir haben ihn schon seit Langem wegen Kreditbetrugs in Verdacht, nur beweisen konnten wir ihm des bisher net.«

»Ich denke, er ist wohlhabend?«

Ali zeigte eine Reihe makellos weißer Zähne. »Alles auf Pump. Wir denken, er is in irgendwelche illegalen Machenschaften verstrickt.«

»Konkreter?«

»Er hat ein Transportunternehmen.«

Sofort fiel Richards Doms Frage ein. »Menschenschmuggel?«

Alis Augen wurden schmal. »Das wäre ein dickes Ding, aber davon hab ich bisher noch nix gehört. Wir vermuten, er transportiert Diebesgut.«

Enttäuschung machte sich in Richard breit. Wegen Hehlerei wurde keiner umgebracht, wegen Menschenhandels schon eher.

»Aber möglich wäre das natürlich«, meinte Ali. »Er ist hoch verschuldet.«

»Wieso?«

»Seine Firma läuft schlecht.«

»Danke für die Auskunft.« Richard ärgerte sich, dass er Schneider nicht gefragt hatte, ob ihm oder seinen Kollegen Lkws aufgefallen waren. Das musste er nun auf später verschieben. Richard begab sich zum Fahrzeugpark in der Garage, schnappte sich den BMW und fuhr zu Halberts Adresse. Wie ein Fremdkörper stand dessen modernes Haus am Festungsberg inmitten von Villen aus den Anfängen des 20. Jahrhunderts und direkt neben dem Hofgarten, einer großen Parkanlage, die die Stadt mit der hoch darüber aufragenden Veste Coburg verband. In dem von einer weißen Mauer umschlossenen Garten des Hauses standen Weißtannen und lindgrüne Laubbäume auf einem ungepflegten Rasen, in den Ecken verrottete altes Laub.

Eine kupferne Metalltür versperrte den Weg ins Innere, daneben ein kleines Fenster mit schmiedeeisernem Gitter, einer Schießscharte nicht unähnlich. War das eine Festung oder ein Wohnhaus? So hatte man gebaut, als Alarmanlagen noch unbekannt waren. Er klingelte.

Eine Frau, mit der gleicher Frisur und Figur wie die Kanzlerin, öffnete. Sie sah müde und verweint aus, und wenn er sich nicht täuschte, hatte sie einen blauen Fleck auf dem linken Wangenknochen dick mit Make-up übertüncht. »Was wollen Sie?«, fragte sie in herrischem Tonfall mit leicht sächsisch klingendem Dialekt.

»Ihren Mann sprechen.« Er zeigte seinen Ausweis.

Sie wurde eine Spur blasser. »Worum geht es?«

»Es dauert nicht lang. Ist er da?«

Wortlos trat sie zur Seite und rief ins Haus: »Wolfgang, die Polizei ist hier!« Sie deutete mit der Hand hinter sich. »Den Flur entlang, am Wohnzimmer vorbei. Er ist in seinem Büro.«

Ein roter Teppichläufer auf weißen Marmorfliesen dämpfte seine Schritte und an den Wänden prangten goldumrahmte Landschaftsgemälde. Über allem hing Zigarettengeruch.

Halbert empfing ihn vor der Tür seines Büros, während seine Frau sich ins Wohnzimmer zurückzog.

Leichter Bauchansatz, glattrasiertes, flaches Gesicht, gefärbte Haare, tiefe Mundwinkel und der Ansatz eines Doppelkinns – genau so hatte Richard sich Halbert vorgestellt. Das verlebte Gesicht eines ausschweifenden Lebensstils. Er war ihm vom ersten Augenblick an unsympathisch. Halbert war einer dieser typischen Neureichen, die meinten, mit Geld alles kaufen zu können.

»Vielen Dank, dass Sie sich Zeit für mich nehmen«, sagte Richard freundlich.

»Das ist doch selbstverständlich. Was gibt es? Ist es wegen Holger? Was für ein tragischer Unfall.«

Nichts in Halberts Gesicht deutete auf Trauer oder eine andere Gemütsregung hin. Genauso gut hätte er von einem geplatzten Reifen eines seiner Lastwagen sprechen können. Das Bild eines skrupellosen Geschäftsmannes verdichtete sich. »Wieso meinen Sie, dass es ein Unfall war?«

»Was sonst? Wer sollte meinen besten Freund erschießen wollen? Dafür gab es absolut keinen Grund.«

»Genau darüber will ich mit Ihnen reden.«

»Holger hatte keine Feinde außer den üblichen Idioten.«

»Wen meinen Sie damit?«

»Halt irgendwelches asoziale Pack.« Halbert hob seine

Schultern. »Vergrätzte Schüler, saure Eltern, was weiß ich. Oder ein paar Tierschützer, die ihm die Kanzel zerhackt haben.«

»Kam das Letztere öfter vor?«

»Da müssen Sie seine Frau fragen. Mir hat er nur gesagt, dass er einen ehemaligen Schüler verdächtigt.«

Richard horchte auf, der Name Paschke drängte sich ihm auf. »Interessant. Frau Mechtinger erwähnte davon nichts.«

Die Verwirrung in Halberts Gesicht wich einem zornigen Ausdruck. »Worauf wollen Sie hinaus?«

»Ich möchte Wissenslücken füllen.« Halberts irritierter Blick zeigte Richard, dass er ihm nicht folgen konnte, aber das war ihm egal. »Hat Herr Mechtinger Ihnen gegenüber Feinde erwähnt?«

»Nein. Wie ich bereits sagte.«

»Und der Schüler, den er verdächtigte?«

»Der Schüler?«, wiederholte Halbert.

Er wusste verdammt mehr als er zugab. »Nannte Ihr Freund einen Namen?«

Halbert zögerte. »Äh, nein.«

Er log, der Kerl log. »Dann bedanke ich mich für Ihre Auskünfte«, sagte Richard betont freundlich.

»Immer gern.«

Richard wandte sich zum Gehen und sah Frau Halbert an der Wand stehen. »Hatten Sie einen Unfall?«, fragte er sie.

»Sie ist gestürzt«, beeilte sich Halbert für sie zu antworten, was von seiner Frau mit einem schwachen Nicken bestätigt wurde.

Die alte Ausrede, tausendmal gehört. Richard verabschiedete sich. Draußen vor der Tür drehte er sich noch einmal um und erhaschte hinter dem kleinen vergitterten Fenster eine Bewegung. Mit dem Kerl stimmte etwas nicht, der Mann hatte Dreck am Stecken.

22 ASTRID

Timmy sah sie aus großen braunen Augen an. Sie standen im Flur vor der Küche. Vorn, an der Garderobe, hingen noch Holgers Lodenmantel und sein Jagdhut, gleich neben den bunten Anoraks der Kinder. Alles wirkte ein wenig unaufgeräumt, denn ihr fehlte einfach die Kraft, daran etwas zu ändern. Behutsam strich sie über Timmys haselnussbraunen Haarschopf. Er hatte viel von ihrem Aussehen geerbt, während Susanne, die sie nur Sanne nannten, mehr nach Holger geraten war, wobei Karin darauf bestand, dass deren blonde Mähne eindeutig von ihr käme. Wie das möglich sein sollte, hatte sie allerdings nie verraten.

»Ich möcht hierbleiben«, greinte Timmy und schlang die Arme um sie. »Bitte, Mama.«

Sie war kaum in der Lage, ihrem Sohn einen Wunsch auszuschlagen, vor allem jetzt – und Timmy wusste das genau. Er benahm sich wie ein typischer Junge vor der Pubertät, jedoch schien ihn der Verlust des Vaters sehr zu verunsichern.

»Warum nicht?«, tönte Karin aus der Küche, aus der ein unwiderstehlicher Duft von frisch gebackenem Kuchen wehte. Sanne stand neben ihr und schleckte Kuchenteig aus einer Schüssel. Hinter den beiden machten Rino und Diana brav Sitz, wobei Speichel aus ihren Mäulern tropfte. »Wenn ich mit dem Marmorkuchen fertig bin, mache ich uns ein paar Tapas.«

»Pizza!«, rief Timmy.

»Gut, dann auch Pizza.« Karin lachte und Astrid war erstaunt, wie sie sich verändert hatte. Sie blühte in der Aufgabe auf, ihr bei der Bewältigung der Hausarbeit zu helfen. Niemals hätte sie Karin so viel Hausfraulichkeit zugetraut, und insgeheim war sie sogar froh, dass ihre Schwester sie entlastete.

Trotzdem würde Karin wieder gehen müssen. Sie sollte ihren eigenen Haushalt haben, ihre eigenen Kinder und ihren eigenen Mann.

»Von mir aus«, sagte Astrid und löste sich sanft aus Timmys Umarmung. »Ihr könnt ja nicht ewig bei den Knochs bleiben.«

»Wir sind eine Familie und müssen zusammenhalten«, sagte Karin. Am liebsten hätte ihr Astrid dafür eine Ohrfeige verpasst.

Timmy würde bald elf werden und Sanne war acht. Gern hätte sie mehr Kinder gehabt, aber Holger hatte dies strikt abgelehnt. Seit Sannes Geburt hatte er sie nicht mehr angefasst – und letztlich war sie ihm dafür sogar dankbar gewesen. Der Gedanke, dass die zwei nun ohne Vater aufwachsen mussten, quälte sie.

Holger war den Kindern stets ein guter Vater gewesen. Sein Beruf hatte es ihm erlaubt, sich nachmittags mit ihnen zu beschäftigen, zwar nicht immer, aber oft. Er hatte mit ihnen Hausaufgaben gemacht und sie zu Sportveranstaltungen mitgenommen. Vor allem früher hatte er ihr die Fahrerei abgenommen, weil sie sich um zwei Forstreviere gleichzeitig hatte kümmern müssen, da der Kollege Heumann erkrankt gewesen war.

Timmy spielte leidenschaftlich gerne Fußball und Sanne voltigierte mit Begeisterung. Wie fast alle Mädchen ihres Alters schwärmte sie für Pferde. Die Kinder zu ihren Hobbys zu fahren waren Verpflichtungen, die Karin in Zukunft übernehmen musste. Ein Seufzer entrang sich ihr. Wie hatte es nur dazu kommen können?

Sie fühlte sich schuldig. An allem. Schon von klein auf trug sie dieses Schuldgefühl mit sich herum. Wenn ihre Eltern sich stritten – wegen ihr. Wenn Vater zornig wurde, weil kein Alkohol mehr im Haus war – wegen ihr. Immer war sie es gewesen, die zu wenig leistete, alles falsch machte und sich tollpatschig benahm, und deshalb war sie auch an dieser Katastrophe Schuld. Vor ihren Augen begann sich alles zu drehen, und sie musste sich an der Wand abstützen.

»Geht's dir nicht gut?«, fragte Karin prompt. »Setz dich lieber hin.«

Die Schwärze vor Astrids Augen wich allmählich, und sie nahm einige tiefe Atemzüge. »Geht schon wieder.«

»Was von der Polizei gehört?«, fragte Karin in den Wirbel ihrer Gedanken hinein.

Das hatte sie nicht. Eigentlich wollte sie mit denen nichts mehr zu tun haben und hoffte nur, sie würden zu dem Schluss kommen, dass es ein bedauerlicher Unfall gewesen war. Dann könnte alles bleiben, wie es war. Bei einem Mord … Sie wollte gar nicht daran denken. Karin schaute sie prüfend an.

»Die werden keine neuen Erkenntnisse haben«, sagte Astrid.

Karins Gesichtsausdruck wurde hart. »Meinst du, sie haben den Halbert vernommen?«

Sie erschrak. »Wie kommst du denn auf den?«

»Weil der ein ganz mieser Typ ist«, sagte Karin. »Laufen seine Geschäfte wieder? Der stand doch kurz vor der Pleite.«

»Wieso sollte er Holger umbringen? Willst du damit sagen, Holger hat mit ihm krumme Dinger gedreht?«

Karin musterte sie erneut.

»Holger war dafür viel zu anständig«, sagte Astrid

»Das meinst du. Mein Gott, bist du naiv. Wolfgang war sein bester Freund. Hat dich das nie gewundert? Die zwei haben zusammengepasst wie die Faust aufs Auge.«

In Astrid arbeitete es. Wie gerne hätte sie einmal das ausgesprochen, was ihr seit Jahren Kummer bereitete. Dieser Kummer war wie eine Flut, die ein stetig brüchiger werdender Damm kaum noch zurückhalten konnte, aber jedes Mal, wenn es aus ihr hervorbrechen wollte, verschloss die Angst ihr den Mund. Oder scheute sie sich nur zuzugeben, dass sie nicht alles im Griff hatte? Sie zog es vor, auch heute zu schweigen.

»Kein Thema. Wir reden später darüber«, sagte Karin und reichte Sanne einen Schneebesen zum Naschen, von dem kakaobrauner Teig tropfte. Den anderen mussten sich Diana und Rino teilen. Karin lachte, als sich die Zungen der beiden trafen, bemüht, auch noch das letzte Molekül zu ergattern. »Guck, sie küssen sich.«

»Das sind Jagdhunde, keine Schoßhunde«, fühlte Astrid sich bemüßigt zu sagen. »Und Schokolade geht gar nicht. Für Hunde ist sie giftig.«

»Ach, wirklich?« Karin entzog den Schleckermäulern die Schneebesen und steckte sie in die geöffnete Geschirrspülmaschine. Mit einem Lappen wischte sie den mit schwarz-weißen Karos gefliesten Fußboden sauber. Die Küche war renovierungsbedürftig, wie vieles in dem alten Haus.

»Ihr alten Ferkel«, schalt Karin die Hunde in liebevollem Tonfall, während deren Nasen jeder ihrer Bewegungen folgten.

Astrids Schwester hatte sich verändert, war nicht mehr dieselbe wie früher. Was war in der Zwischenzeit mit ihr geschehen? Obwohl ihr Auswandererabenteuer nach Mallorca im Desaster geendet hatte, war sie völlig entspannt, als wäre sie von einer riesigen Bürde befreit. Sie war ein aufgewecktes Kind gewesen, das Astrid erfolgreich vor dem jähzornigen Vater hatte schützen können. Karin war sich der Bedrohung damals nicht bewusst gewesen und konnte deshalb auch nichts von den dunklen Schatten ahnen, die Astrid nachts heimsuchten – selbst nach Vaters Tod.

Und das nur, weil sie immer für andere da war und jeden Kummer in sich hineinfraß. Während sie sich seelisch verausgabte, nahm Karin die Schicksalsschläge des Lebens viel gelassener hin. Diese Fähigkeit hatte sie ihr voraus, denn sie machte aus ihrem Herzen keine Mördergrube.

Aus der Düsternis in ihrem Inneren tauchte plötzlich Halberts Name auf. Sie mühte sich, ihn auszusprechen, aber sie war zu sehr gewohnt, alles, was Pein verursachte, zu verdrängen – und Halbert gehörte dazu. Karin drehte ihr den Rücken zu und Astrid fühlte keinen Drang mehr, etwas zu sagen.

»Mal sehen, was der Kuchen macht.« Karin knipste das Ofenlicht an und Sanne stellte sich auf die Zehenspitzen um hineinsehen zu können, da der Ofen erhöht in der Küche eingebaut war. Ihre Hand langte nach oben zum Griff der Ofentür. »Nicht aufmachen, sonst fällt er zusammen.«

Sannes Hand zuckte zurück. »Warum?«

»Weil …« Karin schaute Hilfe suchend zu Astrid. Wie unfair, denn sie wusste die Antwort auch nicht.

»Weil die Hitze sonst entweicht?«, bot Astrid an.

Sanne legte den Kopf schief und nickte. »Stimmt. Du sagst ja auch immer, ich soll die Tür zumachen, damit's nicht kalt wird.«

Offensichtlich gab sich Sanne mit dieser Erklärung zufrieden, denn sie wandte ihre Aufmerksamkeit dem Backbuch zu. Sie war ein wissbegieriges Kind, auf dessen tausend Fragen Astrid oft keine Antworten wusste. Auch hier würde Holger mit seinem breitgefächerten Wissen fehlen.

»Der braucht mindestens noch eine halbe Stunde«, sagte Karin.

»Fährst du mich zum Voltigieren in die Rosenau, Tantchen?«

»Wann musst du denn dort sein?«

»Erst um sechs«, gab Astrid die Antwort. »Ihr habt noch viel Zeit.«

»Du hast doch nichts dagegen, dass ich meinen alten Dienst wieder aufnehme?«

»Welchen Dienst?«

»Na, als euer Chauffeur – so wie früher.« Karin strahlte sie an, und das flaue Gefühl in Astrids Magen machte sich wieder breit. »Wir sollten Holgers Unterlagen mal durchsehen. Vielleicht finden wir irgendeinen Hinweis.«

Eine kalte Hand schien nach Astrids Eingeweiden zu greifen. Aber wenn sie mehr über Holgers zweites Ich wissen wollte, würde sie darum nicht herumkommen. Denn dass er eines gehabt hatte, stand außer Zweifel, und die Augen vor der Wahrheit verschließen wollte sie nicht. Dieses Schattendasein hatte ihn in zwielichtige Bars geführt und Kondome in seiner Hosentasche herumtragen lassen. Oh, sie hatte nachgesehen, was der Kommissar gefunden und wieder zurückgesteckt hatte. Ihre Haut kribbelte schmerzhaft. Sie hätte sich dem schon längst stellen sollen.

»Okay, das machen wir – heute Abend.« Sie nickte den Kindern zu und bedeutete Karin, indem sie den Zeigefinger auf den Mund legte, dass diese nichts davon erfahren durften. »Timmy und Sanne, wollt ihr nicht schnell mit den Hunden vor die Tür?«

Sie wartete, bis die Kinder kichernd verschwunden waren, und drehte sich zu Karin. »Die Zerstörung der Kanzel war kein Zufall, das war eine Warnung.«

23 TOBIAS

Präsenz zeigen, lautete die Devise. Die Cogida bestand auf ihr Demonstrationsrecht, die Studentenverbindungen auf ihre Daseinsberechtigung und die Gegendemo auf das Recht zur freien Meinungsäußerung. Das Wochenende versprach heiß zu werden, gleichwohl sie einige der Krawallmacher hatten abfangen können. Als hätte die gestrige Auseinandersetzung nicht gereicht. Deshalb waren sie angehalten, möglichst oft durch die Stadt zu patrouillieren.

Er parkte den Streifenwagen vor der spätnachmittäglich verwaisten Schule. Dass die Eingangstür verschlossen war, hätte er sich denken können. Unentschlossen blieb er davor stehen.

Auch das Schiebetor zum Pausenhof war geschlossen. Nun gut, dann würde er die Ermittlung eben verschieben müssen.

»Suchen Se jemanden?«

Überrascht drehte Tobias sich um. Vor ihm stand ein Mann in einem grauen Arbeitskittel. Bestimmt der Hausmeister. »Ich brauche eine Auskunft, aber die Schule ist verschlossen.«

»Könn' Se mir einen Lehrer nennen, der nach vier noch arbeitet?«

»Könnte ja sein, dass sie Schulaufgaben korrigieren oder sich besprechen.«

»Nee, wenn von denen einer was macht, dann zu Hause. Frau Roth, die Sekretärin, is' manchmal da.« Demonstrativ sah er auf seine Armbanduhr. »Aber um die Zeit is' se immer im Café. Vielleicht kann ich Ihnen helfen?«

»Es geht um einen Schüler.«

Das Gesicht des Hausmeisters zeigte unverhohlene Neugier, und er kam ein Stückchen näher. »Was hat er denn ausgefressen?«

»Es geht um einen *ehemaligen* Schüler.«

»Doch nicht etwa um den Paschke?«

Tobias war verblüfft. »Wie kommen Sie auf den?«

»Na, darüber spricht doch ganz Coburch. Er soll einen Polizisten bei der Demo niedergemacht haben.«

Tobias zuckte zusammen. »Ach?«

»Muss ein Berufsanfänger gewesen sein, wenn er sich von so 'ner halben Portion wie dem Paschke umschmeißen lässt.« Er ließ seinen Blick über Tobias' füllige Figur streifen. »Bei Ihnen hätt' er bestimmt kei' Chance g'habt.«

Wollte der Mann ihn verarschen? Der Hausmeister grinste frech. Am besten nicht darauf eingehen, entschloss sich Tobias. »Sie kennen den Paschke?«

»Ich kenn alle Schüler«, behauptete er. »Vor allem die Früchtchen, und der Paschke war ein ganz besonderes.«

Das konnte Tobias sich lebhaft vorstellen. »Was wissen Sie über ihn?«

»Also, der war immer dabei, wenn's Ärger gab. Rauchen, obwohl bei uns Rauchverbot is, Mädchen anmachen, Graffiti an die Toilettenwände schmieren und so weiter. Einmal ham se ihn im Lehrerzimmer erwischt, wie er sei' Schulaufgab' verbessern wollt'. Des war a ganz a Raffinierter.«

Das passte zu dem Bild, das Tobias sich von ihm gemacht hatte. »Können Sie mir sagen, wer sein letzter Klassenlehrer war?«

Der Hausmeister machte ein schlaues Gesicht. »Ich weiß, worauf Se hinaus woll'n. Den Mechtinger hat er g'habt, und der hat ihm des Abitur vermasselt. Jedenfalls hat er des behauptet, Aber irgend a Ausrede hat jeder Schulversager.«

»Interessant.«

»Gell.« Der Mund des Hausmeisters blieb offen, als erwartete er für seine Auskunft eine Gegenleistung.

»Hat Paschke mal was demoliert?«

»Nee. Der hat auch immer alles abgestritten, obwohl ich genau wusste, dass er's g'wesen is. Die Farb' hat nämlich noch an seine Finger geklebt. Warum fragen Se?«

»Weil ... weil ... na ja, weil er bei der Demo entsprechend aufgefallen ist.« Von der Jagdkanzel wollte er nichts erwähnen.

»Ah so.« Dem Mann war anzusehen, dass er mehr wissen wollte, aber Tobias wandte sich zum Gehen.

»Der Paschke hat 'ne Schwester«, sagte der Hausmeister unvermittelt. »Die sollten Se mal befragen.«

Tobias blieb stehen. »Warum? Was hat die Schwester damit zu tun?«

Der Hausmeister schien einen Zentimeter zu wachsen. »Die hatte den Mechtinger auch als Klassenlehrer.«

»Aha«, sagte Tobias und fragte sich, ob das wichtig war. Trotzdem notierte er sich alles.

»Sie wollt' sogar mit Mechtinger auf die Demo von dieser Cogida«, ergänzte der Hausmeister und tippte sich mit dem Zeigefinger gegen die Schläfe.

Das hingegen könnte wichtig sein. Der Lehrer und seine Schülerin als Unterstützer der Cogida. Trotz Nachfrage verschwieg der Hausmeister, woher er das wusste.

»Wie heißt sie?«, fragte Tobias.

»Paschke«, sagte der Hausmeister amüsiert. »Bea Paschke. Die is' in der elften.«

24 RICHARD

Die Fahrt in die Gleisenau verging wie im Flug, und daran war nicht nur der BMW Schuld. Zu viele Gedanken wirbelten durch Richards Kopf.

Beim Fall Mechtinger hakte etwas, ohne dass er zu sagen vermochte, was es war. Je mehr alles auf einen Unfall hindeutete, desto weniger glaubte er daran. Paschke hielt er zwar für fähig, Flaschen zu werfen und Kanzeln umzusägen, aber einen Mord zu begehen war ein anderes Kaliber. Wer käme also als Täter in Betracht? Immer noch drängte sich ihm Astrid auf, aber das erschien zu einfach. Eifersüchtige Ehefrau erschießt ihren Ehemann auf der Jagd. Mord im Affekt? Wohl kaum. Was dann?

Das Puzzle wies zu viele Lücken auf, um ein klares Bild zu liefern. Wolfgang Halbert hatte garantiert irgendwelche Leichen im Keller. Was verband also die beiden Charaktere Halbert und Mechtinger, die unterschiedlicher nicht hätten sein können? Sexuelle Neigungen, Großmannssucht, Spieltrieb? Welche Abgründe würden sich da noch auftun?

Im Grunde genoss er diesen Fall, der ihn so immens forderte. »Pervers«, würde Oma Elke sagen, und auch, dass ein guter Kripo-Beamter etwas von einem Verbrecher in sich haben musste. Ihre Weisheiten und gutgemeinten Ratschläge bezog sie aus der TV-Serie Tatort sowie diversen Kriminalromanen, was ihn mehr als einmal amüsiert hatte.

Einem inneren Impuls nachgebend, bog er vor der Gleisenau in das Örtchen Forsthub ab. Von dort folgte er Autospuren auf einem Feldweg, der an den Waldrand führte, wo er den Wagen abstellte und ausstieg. Die Packung einer ausländischen Zigarettenmarke verunzierte den Feldrain.

Er sah sich um. Unweit von hier war die unbekannte Leiche entdeckt worden. An einen natürlichen Tod mochte er kaum glauben. »Anstatt irgendwelchen Hirngespinsten hinterherzujagen, sollten Sie sich mehr auf die Fakten konzentrieren«, hatte Weidinger gesagt.

Ein leichter Wind schob Wolken vor sich her. Wahrscheinlich würde pünktlich zum Wochenende eine Regenfront aufziehen.

Ziellos schlenderte er auf einem geschotterten Forstweg weiter. Die Stille des Waldes, der Geruch von feuchter Erde sowie das von einem grünen Blätterdach gefilterte Sonnenlicht bewirkten in ihm eine eigentümliche Ruhe, die ihm die Last des Alltags von den Schultern nahm und seine Gedanken klärte. Er sollte öfter in den Wäldern um Coburg spazieren gehen.

Ein Spaziergänger, dem ein schwarzbrauner Zottelhund mit Raureif um die Schnauze folgte, kam ihm entgegen. Der leicht gebeugt gehende Mann grüßte freundlich, als er ihn passierte.

Richard erwiderte den Gruß, überlegte kurz und sprach ihn dann an: »Gehen Sie regelmäßig hier spazieren?«

»Freilich«, brummte der Mann. »Ich wohn ja gleich um die Ecke. Warum?«

Richard wies sich aus, wobei die Augen des Mannes groß wurden; eine übliche Reaktion, auf die meist Misstrauen oder Schuldgefühl folgte, als hätte man etwas zu verbergen.

Der Spaziergänger hingegen zeigte offene Neugierde. Vermutlich führte er ein langweiliges Rentnerdasein und war froh über jede Abwechslung. »Aha, von der Kripo sin' Se also. Is' wohl wegen dem Mechtinger?«

»Kannten Sie ihn?«

»Logisch. Der war ja fast mei Nachbar. Sei' Frau kenn ich a. Is' a nette Person. Die schimpft net gleich, wenn ich amal mein Hund ohne Leine laufen lass.«

Richard sah zu dem alten Hund, der steifbeinig auf ihn zugetrottet kam. Kein Wunder, dass die Försterin das tolerierte, denn der konnte in ihrem Revier keinen Schaden anrichten. »Schön, dass sie so verständnisvoll ist.«

»Schaun Se sich mein Maxl an. Der macht nix.«

Maxl wackelte an Richard vorbei, ohne ihn eines Blickes zu würdigen. Der würde froh sein, wenn er wieder zu Hause auf seiner Couch liegen konnte. »Das glaube ich gern.«

»Suchen Se was Bestimmtes?«

»Nein, eigentlich nicht.« Inspiration suchte er und einen klaren Kopf, um die fehlenden Puzzleteile zu finden. Aber das wollte er dem Mann nicht auf die Nase binden.

»Zwei Morde so dicht beieinander, des is net normal.«

»Der Eine wurde nicht ermordet, und vom Anderen können wir noch nichts sagen.«

»Glauben Se wirklich, der is' verhungert?«

»An Erschöpfung gestorben – sagt die Rechtsmedizin.«

»Des kommt aufs Gleiche raus. Schaun Se, da vorn is' unner Dorf.«

Richard drehte sich um, sah aber nur Grün. »Das kann man nicht erkennen.«

»Weil jetzt Laub an denna Bäum hängt. Aber vor ei'm Monat konnt' ma' die Kirchturmspitz' seh'n. Wenn ich mich beim Wandern verlaufen hab, verhunger ich net, da geh ich ins nächste Dorf. Ich sag Ihnen, da is was ganz Übles im Gang. Der Tote hat b'stimmt was mit denna Transportern zu tun g'habt, die manchmal im Wald anhalt'n.«

»Was wissen Sie darüber?«

»Net viel, nur dass die Bauern an gewaltigen Hass auf die ham. Einer hat scho Anzeige erstattet, weil se ihm sein Acker ramponiert ham. Ihre Kollegen warn deswegen scho da.«

»Fährt sonst noch jemand diesen Weg entlang?«

Der Mann winkte ab. »A paar Ausflügler am Wochenend halt, wenn's Wetter passt. Manche meinen, des is a Parkplatz.« Er deutete nach vorn, dorthin, wo Richards Auto stand. »Dabei gibt's weiter hinten an richtigen, mit Wanderkarte und Papierkorb und so.«

»Sonst ist in dieser Gegend nichts los?«

»Nee, hier werkeln sonst nur die Bauern und manchmal die vom Forst.«

»Sind Sie jeden Tag um die gleiche Zeit unterwegs?«

»Freilich. Ich geh' mit mei'm Maxl bei jedem Wetter Gassi.«

»Haben Sie am letzten Donnerstag jemanden gesehen?«

»Da ging's zu wie im Taubenschlag. Zuerscht zwei Weiberleut, a alte und a junge hübsche. Die sin' neiwärts. Und später kam a junger Mann auf 'm Fahrrad nauswärts.«

»Die Frauen gemeinsam?«

»Nein. Da war scho Zeit dazwischen.«

»Können Sie den Mann beschreiben?«

»A blaue Mütz'n hat er aufg'habt.«

»Einfach blau?«

»Nee, da war so a Emblem drauf. Der Depp wär beinah in mein Maxl neig'fahrn und hat mich dann a' noch angemeckert. Der hat's eilich g'habt. So schnell konnt mei Maxl gar net zur Seite hüpf'n.«

»Und die Damen?«

Der Mann zog die Mundwinkel nach unten. »Die junge war blond, die ältere dunkelhaarig. Mehr weiß ich net. I geh jetzt bessa heim. Mei Alte wird sonst unruhig. Sehn Se fei bloß zu, dass Se den Mörder bald kriegen. Ma' traut sich ja sonst kaum noch naus.«

Richard bedankte sich und erfragte noch Namen und Adresse des Mannes, bevor der seinem Hund hinterhereilte.

Langsam setzte Richard seinen Spaziergang fort, folgte dem Weg, ohne zu wissen, wohin er führte, immer tiefer in den Wald, bis ein gut ausgebauter Forstweg kreuzte, an dem Baumstämme gestapelt lagen. Und daneben sah er die traurigen Überreste der Jagdkanzel, die jemand zusammengeklaubt hatte. Ein Rascheln ließ ihn herumfahren.

Zwei Männer standen im Unterholz und beobachteten ihn. In dem einem erkannte er den Forstgehilfen Anatoli wieder, den sie Toni nannten. Der andere machte ebenfalls einen südländischen Eindruck, war aber im Vergleich zum großen und stark gebauten Toni nur eine halbe Portion. Trotzdem hatte Richard Respekt vor dem Kleinen, da dieser etwas Unberechenbares ausstrahlte. Bestimmt hatte er ein Messer dabei, und das würde er zu gebrauchen wissen. Toni raunte dem Kerl etwas zu, woraufhin dessen Gesicht zur Maske erstarrte.

»Wo geht's zum Forsthaus?«, fragte Richard nach einem kurzen Gruß.

Stumm deutete Toni auf den kreuzenden Weg. Richard fühlte sich unwillkommen und suchte nach einem Ansatzpunkt für ein Gespräch. »Werden Sie eine neue Kanzel bauen?«

Kopfschütteln.

Er ging auf die beiden zu und erntete prompt feindselige Blicke.

»Sie sind von der Polizei, stimmt's? Ich hab Sie beim toten Herrn Mechtinger gesehen«, sagte Toni.

»Richtig.«

»Was gibt's? Hier ist nichts außer einer kaputten Kanzel.«

»Frische Luft schnuppern, wenn es genehm ist.«

Toni zuckte die Schultern. »Und das Wild stören. Uns reichen schon die vielen Spaziergänger mit ihren Hunden und die Radfahrer. Der Wald ist doch kein Rummelplatz.«

»Richtig, aber ein Tatort«, erwiderte Richard streng. »Immerhin gab es zwei Tote.«

Toni schnaubte. »Jaja, der eine soll an Erschöpfung gestorben sein und beim Herrn Mechtinger war's wohl ein Unfall.«

»Ist doch gut, wenn kein anderer schuld war, oder?«

»Einen Schuldigen gibt's immer – egal ob Unfall oder Mord.«

Dieser Satz hätte von seinem Kollegen Peter stammen können, Richard stimmte dem insgeheim zu. »Sind Sie auch beim Forstamt angestellt?«, fragte er den anderen, der unruhig von einem Fuß auf den anderen trat.

»Er hilft mir – gelegentlich«, antwortete Toni für ihn.

»Spricht er kein Deutsch oder ist er stumm?«

»Weder noch.«

Richard trat näher, der Schweigende wich einen Schritt zurück. Gleich würde er davonrennen oder ein Messer zücken. Richards Hand bewegte sich in Richtung Waffe. »Können Sie sich ausweisen?«, fragte er scharf.

»Lassen Sie ihn in Ruhe.« Tonis Bärengestalt schob sich dazwischen. »Er ist Albaner, ein Verwandter von mir.«

»Halten Sie sich illegal in Deutschland auf?«

»Nein, er ist Flüchtling und schon registriert.«

Geflüchtet wovor? Vermutlich vor schlechten Lebensverhältnissen. »Kann ich mal seine Papiere sehen?«

Heftiges Kopfschütteln des Albaners und ein Heben der Hände, als wollte er sich ergeben.

»Hat er einen Namen?«, fragte Richard.

»Mourad Valbon«, sagte Toni.

Richard fuchtelte mit seinem Zeigefinger vor Tonis Gesicht herum. »Er soll selbst antworten. Sonst nehme ich Sie beide mit.«

»Wir nix getan«, sagte Valbon, der plötzlich seine Stimme wiedergefunden hatte.

»Das behaupten alle.«

»Wir nur über mögliche Arbeit geredet.«

»Nachdem das Asylverfahren abgeschlossen ist?«

Der Albaner nickte. Richard holte seinen Notizblock aus der Jackentasche und ließ sich die Adresse des Mannes geben. Näher nachzuforschen war Sache der Schutzpolizei.

»Bitte sagen Sie der Frau Mechtinger nichts von Mourad«, bat Toni.

Er hatte richtig vermutet. »Sie weiß also nichts von seiner Tätigkeit?«

»Mourad hilft mir nur ein bisschen.« Toni betrachtete verlegen seine Schuhe. »Dafür kriegt er von mir ein paar Euro. In der Unterkunft fällt ihm die Decke auf dem Kopf. Ich muss meinem Cousin doch helfen.«

Das klang plausibel. Daraus konnte und wollte Richard dem Albaner keinen Strick drehen. Auf seine Frage, ob er etwas gesehen habe, erntete er wieder nur heftiges Kopfschütteln.

Mit einem unguten Gefühl im Bauch machte er sich auf den Weg zum Forsthaus, das nach Tonis Aussage nur fünf Minuten entfernt sein sollte. Als er aus dem Wald trat, sah er Frau Mechtinger zu ihrem Auto rennen, und bevor er reagieren konnte, fuhr sie schnell davon.

25 ASTRID

Es reichte ihr. Astrid fühlte sich wie ein Topfdeckel, unter dem Milch aufkochte. Nur dass es keine Milch war, sondern die ungeheuerliche Wahrheit, die aus dem schwarzen Loch in ihr hervorquellen wollte. Der Druck musste irgendwie entweichen, und um nicht vor Karin und den Kindern zu explodieren, floh sie ins Auto, in der Hand diesen verfluchten Zettel.

Was hatte Holger getan? Was hatte er ihnen angetan? Was war er nur für ein Mensch gewesen? Des Kämpfens müde hatte sie sich als junge Frau auf der Suche nach Geborgenheit in seine Arme geflüchtet. Und was hatte sie jetzt davon? Sie stand vor den Trümmern ihres Lebens, hatte einmal mehr versagt. Ihr Wunsch, den Kindern ein unbeschwertes Aufwachsen fernab von allen Widrigkeiten und Lügen zu ermöglichen, war durch einen einzigen Schuss zerstört worden.

Sie schrie ihre Verzweiflung hinaus, die Finger ums Lenkrad gekrallt, und schluchzte hemmungslos. Endlich beruhigte sie sich und blickte aus verweinten Augen zu dem Haus, das ihr viele Jahre Schutz gewährt hatte.

Ein neuer Gedanke stieg in ihr auf, zuerst vage und undefinierbar, dann immer klarer: Kämpfe, wie du es immer getan hast; für die Kinder, für die Hunde, für das, was dir wichtig ist.

Und plötzlich wurde ihr klar, was sie tun musste. Halbert war an allem schuld. Dieser Sauhund hatte ihr Leben verpfuscht. Sie legte den zerknüllten Zettel neben sich auf den Beifahrersitz und strich ihn glatt. Nur nicht lesen, sonst würde die Erinnerung aus dem schwarzen Loch wieder überkochen.

Eine Bewegung im Rückspiegel ließ sie erstarren. Eine großgewachsene Gestalt schälte sich aus dem Dunkel des Waldes und marschierte direkt auf sie zu.

Der Kommissar. Bestimmt verdächtigte er sie. Sie biss sich auf die Unterlippe, bis der Schmerz unerträglich wurde. Seine penetranten Fragen waren das Letzte, was sie jetzt brauchen konnte.

Astrid drückte mit ihrem Fuß das Gaspedal herunter und fuhr los.

Sie wusste, dass sie sich damit verdächtig machte, aber letztlich zählte nur, dass der Richtige hinter Gittern landen würde.

Halbert musste bekommen, was er verdiente, denn schließlich hatte er ihre Zukunft ruiniert.

Wie sie nach Coburg gekommen war, wusste sie nicht. Sie fuhr über die Brandensteinsebene, vorbei an dem kleinen Flugplatz und hielt auf die Veste Coburg zu, die groß und unbezwingbar auf einem Berg vor ihr thronte. Trutzige Mauern und wuchtige Wehrtürme hielten mit ihren Schießscharten nach Feinden Ausschau. Trotzdem war sie während des 30-jährigen Krieges gefallen, aber nur wegen eines gefälschten Briefs und nicht durch Belagerung. Etwas, wovon man lernen konnte. Manchmal bedurfte es nur eines kleinen Tricks, um einen übermächtigen Gegner zu Fall zu bringen. Ihre Hände wurden feucht und sie wischte sie an der grünen Cordhose ab.

Sie würde nicht zögern, Halbert so lange mit Vorwürfen zu bombardieren, bis er mit der Wahrheit herausrückte. Danach würde sie zur Polizei gehen. Entschlossen fuhr sie in die Einbahnstraße, die sich den Festungsberg hinabwand, bis zur Gabelung vor der katholischen Kirche St. Augustin. Noch konnte sie weiter geradeaus in die Stadt fahren und den Kotzbrocken unbehelligt lassen.

Nein. Sie fuhr in die andere Einbahnstraße, die den Berg wieder hinaufführte. Zu ihrer Rechten lag der Hofgarten, mit alten Bäumen aus aller Welt, gleich würde das Naturkundemuseum in ihr Blickfeld kommen. Auf die Spielplätze am Fuße des Parks hatte sie sich als Kind geflüchtet, wenn der häusliche Druck zu groß geworden war. Im Hofgarten war auch der Grundstein für ihre Berufswahl gelegt worden.

Und Halbert, das Schwein, wohnte direkt gegenüber von diesem Kleinod, wenn er auch nie begreifen würde, dass die Natur Bestandteil des Lebens war. Sie parkte am Straßenrand.

Sie verabscheute diesen modernen Bau, den er mitten in eine Reihe von Jugendstilvillen gepflanzt hatte; ein liebloses, rechteckiges Gebäude, auf das er sogar noch stolz war.

Der Garten bedurfte dringend Pflege, obwohl bei seiner Frau alles etepetete sein musste. Eine Gartenschere in die Hand nehmen oder gar Unkraut jäten würde die feine Dame natürlich nie, dafür hatte sie ihr Hauspersonal, oder war da keines mehr? Konnten sie sich das nicht mehr leisten?

Woher kamen diese gehässigen Gedanken so plötzlich? Waren sie auch im schwarzen Loch verborgen gewesen und drängten nun an die Oberfläche? Ihre Hände zitterten, als sie auf den Schuldschein sah. 50.000 Euro waren kein Pappenstiel. Sie wollte wissen, was es damit auf sich hatte, und würde dann diesem Kommissar die Beweise übergeben. Eines stand für sie fest: Freundschaft hatte Halbert und ihren Mann garantiert nicht verbunden.

Sie klingelte, wartete, klingelte noch mal, vergebens. Da sich drinnen nichts rührte, ging sie zur geschlossenen Garagentür und spähte durchs Fenster.

Und da sah sie ihn – und er sie.

26 RICHARD

Frau Mechtinger fuhr davon, ließ Richard unbeachtet, obwohl er sich sicher war, dass sie ihn gesehen hatte.

Er verlangsamte seine Schritte, unsicher, was er tun sollte. Ursprünglich hatte er ihr einige Fragen stellen wollen und könnte jetzt eigentlich umkehren, aber er ging trotzdem weiter. Der Hundezwinger war verwaist, dafür bellte es im Haus. Zwei Hundeköpfe, deren Schlappohren wissbegierig nach vorn gestellt waren, schoben den Vorhang hinter einem der Fenster zur Seite.

Schon wollte er umkehren, als eine weibliche Stimme seinen Namen rief.

Karin Schwelms hatte mit ihrer Schwester wenig gemein. Astrid war eher der ruhige, introvertierte Typ, während Karin das genaue Gegenteil war: lebenslustig, sich ihrer Reize voll bewusst und wehrhaft. Kaum zu glauben, dass sie miteinander verwandt waren.

»Frau Schwelms?«, sagte er und ging auf sie zu.

»Meine Schwester ist nicht da.«

»Ich habe sie wegfahren sehen.«

»Vielleicht kann *ich* Ihnen behilflich sein?«, sagte sie mit einem Augenaufschlag, der alles Mögliche bedeuten konnte. Sie trat aus der Haustür und schloss sie bis auf einen Spalt. Ihr Outfit war sommerlich und nicht den kühlen Temperaturen angepasst: Spanische Schuhe, Caprihose, knappsitzendes Top, die Haare offen. Dazu hatte sie ein sonniges Lächeln aufgesetzt. Er wurde aus ihr nicht schlau, vor allem, weil sie ihn beim letzten Mal ziemlich unfreundlich aus dem Haus komplimentiert hatte.

»Wo ist sie denn hingefahren?«, fragte er.

Frau Schwelms' Gesicht verfinsterte sich, während sie die für eine Frau gut bemuskelten Arme vor der Brust verschränkte. »Sind Sie immer so neugierig, Herr Kommissar, oder bringt das Ihr Beruf mit sich?«

Jetzt zeigte sie wieder ihre Stacheln, was ihm bedeutend besser gefiel, als wenn sie ihre Frohnatur zur Schau stellte. Frau Schwelms war eindeutig die kämpferische der beiden Schwestern, und Richard nahm sich vor, ihre Vergangenheit zu durchleuchten. Was verband und was trennte die zwei?

»Das eine bedingt das andere«, sagte er und setzte für einen kurzen Moment ein Lächeln auf.

»Sie verdächtigen Astrid, nicht wahr?«

Volltreffer, aber er musste abwiegeln. »Wir müssen jeder Spur nachgehen und jede Möglichkeit in Betracht ziehen. Da sich Ihre Schwester zur Tatzeit in der Nähe des Tatorts aufhielt und zudem eine Waffe mit sich führte, ist es naheliegend. Außerdem war sie die Letzte, die ihn lebend gesehen hat.«

»Hat sie denn geschossen?«

Statt einer Antwort zuckte er mit den Schultern, denn das hatten sie nicht nachweisen können, da Astrids Waffe fast täglich in Gebrauch gewesen war.

»Sie führt ein Schussbuch. Haben Sie das schon eingesehen?«

»Ein Kollege hat das gemacht.« Was aber unbedeutend war, denn ob die Eintragungen stimmten, wusste nur Astrid.

Frau Schwelms öffnete ihre Arme, drehte sich halb zur Seite und gab den Weg in den Flur frei. »Wollen Sie auf einen Kaffee hereinkommen? Ich wollte sowieso gerade Frühstück machen.«

»Für einen Kaffee bin ich immer zu haben.«

»Hoffentlich stören Sie die Hunde nicht«, sagte sie in der Tür stehend, »sonst müsste ich sie wegsperren.«

»Kein Problem, solange sie nicht auf Kommissare gehetzt werden.«

»Das nicht, aber sie können ziemlich aufdringlich sein.«

Beide Hunde beschnüffelten ihn zuerst, wedelten dann aber freundlich mit dem Schwanz und ließen Richard auf Frau Schwelms' Befehl hin in Ruhe. Sie stellte Kaffeetassen auf den Wohnzimmertisch und verschwand in der Küche.

Diese Häuslichkeit passte so gar nicht zu dem Eindruck, den er von ihr gewonnen hatte. Seit der schmerzhaften Trennung von seiner langjährigen Freundin hatte er sich vom weiblichen Geschlecht ferngehalten – im wahrsten Sinne des Wortes. Kripobeamter zu sein und eine geordnete Partnerschaft zu führen vertrugen sich nun mal nicht. Beispiele für gescheiterte Beziehungen gab es in seiner Dienststelle zuhauf.

Mitunter überkam ihn die Sehnsucht nach einer eigenen Familie mit einer Frau, die sich als echter Partner und nicht als Anhängsel verstand. Er war sich sicher, dass dieses Verlangen mit der Zeit nachlassen würde. Zu sehr hatte er sich an das Single-Dasein gewöhnt, als dass er es ändern wollte.

Mit einer Kaffeekanne in der Hand kehrte sie zurück und schenkte deren duftenden Inhalt in die mit Jagdmotiven verzierten Tassen ein. Ein Körbchen mit Schokoladen-Croissants und Plundergebäck stellte sie daneben. Anscheinend wusste die Dame, wie sie ihn um den Finger wickeln konnte. Widerstehen oder nicht? Kurzentschlossen griff er nach einem Schokoladen-Croissant. Außen kross, innen weich und die Schokolade zerschmolz auf der Zunge – genau richtig.

Auch sie nahm sich eines und setzte sich ihm gegenüber in die Mitte des Sofas, während die beiden Hunde zu ihren Füßen Platz nahmen. Offensichtlich war Karin als Rudelmitglied akzeptiert.

»Wie kommen Sie mit Ihren Ermittlungen voran, Herr Kommissar?«

»Langsam.«

»Wann können wir Holger beerdigen?«

»Nachdem die Leiche freigegeben ist, was voraussichtlich heute geschehen wird. Haben Sie schon ein Bestattungsunternehmen beauftragt?«

»Ja. Was treibt Sie zu uns?«

»Nur ein paar Fragen an Ihre Schwester.«

»Die können Sie genauso gut mir stellen.«

Der Kaffee schwächelte ein wenig, was er aber für sich behielt. »Erzählen Sie mir etwas über Ihren Schwager.«

Ihre Augen verengten sich, als habe er einen wunden Punkt getroffen. »Wollen Sie nicht wissen, wo ich zur Tatzeit war?«

»Wo waren Sie denn?«

»Jedenfalls nicht hier.«

»Haben Sie Zeugen?«

»Wenn es sein muss – ja.«

»Ich rede nicht von einem Gefälligkeitsalibi.«

Sie wedelte abwehrend mit ihren Händen. »Nein, nein. Ich wohne auf Mallorca. Oder besser gesagt, ich wohnte.«

»Das heißt …?«

»Ich hatte einen kleinen Laden und eine Ehe. Beides ging in die Hose.«

»Sie sind also nicht nur wegen des Todes Ihres Schwagers in Coburg?«

»Genau.« Sie machte einen verlegenen Eindruck. »Ich wollte sowieso zurück nach Deutschland. Holgers Tod hat meine Rückkehr nur beschleunigt.«

»Und wo beabsichtigen Sie zu wohnen?«

»Na hier. Wie früher, bevor ich auswanderte.«

»Wussten Ihre Schwester und Ihr Schwager von Ihren Plänen?«

»Nein.« Sie sah ihn abschätzend an. Ihr Blick erinnerte ihn an Dominik, wenn er beim Schwertkampf Richards nächste Aktion vorherzusehen versuchte. Er würde nachforschen, wann sie aus Mallorca angereist war.

»Ich bin einen Tag vor seinem Tod in Frankfurt angekommen und dortgeblieben«, sagte sie plötzlich, als habe sie seine Gedanken erraten, »weil ich unser Wiedersehen hinauszögern wollte. Verstehen Sie mich?«

Er wusste, worauf sie anspielte, brauchte aber Fakten. »Wo haben Sie übernachtet?«

»Bei einer Freundin. Sie kann das bestätigen. Wollen Sie ihren Namen und ihre Adresse?«

»Später vielleicht. Zurück zu meiner Frage. Was war Holger Mechtinger für ein Mensch?«

»Holger war zwiespältig. Er konnte unheimlich charmant und witzig sein. Ein Entertainer, der gern lateinische Sprüche rezitierte, die natürlich keiner verstand. Die Schülerinnen himmelten ihn an. Warum er Astrid heiratete, war mir ein Rätsel. Aus Liebe bestimmt nicht.«

»Hat er sie betrogen?«

»Mehr als einmal. Holger war in mancher Beziehung ein richtiger Mistkerl. Er garantierte Astrid ein sorgenfreies Leben, dafür kümmerte sie sich um den Haushalt und die Kinder. Außerdem ermöglichte sie ihm, seiner Jagdleidenschaft nachzugehen, was ihm viel Geld sparte, weil er sonst ein Revier hätte pachten müssen. Er war ein passionierter Jäger, aber mehr noch ein Schürzenjäger.« Ihre Stimme war am Schluss hart geworden. »Holger hatte mit Halberts Frau ein Verhältnis.«

»Oha.«

»Ja, genau. Halbert ist ein Schwein, aber Holger war keinen Deut besser. Vielleicht haben sie sich deshalb so gut verstanden.«

»Wusste Ihre Schwester davon?«

»Natürlich nicht. Und selbst wenn, hätte sich nichts geändert.«

»Warum nicht, Frau Schwelms?«

»Sie können ruhig Karin zu mir sagen, Richard. Dass ich mit meinem Nachnamen angesprochen werde, bin ich nicht mehr gewohnt.«

Was für ein Spiel spielte sie mit ihm? Und was bezweckte sie damit? »Wie Sie wünschen, Karin.«

»Astrid hat immer alles in sich hineingefressen, nie aufgemuckt. Schon früher nicht. Wir hatten keine besonders schöne Kindheit.«

Er schüttelte den Kopf. »Wieso?«

»Unser Vater war Alkoholiker. Mutter war immer bemüht gewesen, dass keiner was davon merkt. Jedes Mal, wenn er blau war – und das war er oft –, wurde er ausfällig und gewalttätig.«

»Gegen die ganze Familie?«

»Mich hat er nie geschlagen. Entweder hat Astrid mich beschützt oder er mochte mich doch irgendwie – auf seine Weise.«

»Ich hoffe, nicht allzu sehr?«

»Nicht, wie Sie meinen. Davon bin ich verschont geblieben.«

»Und Ihre Schwester?«

Karin hob langsam die Schultern, wobei eine Träne über ihre Wange rollte, die einer der Hunde sofort ableckte. Richard zog ein Papiertaschentuch aus seiner Jackentasche, das sie sogleich ergriff und sich lautstark hineinschnäuzte.

»Entschuldigung.«

»Schon gut.«

»Ich vermute, er hat sich an meiner Schwester vergriffen, denn eines Tages kam sie in ein Heim und ich zu unserer Oma. Astrid liebt die Natur, studierte in Weihenstephan Forstingenieurwesen. Danach lernte sie Holger kennen, in den sie sich Hals über Kopf verliebte.«

Das Bild, das er sich von Astrid machte, wurde immer klarer. Jetzt wusste er auch, warum sie so bedingungslos an ihrem Mann festgehalten hatte. Er war ihr Refugium, ihr sicherer Hort gewesen. Karin hingegen schien für ihren Schwager nur Verachtung zu empfinden. Auf jeden Fall würde er ihr Alibi überprüfen. Hatte sie Holger erschossen, um ihre Schwester von den Qualen dieser Ehe zu befreien? Sein Instinkt sagte nein. Dafür war sie nicht der Typ. Sie hätte Holger zur Rede gestellt und ihm die Hölle heiß gemacht.

»Wohin ist Astrid gefahren?«, fragte er.

»Zu Halbert. Sie wird ihm ein paar unangenehme Fragen stellen.«

»Worüber?«

Ein wilder Ausdruck trat auf ihr Gesicht und sie beugte sich vor. »Über einen Schuldschein, den wir in Holgers Sachen gefunden haben. Halbert schuldete ihm 50.000 Euro.«

27 TOBIAS

Tobias Schneider war gewaltig sauer auf Paschke, weil der ihm aufgetischt hatte, Holger Mechtinger nicht gekannt zu haben. Er fühlte sich verarscht und nahm das persönlich. Als Kind war er wegen seiner Behäbigkeit oft gehänselt worden, weshalb dies heute noch sein wunder Punkt war.

Letztlich hatte das Mobbing in der Schule seinen Wunsch, Polizist zu werden, nur verstärkt. Verbissen hatte er darauf hingearbeitet – gegen den Willen seines Vaters. Etliche Pfunde waren dabei auf der Strecke geblieben, was ihm – vor allem wegen Mutters guter Küche – ziemlich schwergefallen war. Und als er endlich den 5.000 Meter Lauf hatte beenden können, war ihm eine schwere Last von den Schultern gefallen. Von da an war vieles leichter gegangen.

Paschke wollte ihn und Levin anscheinend für dumm verkaufen. Er hatte Mechtinger gekannt, und seine Schwester hatte mit dem Opfer sogar auf die Cogida-Demo gehen wollen. Das hatte etwas Intimes an sich, oder ließ man als Lehrer neuerdings seine politischen Ansichten Schülern gegenüber heraushängen?

Er fuhr zu der Adresse, unter der Mischa gemeldet war. In Lützelbuch, einem Vorort von Coburg, gab es ein Altenheim, in dem Tobias' Oma gelebt hatte, bis sie vor einem Jahr gestorben war. Jedes Mal, wenn er durch den Ort fuhr, meldete sich sein schlechtes Gewissen, weil er sie zu selten besucht hatte. Dass sie ihn in ihren letzten Monaten kaum noch erkannt hatte, spielte dabei keine Rolle.

Paschkes Häuschen war von einem kleinen Garten umgeben, daneben eine schachtelförmige Garage, vor der ein roter Mini Cooper parkte. Tobias stellte den Streifenwagen davor ab und betrachtete die Aufkleber an der Rückseite des Minis: »Jagd ist Mord«, »Go Vegan« und »Für mehr Tierschutz«. Garantiert Paschkes Karre. Er stellte bei der Dienststelle eine Halteranfrage anhand des Kennzeichens und erhielt prompt die Rückmeldung, dass der Wagen auf einen Michael Paschke zugelassen war. Zufrieden drückte er auf den Klingelknopf am Gartentor. Da sich im Haus nichts rührte, ging er zum Auto zurück und nahm die Reifen und Radkästen in Augenschein. Tatsächlich klebte dort ein Stückchen Erde mit Kiefernadeln darin. Als Beweismittel würde das kaum taugen, dennoch entschloss er sich, es sicherzustellen.

»Was machen Sie da?«, fragte plötzlich eine weibliche Stimme hinter ihm.

Er drehte sich um. Vor ihm stand ein junges Mädchen um die 17, das lange Haar zu einem Pferdeschwanz zusammengebunden, in Jogginghose, Turnschuhen und Fitnesstop. Aus ihren Ohren wuchsen weiße Schnüre, die zu einem Handy in ihrer Hand führten. Sie zupfte an einem der Ohrenstöpsel und ließ ihn herunterbaumeln.

»Ich schaue mir das Auto an«, antwortete er.

»Das sehe ich. Ist was damit nicht in Ordnung?«

Er streckte sich. »Eigentlich bin ich wegen Mischa Paschke hier. Kennen Sie ihn? Das ist sein Mini, nicht wahr?«

»Ja, genau. Und wie Sie wissen sollten, sitzt er gerade.«

»Er ist in Verwahrung. Das ist was anderes.« Er hob an, ihr den Unterschied zu erklären, aber sie winkte ab.

»Wegen mir können Sie ihn für immer und ewig einlochen.«

»Warum das denn?«

Eine tiefe Furche teilte ihre hübsch gezupften Augenbrauen. »Weil er ein Riesenarschloch ist.«

»Wer sind Sie, wenn ich fragen darf?«

»Angeblich bin ich seine Schwester, was ich aber bezweifele.«

»Ganz schön heftig.«

»Ständig mischt er sich in meine Angelegenheiten ein. Dabei geht es ihn einen Scheißdreck an, mit wem ich ins …« Sie schluchzte auf und überließ es ihm, das Ende des Satzes zu vollenden.

»… ins Kino gehe«, hatte sie bestimmt nicht gemeint. Ein ungeheuerlicher Verdacht drängte sich ihm auf, der ihm Unbehagen bereitete.

Tobias deutete auf das Haus. »Sie wohnen hier?«

»Freilich. Mit dem unter einem Dach zu leben ist die reinste Hölle.«

»Ich denke, er studiert.«

»Pfingstferien.« Sie wischte sich über die Augen. »Ich muss jetzt weiter, sorry. Die Eltern sind arbeiten. Wenn Sie

von denen was wollen, müssen Sie abends vorbeischauen.«
Und schon drehte sie sich von ihm weg, tippte auf ihr Handy
und stopfte den Stöpsel zurück ins Ohr.

»Einen Moment noch! Wissen Sie, wo Ihr Bruder am
letzten Donnerstagabend war?«

Sie fuhr herum, starrte ihn mit offenem Mund an. »Nein.
Und wenn ich's wüsste, würde ich es Ihnen nicht sagen.«

Verdattert sah Tobias hinter ihr her. Verstehe einer die
Frauen.

28 ASTRID

Wenn Blicke töten könnten, wäre sie auf der Stelle tot umge-
fallen.

Durch ein Fenster der Garage stierte Halbert sie wie die
Schlange das Kaninchen an. Im Hintergrund sah sie Häm-
mer, Meißel, Sägen, Zangen und Schraubenzieher in allen
Größen an der Wand hängen. Zudem konnte sie eine Werk-
bank und einen Kleiderhaufen auf dem Linoleumboden
erkennen. In seiner Hand hielt Halbert eine Kinderjeans,
auf der dunkle Flecken zu sehen waren.

Das also war Halberts Werkstatt. Sie hatte noch nie einen
Blick hineinwerfen dürfen, was nicht verwunderlich war,
weil er und seine Frau sie nur selten eingeladen hatten. Der

Anblick der Kinderhose irritierte sie – die Halberts hatten keinen Nachwuchs.

Die Schrecksekunde war vorüber, Halbert kam in Bewegung. Die Jeans fest umklammert, kam er auf das Fenster zu, durch das sie hineinblickte. Sein wütender Gesichtsausdruck ließ sie zurückweichen.

Dumme Idee hierherzukommen, hämmerte es in ihrem Kopf. Was hatte sie sich nur dabei gedacht? Hatte sie wirklich geglaubt, ihm Paroli bieten zu können? »Taugenichts!«, schrie die Mutter sie in ihrer Erinnerung an.

Welche Erlösung, wenn die Polizei ihn verhaften würde. Halbert im Gefängnis – kaum vorzustellen. Bei dem, was der alles auf dem Kerbholz hatte, war eine Verurteilung längst überfällig.

Halbert verschwand aus ihrem Blickfeld, ging offenbar zur Tür, um sie zur Rede zu stellen.

Nicht mit ihr und vor allem nicht jetzt. Sie drehte sich um und rannte los. Hinter ihr quietschten Türangeln. Ein hastiger Blick über die Schulter bestätigte ihr, dass er seine Werkstatt verlassen hatte. Gehetzt eilte sie auf dem Kiesweg weiter, um das Wohnhaus herum.

Quer über den Rasen war der kürzeste Weg zum Gartentor. War Halbert ihr auf den Fersen? Ein plötzlicher Schlag gegen die Schulter holte sie von den Beinen. Rücklings fiel sie zu Boden.

Halberts hochrotes Gesicht schob sich in ihr Blickfeld. Gleich würde sein Kopf explodieren. Aber den Gefallen tat er ihr nicht.

»Astrid, was machst du denn hier?«, fragte er im freundlichsten Tonfall und streckte ihr seine Pranke entgegen. »Hast du dir wehgetan? Du solltest eigentlich wissen, dass Bäume nicht zur Seite hüpfen, wenn man auf sie zu rennt.«

Zu spät zum Davonlaufen, da musste sie nun durch. Sie nahm die dargebotene Hand, ließ sich hochziehen und klopfte Hose und Jacke ab. Es dauerte einen Moment, bis sie ihre Stimme wiederfand. »Ich wollte dich was fragen.«

»Warum klingelst du nicht an der Haustür?«

»Hab ich – mehrmals sogar.«

Zwei tiefe Falten gruben sich in seine immer noch gerötete Stirn. »Ist Marga nicht zu Hause?«

»Woher soll ich das wissen?«

Sein Arm schnellte vor und packte sie am Handgelenk. »Werd bloß nicht frech!«

»Lass mich sofort los«, forderte sie energisch.

Zwar ließ der Druck ein wenig nach, aber seine Wurstfinger hielten sie weiterhin fest.

»Was willst du denn wissen?«, zischte er.

Eigentlich alles, was mit Holger zusammenhing. Während sie versuchte, ihre Gedanken zu ordnen, fiel ihr die Altkleidersammlung auf dem Werkstattboden wieder ein. Einer wie Halbert hatte mit Wohltätigkeit nichts am Hut. Der Schuldschein tauchte vor ihrem geistigen Auge auf. Jemand, der knapp bei Kasse war, hatte nichts zu verschenken – und schon gar nicht, wenn er Halbert hieß.

Wegen dieses Schuldscheins in ihrer Hosentasche war sie hergekommen. Sie entwand sich seines Griffs und rieb die schmerzende Stelle, wobei sie versuchte, möglichst selbstbewusst zu wirken. »Sag mal, spinnst du?«

»Was hast du bei mir herumzuschnüffeln?«

»Wie bitte?« In diesem Moment wünschte sie sich, Toni würde ihr mit seiner Axt Beistand leisten, denn allein hatte sie keine Chance gegen dieses Arschloch.

»Du hast mich belauscht, gib's zu.«

Blanke Wut brodelte aus dem schwarzen Loch, in dem

ihre innere Unruhe gor, und verwandelte sich in unbändigen Hass. »Hast wohl was zu verbergen?«

Seine Kiefer mahlten und er legte den Kopf schief, die Augen zu Schlitzen verengt. In Erwartung eines Schlags hob sie schützend die Arme vors Gesicht, aber nichts dergleichen geschah. Halbert atmete tief durch, entspannte sich sichtlich, behielt aber die leicht vorgebeugte Haltung bei. »Wer wie ein Einbrecher um mein Haus schleicht, wird wie einer behandelt. Sag endlich, was du von mir willst. Aber mach's kurz, ich hab zu tun.«

»Die Wahrheit erfahren«, sagte sie mit fester Stimme.

»Welche Wahrheit?«

»Es gibt nur eine.«

Er streckte sich. »Red' nicht um den heißen Brei herum. Dich interessiert, ob dir dein Mann während unserer gemeinsamen Streifzüge treu war, stimmt's?« Er gewann Oberwasser, der Überraschungsvorteil war dahin. Sein unverschämtes Grinsen sprach Bände.

»Holger war ein guter Ehemann«, entgegnete sie trotzig.

Halbert lachte hämisch auf. »Welcher Mann wäre dir schon treu? Schau dich doch mal an. Du bist und bleibst eine graue Maus. Daran ändern die grünen Klamotten, hinter denen du dich versteckst, nicht das Geringste. Holger hat nie was anbrennen lassen, der hat mitgenommen, was er kriegen konnte – und das war eine ganze Menge. Moralische Grenzen kannte der keine.«

Im letzten Satz wechselte sein Tonfall von vorwurfsvoll zu eiskalt, und das ließ sie hellhörig werden. Welche Grenzen hatte Holger überschritten? Ihr schwirrte der Kopf, oder war es die Unruhe, die sich wieder bemerkbar machte? Aber sie war nicht gekommen, um über Holgers Ausschweifungen zu diskutieren. Sie war wegen des Geldes hier. »Du kannst über ihn reden, wie du willst, aber ich möchte die 50.000 Euro wiederhaben.«

Wie von der Tarantel gestochen zuckte Halbert zurück. Seine Augen wollten ihre Höhlen verlassen, seine Lippen formten tonlose Worte.

»Was redest du da für einen Blödsinn?«, schnaubte er schließlich.

»Das Geld, das du Holger und mir schuldest.«

Ein Laut, der zwischen dem Quieken einer angeschossenen Wildsau und dem Bellen eines aufgeschreckten Rehs lag, entrang sich seiner Kehle. Er trat so nahe an sie heran, dass sie seinen Atem in ihrem Gesicht spüren konnte.

»Du Miststück!« schrie er. »Wie kommst du darauf, dass ich dir Geld schulde?«

Es war ein Fehler gewesen, den Schuldschein mitzunehmen. Ihre Hand fuhr in die Hosentasche. Sein Blick folgte ihrer Bewegung. Sofort riss sie die Hand ohne den Zettel wieder heraus und zwang sich, ihm direkt in die Augen zu blicken. »Ich habe den Schuldschein gefunden.«

»Der ist längst beglichen.«

»Hast du eine Quittung?«

»Quatsch. Unter Freunden …«

»Und warum hat Holger dann den Schuldschein aufgehoben? Du wärst der Letzte, der ihn nicht zurückgefordert hätte.«

»Weil … weil … Er wollte ihn mir zurückgeben, aber leider kam sein Tod dazwischen.«

Zwischen Furcht und Trotz hin- und hergerissen drang die Stille des Gartens erschreckend laut in ihr Bewusstsein. Es waren schon Menschen wegen weniger ermordet worden.

»Und wann willst du ihm das Geld zurückgezahlt haben?«, fragte sie.

»Am …« Er ließ den Satz unvollendet, drehte horchend den Kopf Richtung Gartenmauer. Ein Auto näherte sich.

Die Zeit lief ihr davon. »Wann, Wolfgang?«

Das Auto kam näher. Unüberhörbar ein Diesel. Halbert lauschte ebenfalls. »Am letzten Freitag«, sagte er geistesabwesend.

In ihr klickte etwas. »An seinem Todestag?«

»Ja, genau.« Seine Hand fuhr in die Hosentasche, zog ein Taschentuch daraus hervor und wischte sich damit über die Stirn.

»Wenn das stimmt, wo ist das Geld dann abgeblieben? Auf unserem Konto ist es jedenfalls nicht eingegangen.«

»Ich hab's ihm bar gegeben.«

»50.000 Euro?« Vor ihrem geistigen Auge stellte sie sich einen Koffer voller Geldscheinbündel vor. Wie groß musste der sein? Wenn es 500er-Banknoten waren, genügte ein kleiner. Gab es solch große Scheine überhaupt? Astrid hatte noch nie einen in Händen gehalten.

Vor der Gartentür hielt ein weißer Kastenwagen. Halbert packte sie an beiden Oberarmen. »Du kannst mich mal, Astrid. Ich habe gezahlt. Keine Ahnung, wo dein Mustergatte die Kohle vor dir versteckt hat. Will ich auch gar nicht wissen. Auf seinen Wunsch hin erfolgte die Übergabe nachmittags bei derselben Jagdkanzel, auf der er seine Weiber gevögelt hat.«

Die letzten Worte drangen wie durch Watte an ihr Ohr.

Halbert schüttelte sie. »Du rückst jetzt diesen verdammten Schuldschein raus, oder es knallt.«

»Ich habe ihn nicht dabei.«

»Wer's glaubt! Wenn du mich damit erpressen willst, musst du früher aufstehen. Das haben schon ganz andere versucht.«

Die Tür des Lieferwagens öffnete sich und ein dunkel-
bärtiger Mann in blauem Overall stieg aus. Angst ergriff
Astrid – nicht wegen seines Aussehens, sondern wegen
Halberts Reaktion. Der riss die Augen auf, Schweißperlen
erschienen auf Stirn und Oberlippe. Offensichtlich fürchtete
er diesen Mann. Mit einer schnellen Drehung ihres Ober-
körpers entwand sie sich Halberts Griff.

»Ich fordere einen Beweis, dass du gezahlt hast!«, schrie
sie.

Er holte aus, um sie zu schlagen. »Du hast gar nichts zu
fordern. Her mit dem Schuldschein, oder du wirst mich
kennenlernen!«

Langsam rückwärtsgehend ließ sie Halbert keine Sekunde
aus den Augen. Nichts wie weg. Sie rannte los, vorbei an
dem verdutzt schauenden Fahrer des Lieferwagens. Atemlos
riss sie die Tür ihres Wagens auf, während der Kerl an dem
eisernen Gartentor stehen blieb. Es würde sie nicht wundern, in der morgigen Ausgabe der Neuen Presse zu lesen,
dass Halbert einem Mordanschlag zum Opfer gefallen war.

Das war noch einmal gut gegangen, aber außer Gefahr
war sie noch lange nicht. Eine neue Strategie musste her, und
sie wusste auch schon, wie die aussehen könnte.

29 MAXI

Anscheinend gelangweilt leierte Weidling seinen Bericht an Kriminaloberrat Adler herunter, der an der Stirnseite des weißen Tischs im Besprechungszimmer Platz genommen hatte; vor ihm die Dezernatsleiter der Kriminalinspektion mit ihren Unterlagen, bereit, ihm Bericht zu erstatten: eine Person von Neonazis zusammengeschlagen, eine Frau von ihrem Mann verprügelt, eine tätliche Auseinandersetzung zwischen zwei Albanern. Alles im Griff. Die Täter seien ermittelt worden und die Anzeigen pünktlich an die Staatsanwaltschaft herausgegangen. Offenbar war Weidling mit seinen Gedanken bereits in Pension, gleichwohl er das Zepter noch fest in der Hand hielt.

Als Nächstes kam der Fall Mechtinger zur Sprache. Weidling berichtete detailliert über den Fortgang der Ermittlungen. Mehr als einmal fühlte sich Maxi versucht, seinen Ausführungen etwas mehr Schwung zu verleihen, denn schließlich ging es um den Tod eines ehrbaren Bürgers, um Gerechtigkeit – und natürlich um ihre Karriere. Die Aufklärung des Falls war deshalb für sie von enormer Wichtigkeit.

Aber möglicherweise verhinderte die Nüchternheit des Konferenzraums eine entspannte Atmosphäre. Zudem klopfte Regen gegen die Fensterscheiben und das kalte Neonlicht verstärkte die Tristesse noch.

Ein Gefühl von Wehmut stieg in ihr auf, wenn sie an das K11 in München dachte. Dort wurde nicht nur bayerisch gesprochen, sondern auch bayerisch gedacht, und dem hatte sich sogar ihr fränkischer Chef angepasst. Na ja, sagte man doch den Franken nach, sie gingen zum Lachen in den Keller. Und den Gebrauch der Uhrzeiten erst, den würde sie nie lernen. Viertel elf war in Wahrheit Viertel nach zehn. Irgendwie war Coburg dennoch nicht mehr ganz fränkisch, eher thüringisch, aber das behielt sie für sich. Coburger verstanden unter Bierschinken eine andere Wurst als der Rest von Bayern. Unmöglich. Und man sagte hier »Guten Tag« wie in Preußen anstatt »Grüß Gott«. »Du bist a Preiß« war da, wo sie herkam, ein Schimpfwort.

»Ihr tappt also nach wie vor im Dunkeln«, stellte Adler in seiner lakonischen Art fest und riss sie aus ihren Gedanken.

Weidling klappte kurz der Kiefer nach unten, aber dann breitete sich ein zufriedenes Grinsen auf seinem faltigen Gesicht aus. »Leider ja. Kollegin Frohn bearbeitet den Fall, und ich kann mir vorstellen, dass sie als Neue Schwierigkeiten hat, sich bei den alten Sturköpfen durchzusetzen.«

Maxi schnappte nach Luft. So ein Arschloch im Quadrat. Von dem konnte sich Levin noch eine Scheibe abschneiden. »Da fällt mir nichts mehr ein«, wollte sie entgegnen, aber stattdessen biss sie sich nur auf die Unterlippe.

Adler zog die grauen Augenbrauen hoch. »Als Chef des K1 ist es deine Aufgabe, den Laden in Gang zu halten und ihr die nötige Unterstützung zu gewähren.«

Weidling fiel das Grinsen aus dem geröteten Gesicht. »Wir sind in der Übergabephase«, schnappte er. »Sie hat die Leitung, und ich verwalte quasi nur noch.«

Adler tat den Einwand mit einer unwirschen Handbewegung ab und forderte Ali Salem, den Leiter des K2, auf, seinen Bericht vorzutragen. Der Fokus lag jetzt auf Unterschlagung, Urkundenfälschung und kriminellem Bankrott. Maxis Gedanken schweiften ab. Was hatte sie ihrer Karriere zuliebe nicht alles aufgegeben: Familie, Freunde, das geliebte München und sogar die Beziehung zu ihrem Ex. Der hatte sie vor die Wahl gestellt, entweder er oder die Polizei – der Idiot.

Zugegeben, Coburg hatte Charme und das Kulturangebot war für eine Kleinstadt erstaunlich vielfältig. Das alles konnte jedoch die Leere in ihr kaum füllen. Sie vermisste die Heimat mehr als gedacht.

Karrieregeil hatte ihr Ex sie genannt, aber nie hinterfragt, was sie dazu trieb. Sie wollte allen zeigen, dass sie diese Herausforderung bewältigen würde. Und warum ausgerechnet bei der Kripo? Weil sie eine klare Vorstellung von Schuld und Unschuld, von Täter und Opfer hatte und außerdem gerne schwierige Aufgaben löste.

Die Nennung von Halberts Namen riss sie aus ihren Gedanken.

»Wolfgang Halbert konnte die Eröffnung eines Konkursverfahrens gerade noch abwenden«, sagte der Leiter des K2 und klappte seinen Ordner zu.

Der Name war wiederholt im Zusammenhang mit Mechtingers Tod gefallen. »Ist deswegen Anzeige erstattet worden?«, fragte Maxi.

Sie erntete vorwurfsvolle Blicke, weil sie nicht zugehört hatte. Offensichtlich war das schon gesagt worden.

»Die Steuerprüfung ist bei ihm wegen einiger Ungereimtheiten vorstellig geworden«, fuhr Salem fort. »Halbert hat daraufhin Insolvenz angemeldet. Aber inzwischen scheint es ihm finanziell wieder besser zu gehen.«

»Gut für ihn«, sagte Adler leichthin.

»Ich frag mich nur, wie er das geschafft hat. Seine Schulden waren ganz schön happig.«

»Solange kein Anfangsverdacht besteht, er könnte sich auf illegale Weise saniert haben, ist das nicht unser Bier.«

»Halbert war Mechtingers Freund«, warf Maxi ein.

Weidling raschelte mit den Blättern. »Er hat ein Alibi für die Tatzeit.«

»Ist das überprüft?«, fragte Adler an Maxi gewandt.

Verdammt, das wusste sie nicht. Nur nichts anmerken lassen. »Ja«, antwortete sie fest. »Seine Frau Marga hat ihm eines gegeben.«

»Was wir von derartigen Gefälligkeitsalibis zu halten haben, wissen wir seit dem letzten Fall«, meinte Kollege Salem.

Maxi hatte keine Ahnung, von welchem Fall er sprach. Vermutlich hatte eine Ehefrau ihren Mann gedeckt, und das könnte natürlich auch bei Frau Halbert der Fall gewesen sein.

»Ich werde da noch mal nachhaken«, erklärte sie.

»Gut.« Adler ließ nun die restlichen Kommissariatsleiter ihre Ergebnisse vortragen.

Am Ende der Konferenz passte er Maxi ab. »Auf ein Wort, Frau Frohn. Binden Sie den Kollegen Levin unbedingt in Ihre Arbeit mit ein und informieren Sie ihn über Ihre Vorhaben. Der Mann ist nicht nur für seine gründliche Arbeitsweise und genialen Einfälle bekannt, sondern er verkörpert geradezu das K1. Um erfolgreich zu sein, müssen Sie ihn auf Ihrer Seite haben. Verstehen Sie?«

Oh ja, sie verstand. Levin war der Leithund, aber den auf ihre Seite zu ziehen war bislang gewaltig in die Hose gegangen.

30 TOBIAS

Tobias fuhr direkt zur Polizeiinspektion. Er hatte etwas Wichtiges herausgefunden und fühlte sich dabei, als träte endlich der Kronenhirsch aus dem Wald, geradewegs vor seinen Gewehrlauf. So sehr er sich das wünschte, es würde nie in Erfüllung gehen, denn erstens gab es in seinem Revier keine Hirsche und zweitens wurden sie dort, wo sie vorkamen, von den Revierinhabern entweder selbst erlegt oder sie verkauften den Abschuss zu einem Preis, der für einen Polizeibeamten unerschwinglich war.

Seine Gedanken schweiften ab. Hier ging es nicht um Hirsche, sondern um eine Falschaussage. Paschke war mit Sicherheit im Wald gewesen, gleichwohl wusste Tobias, dass die von ihm sichergestellten Erdstückchen keinerlei Beweiskraft besaßen, solange sie nicht einem bestimmten Terrain zugeordnet werden konnten. Zudem hatte er selbst gesehen, dass Fahrradspuren und keine Autospuren in den Wald geführt hatten, als er mit seiner Kollegin der Anzeige wegen Flurschadens nachgegangen war und er den zweiten Schuss gehört hatte. Damals waren ihm die Spuren unwichtig erschienen.

Paschke saß nach wie vor in Sicherungsverwahrung in einer der Ausnüchterungszellen der Polizeiwache. Ein Leichtes also, sich ihn noch einmal vorzuknöpfen – aber erst nach der Kaffeepause.

Er stellte den Streifenwagen auf dem Parkplatz hinter dem ehemaligen Kasernengebäude ab und sah Peter Weingarth aus dem Parkhaus der Einsatzfahrzeuge kommen, das übliche Grinsen im Gesicht.

»Hallo«, begrüßte Peter ihn. »Welche Laus is 'n dir über die Leber g'laufen?«

»Die Paschke-Laus«, antwortete er und berichtete von seinem Besuch bei der Familie.

»Da schau her«, sagte Peter. »Mein' Kopf gegen an faul'n Apfel, dass die Kleine mit'm Mechtinger was g'habt hat.«

Verblüfft blieb Tobias stehen. »Meinst du?«

»Sonst hätt se doch kei Rose an die Pinnwand vom Vicki gebicht. Levin hat mir erzählt, der Paschke und sei Schwester hätt'n vor der Schule gestritten und du sagst jetzt desselbe. Glaub mers, der Pauker war a Weiberheld, und deswegen wurde er umgelegt.«

»Vom Paschke?«

»Schmarrn.«

»An wen denkst du?«

Kurzes Schweigen, dann schüttelte Peter seinen Kopf. »Halbert.«

»Wieso gerade der?«

»Weil der Mechtinger sei Frau flachgelegt haben soll.«

Tobias wollte seinen Ohren nicht trauen. »Der Mechtinger? Unser Schatzmeister?«

»Seit wann ham wir in unserer Inspektion an Schatzmeister?«

Verwirrt schüttelte Tobias den Kopf. »Quatsch, ich rede von unserem Jagdverband.«

Peter klopfte ihm lachend auf die Schulter. »Nimm's leicht. Hab nur vergessen, dass ihr Neustadter Hundsfresser kein' Spaß versteht.«

Der alte Spruch der Coburger aus der Nachkriegszeit hielt sich hartnäckig wie ein Fußpilz. »Hahaha«, erwiderte Tobias und unterdrückte die übliche Antwort, dass die Neustädter die Hunde zwar geschlachtet, die Coburger sie aber gefressen hätten.

»Was hast'n als Nächstes vor?«, fragte Peter.

»Mir den Paschke noch mal vornehmen.«

»Den ham se vorhin heimg'schickt.«

»Verarschen kann ich mich selba.«

»Nee, im Ernst. Sei' alter Herr is Rechtsverdreher. Haste des net g'wusst?«

»Ich dachte, der arbeitet bei den Stadtwerken.«

»Des is sei' Stiefvater. Sei' leiblicher Vater heißt Dr. Köhler und hat kurz nach der Geburt von sei'm Ableger seiner Frau den Laufpass gegeben, und die hat später den Paschke geheiratet. Anscheinend fühlt sich Paschkes Erzeuger immer noch für sein' Sprössling verantwortlich.«

Das hatte Tobias nicht gewusst. Seine Laune sank ins Bodenlose. »Ja dann. Da kann man wohl nichts machen.«

Peter rollte mit den Augen. »Wenigstens hat er zugegeben, Mechtinger gekannt zu ham. Und auch, dass er wegen schlechter Schulnoten an Hass auf ihn g'schoben hat. Deshalb sei er im Wald g'wesen. Konnt' er auch net länger leugnen, weil uns die Bewegungsdaten seines Handys vorliegen.«

»Also war er doch am Tatort?«

»Richtig. Das Problem is', dass er nur am Nachmittag dort war. Mehr haben die Daten net hergegeben.«

»Und trotzdem habt ihr ihn entlassen?«

»Dass er sich dort rumgetrieben hat, beweist gar nix. Wir wissen net amal, ob er net noch amal an der Kanzel war, denn sei' Handy war nach sei'm ersten Ausflug ausg'schaltet. Er behauptet steif und fest, später zur fraglichen Zeit mit sein' Kumpeln zusammen g'wesen zu sein. Ohne des Ergebnis der DNA-Analyse seiner Mütze ham wir nix in der Hand. Und eing'sperrt ham wir den Radaubruder nur, damit er kein Schaden anrichtet. Aber ich werd' ihm und vor allem seinen Spezeln noch amal aufn Zahn fühl'n.«

So frei in seinen Entscheidungen wie die von der Kripo wäre Tobias auch gern. Paschke war seine Angelegenheit, denn schließlich hatte er ihn eingebuchtet und nicht die anderen. Wäre doch cool, wenn sich sein Verdacht bewahrheiten würde, denn ein militanter Tierschützer, der Jagdkanzeln zerstörte, würde vielleicht auch vor einem Mord nicht zurückschrecken. Kurzum, er traute »denana« alles zu.

»Komm, wir fahren zusammen zum Paschke«, sagte Peter, »und befragen ihn wegen seiner Schwester.«

Nichts lieber als das, wenn im Kühlschrank nicht ein Stück von Mutters einmaligem Streuselkuchen liegen würde. Schon wollte er ablehnen, als ihn Peter am Arm packte. »Wenn's für dich okay ist, fahren wir anschließend noch beim Bäcker vorbei. Ich hab g'rad 'nen Mordsappetit auf was Süßes.«

31 RICHARD

Das Wort »Schuldschein« allein jagte Richard eine Gänsehaut über den Rücken. Wie schön wäre es, könnte man die ganze Schuld seines Lebens auf einen Zettel schreiben und einem anderen in die Hand drücken, womit der dann fertig werden müsste? Man könnte den Wisch aber auch einfach ins Feuer werfen und alle Schuld ginge in Flammen auf, mitsamt den ewigen Selbstvorwürfen und Anschuldigungen.

Langsam ließ er den Wagen auf den kleinen Parkplatz hinter dem Naturkundemuseum am Festungsberg rollen. Schuldgefühle können nur überwunden werden, wenn man sich selbst vergibt, hatte er gelernt.

Er hatte rein instinktiv einen Menschen getötet, anstatt ihn handlungsunfähig zu schießen, obwohl er das sehr gut hätte tun können. Dass er sich nicht besser unter Kontrolle gehabt hatte, konnte er nicht begreifen. Ihm war klar, dass er sich früher oder später dem Bruder des Erschossenen würde stellen müssen.

Zwar hatte er in Notwehr gehandelt, aber für die Presse war es ein gefundenes Fressen gewesen: »Kripobeamter übt Selbstjustiz« hatte eine der Schlagzeilen gelautet. Der Vater des Getöteten hatte nach der Einstellung des Ermittlungsverfahrens gegen Richard sogar von einem Justizskandal gesprochen. Sein Junge sei immer anständig gewesen und nur in falsche Kreise geraten. Der wahre Schuldige sei davongekommen. Die kriminaltechnische Untersuchung, wer von den Brüdern die Pistole letztlich wann in der Hand gehalten hatte, war ergebnislos geblieben. Heißenbach hatte steif und fest behauptet, sein Bruder habe sie weggeworfen, als Richard aufgetaucht sei und Notwehr könne daher nicht geltend gemacht werden.

Vor seiner Entlassung aus dem Gefängnis hatte der Kerl Vergeltung geschworen. Dass Verurteilte mitunter Racheschwüre ausstießen, war nichts Ungewöhnliches, aber Richard ahnte, dass es in diesem Fall keine leeren Versprechungen waren.

Die Tragik war, dass dies nicht der erste Todesfall war, den er verschuldet hatte. Aber so sehr er sich auch mühte, die eine Schuld, die nicht in seiner Personalakte stand, weil sie im Militär vor seiner Zeit in der Polizei geschehen war, würde er sich nie vergeben können. Daher versuchte er, jeden Gedanken daran zu unterdrücken, ins Vergessen zu schieben.

Richard stellte den Motor ab und stieg aus. Vor ihm breitete sich das frische Grün des Hofgartens aus, lud zum Verweilen ein, um innere Ruhe zu finden. Davon könnte er eine gehörige Portion gebrauchen. Er sollte Urlaub nehmen, wegfahren, an einen stillen Ort, um Abstand zu gewinnen.

Leider musste das vorerst warten, denn noch hatte er die Chance, die Scharte wieder auszuwetzen. Gute Ermittlungsergebnisse hatten seine Position gefestigt, und mehr Erfolge würden seiner Karriere förderlich sein, nur durfte er sich keinen weiteren Fehler erlauben.

Er wandte sich der Straße zu, die den Festungsberg hinaufführte, in Richtung Halberts Haus. In der Einfahrt stand Astrid Mechtingers Auto, davor ein weißer Lieferwagen ohne Werbeaufschrift, dessen Fahrer soeben ausstieg. Von einem Busch verdeckt sah Richard Frau Mechtinger auf ihr Auto zurennen. Der Mann in blauem Overall stand ihr im Weg, ließ sie aber passieren. Die Panik in ihrem Gesicht sprach Bände. Das war kein aufgesetztes Gehabe, sondern blanke Angst.

Astrid hatte ihr Auto erreicht. Sie ließ den Motor an, stieß zurück, gab Gas und raste die Straße Richtung Veste hinauf.

Ihre Schwester hatte davon gesprochen, Halbert habe bei Mechtinger tief in der Kreide gestanden. Tief genug, um einen Menschen zu ermorden? Bekanntlich lag die Hemmschwelle bei jedem unterschiedlich hoch. Immerhin waren schon Morde wegen ein paar Cent geschehen. Vielleicht war Astrid Mechtinger ja unschuldig und Halbert der Mörder?

Der Blaumann begann auf Halbert einzureden, bis der in seinem Haus verschwand und mit einer prall gefüllten

Plastiktüte in der Hand zurückkehrte und sie ihm übergab. Während der nun folgenden Diskussion wich Halbert immer weiter vor dem Fahrer zurück. Keine Frage, er hatte Angst. Halbert schüttelte vehement seinen Kopf, und Richard meinte das Wort »Polizei« gehört zu haben.

Jetzt griff der Fahrer in seine Hosentasche. Gleich würde er eine Waffe zutage fördern. Richards Muskeln spannten sich an, seine Hand glitt zum Gürtelholster. Kurz flammte eine Warnung in ihm auf, aber er wollte auf jedes Szenario vorbereitet sein. Seine Hand umschloss den Pistolengriff, ohne die Waffe zu ziehen.

Halbert wich zurück, die Hände auf Brusthöhe in Abwehrhaltung. Offensichtlich rechnete er ebenfalls mit einem Angriff.

Zeit zum Einschreiten. Richard trat hinter dem Busch hervor und schritt auf die beiden Kontrahenten zu. Erleichterung flackerte in Halberts Gesicht auf. Er sagte etwas zu dem Blaumann, der daraufhin den Kopf zu Richard drehte. Ein dicht wuchernder Vollbart versteckte die Gesichtszüge des Mannes, darüber blitzten dunkle Augen feindselig auf.

»Polizei! Guten Tag«, grüßte Richard. »Komme ich ungelegen?«

»Überhaupt nicht«, sagte Halbert, der sich mit dem Ärmel über die Stirn wischte.

Der Blaumann drehte sich ganz zu ihm um, sah Richard direkt ins Gesicht und anschließend auf seine Hand, die noch an der Waffe lag.

»Später wir reden weiter«, sagte er zu Halbert.

»Das würde ich nicht ausschließen wollen«, mischte sich Richard trocken ein, obwohl der Blaumann nicht ihn gemeint hatte.

Der stutzte, öffnete die Wagentür und ließ sich auf den Fahrersitz plumpsen. Richard verhinderte, dass sie ins Schloss fiel. »Nur aus Interesse. Tragen Sie eine Waffe?«

»Ich nix Waffe.«

»Was ist in Ihrer rechten Hosentasche?«

»Nix.«

»Sicher?«

Der Blaumann grunzte. »Soll ich zeigen?«

»Aussteigen.«

Schwerfällig rutschte der Mann vom Sitz und pflanzte sich vor Richard auf.

»Umdrehen«, kommandierte Richard. »Hände gegen den Wagen ... Beine breit.«

Schnell tastete er den Mann ab. In der rechten Hosentasche fand er einen langen Schraubendreher. Zwar konnte man damit jemandem erhebliche Verletzungen zufügen, aber das Ding fiel nicht unter das Waffengesetz. Er musste den Mann laufen lassen, ließ sich vorher aber noch dessen Papiere zeigen, die in Ordnung zu sein schienen: ein Albaner, der, wie er aussagte, für Halbert fuhr. War der Mann, den er mit Toni in Frau Mechtingers Forstrevier gesehen hatte, nicht auch Albaner gewesen?

Kaum war der Blaumann weg, fuhr Halbert ihn an: »Was wollen Sie von mir? Ich habe bereits alles gesagt, was ich weiß.«

Der Mann wirkte immer noch nervös. »Das sah nicht gerade nach einem netten Mitarbeitergespräch aus«, stellte Richard fest.

»Denen muss man deutlich zeigen, wer der Boss ist.«

»Ich hatte den Eindruck, das war eher umgekehrt.«

Halbert zuckte mit den Schultern. »Bei denen sitzt das Messer ziemlich locker, da muss man mit allem rechnen.«

Wie Halbert die Worte »bei denen« betont hatte, stieß Richard sauer auf. Nur weil einer kein Deutscher war, machte ihn das noch lange nicht zu einem Straftäter. Im Fall des Blaumanns musste er Halbert allerdings recht geben. »Frau Mechtinger war bei Ihnen?«

»Ist das strafbar?«

»Natürlich nicht. Darf ich fragen, warum?«

»Nein.«

Halbert stand wie ein Bollwerk vor seinem Gartentor. Der Mann wusste, dass Richard ohne Gerichtsbeschluss keine Chance hatte, ihm auf die Pelle zu rücken. »Ich habe den Verdacht, Sie verschweigen mir etwas.«

»Wieso sollte ich?«

»Genau das ist die Frage. Dann werde ich eben Frau Mechtinger fragen, wenn's recht ist.«

Halbert schnaubte wie ein Dampfross. »Das war eine Sache zwischen ihr und mir. Damit habt ihr nichts zu tun. Reine Privatsache.«

»Aha?«

»Und jetzt entschuldigen Sie mich, ich habe meine Zeit nicht gestohlen.«

Richard drehte sich halb weg, hielt dann aber inne. »Sie haben Mechtinger Geld geschuldet.«

»Das habe ich zurückgezahlt!«, rief Halbert.

»War Frau Mechtinger deswegen hier?«

»Wenn Sie's schon wissen, warum belästigen Sie mich dann noch?«, schrie Halbert mit hochrotem Gesicht.

Gleich kriegt er einen Tobsuchtsanfall, dachte Richard. Halbert zeigte die typischen Merkmale eines Cholerikers. »Ich denke, Sie wissen sehr gut, warum ich hier bin. Einen schönen Tag noch.«

Richard ließ Halbert stehen und kehrte zu seinem Auto

zurück. Sein Instinkt hatte ihn nicht getäuscht. Der Mann hatte Dreck am Stecken und zwar gewaltig. Als Nächstes würde er seine Finanzen überprüfen, wobei ihm das K2 behilflich sein könnte. Kaum war er auf der Rückfahrt zur Polizeiinspektion, klingelte sein Handy, auf dem Display eine unbekannte Nummer.

Frau Mechtinger meldete sich mit zitternder Stimme: »Ich muss Sie unbedingt sprechen.«

»Ich Sie auch. Wo treffen wir uns?«

»Auf der Veste. Ich …« Sie holte tief Atem. »Ich kann nicht länger schweigen. Ich weiß, wer es war.«

»Da bin ich aber gespannt.« Er konnte sich denken, wen sie ihm als Mörder präsentieren würde. »Ich bin zufällig in der Nähe und kann in ein paar Minuten dort sein.«

»Ich bin schon oben.«

Beinahe hätte er gelacht. Die Veste war eine weitläufige Festungsanlage, und er hatte keine Lust sie zu suchen. »Und wo da? Warum treffen wir uns nicht einfach vor der Burgschänke?«

»Und wenn uns jemand sieht?«

»Das macht nichts, solange wir nicht belauscht werden.«

Am liebsten wäre er durch den Hofgarten zur mächtigen Veste hinaufgelaufen, die auch die Fränkische Krone genannt wurde, entschied sich dann aber doch für die schnellere Variante mit dem Auto.

Oben angekommen fand er einen freien Platz auf dem kleinen Besucherparkplatz. Dem Betreiber des dortigen Kiosks hielt er seine Dienstmarke unter die Nase, um die Parkgebühr zu sparen. Schwere Regenwolken hingen über dem Coburger Land, aber die ersten Sonnenstrahlen fanden bereits ihren Weg hindurch und ließen den blühenden Raps auf den Feldern golden aufleuchten. Das war einer jener Momente, in denen er sich einsam fühlte.

Nur mit Mühe konnte er seinen Blick von dem fantastischen Naturschauspiel abwenden. Es galt, einen Fall zu lösen und nicht schwermütigen Gedanken nachzuhängen. Halbert hatte ein Motiv und beschäftigte zwielichtige Gestalten in seiner Firma. Er erklomm gerade den gepflasterten Gehweg hinauf zur Brücke über den Burggraben, als er einen weißen Kastenwagen erspähte, der von unten kommend an der Zufahrt des Parkplatzes bremste. Wenn ihn nicht alles täuschte, war es derselbe wie vorhin. Da er vor Richard losgefahren war, hatte der Blaumann ihn folglich irgendwo versteckt passieren lassen. Wozu? Richards Neugier war geweckt.

Tatsächlich stieg der Blaumann aus, in der Hand Halberts Plastiktüte, die er in eine Mülltonne neben dem Kiosk stopfte. Er zündete sich eine Zigarette an, sah auf seine Armbanduhr und zog ein Handy aus der Hosentasche. Während des folgenden Gesprächs fuchtelte er mit den Händen in der Luft herum, als wollte er dem Dirigenten eines Symphonieorchesters Konkurrenz machen.

Richard war stehen geblieben. Dem Mann näher zu kommen wäre unklug. Endlich steckte der das Handy wieder ein, stieg in seinen Kleinlaster und fuhr davon.

Den Inhalt der Plastiktüte musste Richard unbedingt in Augenschein nehmen. Als er sich in Bewegung setzte, hörte er von unten kommend ein Rattern sowie das Zischen einer Luftdruckbremse. Hoffentlich nicht die Müllabfuhr. Scheiße – mussten die ausgerechnet jetzt kommen?

Natürlich! Der Blaumann hatte die Müllabfuhr gesehen oder auf sie gewartet, um die Tüte schnell entsorgen zu können. War sie erst auf dem Weg zur Müllverbrennung, war sie verloren. Richard rannte los. Das Fahrzeug hielt an und gleich darauf zerrte der Müllmann die Tonne zur Rückseite des Fahrzeugs.

»Halt! Polizei!«, rief Richard, seine Dienstmarke hochhaltend.

Verdutzt hielt der Müllmann inne.

»Moment mal.« Richard öffnete den Deckel und holte die Plastiktüte aus der Tonne, nicht ohne sich bei dem Mann zu bedanken.

Der erste Blick hinein machte ihn stutzig; das waren Klamotten. Er wühlte tiefer und zog ein Kleidungsstück heraus. Eine Kinderhose, darauf dunkle Flecken.

Er wusste auf den ersten Blick, was das war, denn im Laufe seiner Dienstzeit hatte er das schon öfter gesehen: geronnenes Blut.

32 ASTRID

Nie hätte Astrid sich vorstellen können, einem Treffen mit Levin freudig entgegenzusehen, denn bislang war er ihr eher wie jemand vorgekommen, vor dem man Angst haben musste.

Eigentlich war das Misstrauen des Kommissars nachvollziehbar, denn er hatte am Tatort eine Frau mit einem Gewehr in der Hand vorgefunden, und dass ihr Ehemann fremdgegangen war, war ein perfektes Mordmotiv. Dabei war alles viel komplizierter.

Kalte Wut packte sie, wenn sie an den zerstörten Hochsitz dachte und an das, was dort abgelaufen war. Holger hatte nicht einmal den Anstand besessen, es mit seinen Weibern an einem anderen Ort zu treiben. Quasi direkt vor ihrer Haustür hatte es sein müssen. Wie demütigend! Wie konnte sie nur so naiv sein?

Sogar Toni hatte davon gewusst. Jetzt machten seine Anspielungen auch Sinn. Und dann noch die Unverschämtheit, diesem Bankrotteur 50.000 Euro in die Hand zu drücken. Das Geld hätte er genauso gut verbrennen können. Kein Wunder, dass sie immer knapp bei Kasse gewesen waren. »Urlaub? Geht nicht, wir müssen sparen!«, hatte er geschrien und die Hand gegen sie erhoben. Und: »Mit deinem lausigen Beamtengehalt kommen wir ja auf keinen grünen Zweig!« Dabei war er selbst Beamter gewesen.

Sie stapfte den Gehweg hinauf, an der dreifachen Burgmauer entlang. Als Kind hatte ihr die trutzige Veste mit all ihren Schießscharten und Wehrtürmen Furcht eingeflößt. Im Inneren der Anlage gab es einen ehemaligen Bärenzwinger, in dem die armen Viecher ihr elendes Dasein hatten fristen müssen. Besonders interessant aber waren die einzigartige Kunstausstellung, die historischen Waffen, Kutschen und Folterwerkzeuge sowie das Lutherzimmer.

Ein sanfter Wind fuhr durch ihre Locken, kühlte ihre tränennassen Wangen. So viel stand für sie auf dem Spiel – ihr Leben, das ihrer Kinder. Sie musste sie vor dem ganzen Rummel schützen. Nur wie? Jedes Detail ihres Ehelebens würde ans Licht gezerrt werden. Sie musste einen Neuanfang wagen. Aber wo? Was tun?

Gedankenverloren rieb sie sich über die schmerzende Brust. Levin würde sicher herausbekommen, wo die 50.000 Euro abgeblieben waren. Das Geld würde für einen Neubeginn reichen. Damit könnte sie mit Karin nach Mallorca.

Was, wenn Halbert sie bedrohen würde? Auf den Gedanken war sie noch gar nicht gekommen. Immerhin hielt sie den Beweis seiner Schuld in Händen.

Vor dem Fallgitter, gleich neben dem Eingang zum Biergarten der Burgschänke, wartete sie auf Levin, der jeden Moment kommen musste. Von hier aus konnte sie jeden sehen, der sich dem Burgeingang näherte.

Timmy und Sanne würden schon bald nach ihr fragen, aber zum Glück war Karin zu Hause, die sich um die beiden kümmerte. Die Schwester gab ihr den Rückhalt, den sie brauchte, um zumindest ein bisschen Ordnung in das gegenwärtige Chaos zu bringen. Früher war das umgekehrt gewesen.

Plötzlich fühlte sie sich wie auf dem Präsentierteller. Eiligst zog sie sich ins Dunkel des Burgtors zurück und blieb vor einer Mauernische stehen, von der aus eine steinerne Treppe in den ersten Burghof führte. Mit den mächtigen Mauern im Rücken und einer guten Sicht nach vorn, fühlte sie sich ein bisschen sicherer.

Endlich, nach einer halben Ewigkeit, erschien Levin. Plötzlich verließ sie der Mut, die Freude schlug in Angst um, denn instinktiv wusste sie, dass er eine Gefahr verkörperte. Was, wenn er ihr den Mord an Holger anhängte, trotz der Wendung mit dem Schuldschein, der Halbert ein Motiv gab? Der Zwiespalt erinnerte sie an Zuhause, wenn sie mit der Nachricht einer guten Note vor Vater getreten war, den sie gleichzeitig geliebt und gefürchtet hatte. Oftmals hatte der Vater nichts von ihrem Erfolg erfahren, dafür war ihr die Konfrontation mit ihm erspart geblieben.

Ihr Mund wurde trocken, sie drückte sich tiefer in das dunkle Gewölbe. Levin verschwand im Zugang zur Burgschänke, kehrte wieder zurück und stapfte an ihrem Versteck vorbei, die Burgeinfahrt hoch, ohne sie zu bemerken. Er musste wissen, dass sie noch da war, denn ihr Auto stand auf dem Besucherparkplatz.

Sollte sie sich wirklich mit ihm treffen und den einzigen Trumpf, den sie gegen Halbert hatte, aus der Hand geben? Das Geld stand ihr zu, sie würde es von ihm einklagen, selbst wenn er hinter schwedischen Gardinen säße.

Langsam löste sie sich aus dem Schatten, um Levin hinterherzugehen. Plötzlich hörte sie Schritte hinter sich hallen. Der Vollbärtige, der ihr vor Halberts Haus den Fluchtweg versperrt hatte, schien Levin zu folgen. Oder war er hinter ihr her? Nein, er hatte sich an Levins Fersen geheftet.

Sie drückte sich wieder in den Schatten zurück. Die Schritte verklangen.

Einem inneren Impuls folgend stieg sie die Treppen in den ersten Burghof hinauf.

Oben angekommen, sah sie, dass Levin sich blitzschnell umdrehte und geradewegs auf den Bärtigen zueilte.

»Kann ich Ihnen helfen?«, fragte er und baute sich vor dem Mann auf, der trotzig das Kinn hob.

»Ich anschauen Burg. Ist verboten?«

»Das können Sie Ihrer Großmutter erzählen. Warum verfolgen Sie mich?«

»Nee, nee, nix verfolgen.« Der Bärtige wandte sich dem Tor zu. »Ich nur schauen Veste an und dann gehen nach Hause.«

»Oder zu Ihrem Chef Halbert, um ihm Bericht zu erstatten?«

»Ich nix kennen Halbert.«

»Noch eine Lüge, und wir klären das auf der Polizeiinspektion.«

Der Bärtige schaute betroffen und zuckte mit den Schultern. »Ich sollte nur Tüte abholen, hat Chef gesagt, und der nix heißen Halbert.«

»Und was sollten Sie damit tun?«

»In Müll werfen.«

Levin schaute ihn lange an. »Und warum macht er das nicht selbst?«

»Ich nix wissen. Ich gehen jetzt.«

»Ich habe Sie beobachtet. Wo kommen Sie her? Sie waren vor mir losgefahren.«

»Ich war da. Keine freie Parkplatz. Also noch mal versucht.«

»Ich glaube Ihnen kein Wort. Sie kamen von unten und weiter oben gibt's eine Menge Parkplätze.«

»Kann ich machen nix. Guten Tag.« Der Bärtige drehte sich um und ging Richtung Ausgang.

Astrid setzte sich in Bewegung.

»Interessant, nicht wahr?«, sagte Richard zu ihr und war offenbar nicht im Geringsten überrascht, sie hier im Burghof zu sehen.

»Halbert ist ein Verbrecher«, antwortete sie. »Was war in der Tüte?«

»Alte Klamotten. Warum der ganze Aufwand, um die Sachen zu entsorgen?«

Also hatte er sie auch gesehen, und die fleckige Kinderjeans, die Halbert in Erklärungsnot bringen könnte, hoffentlich ebenfalls. »Der Lump hat was zu verbergen.«

Levin nickte. »Wollen wir zur Hohen Bastei hinauf?«

»Gern, dort war ich schon lange nicht mehr.«

Sie gingen am Fürstenbau vorbei und stiegen die Treppen an der Lutherkapelle hoch; Levin hielt sich mit gesenktem Kopf an Astrids Seite. »Ich war öfter auf der Veste als auf der Kaiserburg meiner Heimatstadt Nürnberg«, sagte er und schenkte ihr ein Lächeln.

Der Mann konnte richtig sympathisch sein, wenn er wollte, fand Astrid. Bloß wollte er meistens nicht.

»Das, was direkt vor der Haustür steht, wird oft wenig geschätzt«, sagte er.

»Weil es jederzeit zur Verfügung steht. Ich wette, Sie bleiben nicht für immer in Coburg?«

»Wer weiß? Mir gefällt es hier.«

Eine Pause entstand und seine Miene verschloss sich wieder. Astrid war dies einerlei. Ein eigenartiges Gefühl des Friedens auf der ruhigen, Schutz versprechenden Burg überfiel sie. Der Wunsch, einen Freund in diesem Kampf zu haben, das Bedürfnis, jemandem vertrauen zu können, besiegte ihre Furcht. Langsam begann sie den schweigsamen Rundgang an der Seite des Mannes zu genießen, der eigentlich ihr Feind war.

Oben, vor dem Türmchen der Hohen Bastei, von dem man einen atemberaubenden Rundblick bis zu den Ausläufern des Thüringer Waldes genießen konnte, hielt sie an. In der Ferne Schloss Callenberg, und dahinter waren die Umrisse der Veste Heldburg zu erahnen. Das Metall des Handlaufs auf der Balustrade kühlte ihre heißen Handflächen. »Halbert hat meinem Mann Geld geschuldet – viel Geld. Er behauptet, es an Holgers Todestag zurückgezahlt zu haben. Dafür gibt es aber keinen Beweis.«

»Woher wissen Sie das?«

»Ich habe einen Schuldschein gefunden und Halbert zur Rede gestellt.«

»Ziemlich mutig, wenn Sie in ihm den Mörder Ihres Mannes vermuten.«

Zweifelte Levin etwa an Halberts Schuld? »Ich bin felsenfest davon überzeugt, dass er es war, habe aber trotzdem keine Angst vor ihm und hasse ihn deswegen auch nicht.«

Er brach den Blickkontakt ab und widmete sich der fantastischen Aussicht. »Das sollten Sie aber, denn er hat Ihnen den Mann genommen.«

»Sie halten ihn also auch für den Täter?«

»Ich meinte damit, dass er auf Ihren Mann einen negativen Einfluss ausübte und ihn auf die schiefe Bahn gebracht haben könnte.«

Sie ließ diese Aussage nachklingen, kramte in ihren Erinnerungen, wie Holger damals, als sie sich kennengelernt hatten, gewesen war: witzig, charmant, fürsorglich. Er hatte sie unter seine Fittiche genommen, sich sogar um Karin gekümmert.

»Hat Halbert mit Ihrem Mann krumme Geschäfte gemacht oder war es umgekehrt? Ist aber auch gut möglich, dass sich die zwei nur gesucht und gefunden haben.« Levin blickte nach unten auf die Reste des Eselturms. »Jedenfalls steht fest, dass beide es mit der ehelichen Treue und Ehrlichkeit nicht so genau nahmen.«

»Holger war nicht immer so«, sagte sie fest. »Wir führten eine gute Ehe – zumindest bis Halbert in unser Leben trat.«

»Das Akzeptieren der Wahrheit könnte den Abschied erleichtern.«

»Sie als Mann können das vielleicht.«

Seine Lippen wurden schmal. »Das Geschlecht spielt keine Rolle, wenn man erkennt, jahrelang einem Irrtum aufgesessen zu sein.«

»Mag sein.«

»Jede Wahrheit hat zwei Seiten.«

Sie sollte sich öfter mit ihm unterhalten. Das Gespräch

tat ihr gut, und sie brachte sogar ein Lächeln zustande. »Das stimmt allerdings.«

»Gehen wir zurück. Ich werde mir einen Einblick auf Ihr Bankkonto verschaffen.«

»Tun Sie, was Sie tun müssen. Ich habe nichts zu verbergen. Wir hatten nie ein Guthaben in dieser Größenordnung. Keine Ahnung, woher das Geld stammte.«

Levin drehte sich um und schritt mit seinen langen Beinen voran, jedoch langsam genug, dass sie ihm folgen konnte. Vor ihnen ging eine Gruppe Touristen, die soeben aus dem Fürstenbau gekommen waren und begeistert über das Jagdzimmer und das Lutherzimmer sprachen. Unten am Parkplatz verabschiedete sich Levin. »Ich melde mich bei Ihnen, wenn es was Neues gibt«, versprach er.

Erleichtert, es hinter sich gebracht zu haben, öffnete sie ihre Wagentür. Drei Autos neben ihrem sah sie Levin stutzen.

»Verfluchte Scheiße!« Er schlug mit der Faust auf das Dach des BMWs.

»Was ist?«, fragte sie. »Irgendwas vergessen?«

»Das darf doch nicht wahr sein. Jemand ist in mein Auto eingebrochen.«

33 TOBIAS

Vor Paschkes Haus standen drei Autos und zwei Motorräder, die Tobias genau in Augenschein nahm. Er hatte seinen Streifenwagen etwas abseits parken müssen, was neugierige Blicke hinter den Fenstern der Nachbarhäuser verursacht hatte. Während der Hinfahrt war er skeptisch gewesen, ob bei seinem Besuch etwas herauskommen würde, aber Peter hatte um eine Maß Bier gewettet, dass Paschke reden würde. Einzulösen sei die Wette am Pfingstdienstag auf dem Marktfest.

Peter deutete auf die Autos. »Sind des alles Freunde von der Kleinen?«

»Eher Kumpel von ihrem Bruder.«

»Den Aufklebern nach zu urteilen wär des gut möglich.« Peter deutete auf einen alten, mit Aufklebern übersäten, giftgrünen Opel Manta.

»Was haben wir denn da für ein Schmuckstück«, staunte Tobias. »An die kann ich mich noch gut erinnern.«

»Den halten nur noch die Aufkleber zamm.«

»›Keine Macht für niemand‹«, las Tobias vor. »›Frieden schaffen ohne Pfaffen‹.«

Peter lachte auf. »Die hier sin' noch besser: ›Ist der Hahn mal impotent, die Henne gleich zum Erpel rennt‹, ›Droht der Bauer mit der Rute, zieht die Stute eine Schnute‹«.

»Sind doch nicht verboten.« Ein junger Mann, dessen Gesicht einem Streuselkuchen ähnelte, kam aus Paschkes Garten: Sneakers, weiße Tennissocken, enge Jeans. Dazu trug er ein Stirnband über seinem Vokuhila-Haarschnitt: vorne kurz, hinten die Manta-Matte.

»Die sind genauso alt wie dein Auto.«

Der junge Mann nickte. »Ziemlich Retro. 90 PS. Sie sind aber nicht wegen meiner Karre hier, oder?«

»Kommissar Weingarth, Polizeiinspektion Coburg«, begann Peter.

»Kaum zu übersehen.« Der junge Mann deutete auf den uniformierten Tobias. »Oder ist noch Fasching?«

»Wir ermitteln im Fall Mechtinger. Fangen wir mit Ihnen an: Name?«

»Maik Pietsch, aber alle nennen mich nur Retro weil ich auf die 80er stehe.«

»Die waren aber vor Ihrer Zeit.«

Retro kicherte. »Stimmt, ay.«

»Ist Mischa da?«, fragte Tobias, dem das alles zu lang dauerte. Die Kaffeepause war längst überfällig.

»Freilich. Wir feiern seine Entlassung. Echt cool, der Mischa.«

»Aber Vorsicht mit Alkohol am Steuer.«

»Nee, nee, die meisten pennen bei ihm.«

»Soll ich Mischa rausholen?« Retro ging zur Haustür, riss sie auf und brüllte hinein: »Mischa, die Bullen sind endlich da.«

»Wieso *endlich*?«, fragte Peter, der ihm gefolgt war.

»Na, weil wir euch schon viel eher erwartet haben. War doch logisch, dass ihr auftaucht.«

Tobias ließ Peter den Vortritt, hielt sich lieber im Hintergrund. Das Haus war altmodisch eingerichtet, was Tobias als gemütlich empfand. Retro führte sie die Treppen hinab in einen muffig riechenden Kellerraum. Alte Sessel, eine zerschlissene Couch, Stühle, an der Wand ein Tisch, auf dem eine Stereoanlage Platz gefunden hatte, Rauchschwaden in der Luft, obwohl keiner einen Glimmstängel in der Hand hatte. Tobias schnüffelte. Lag da nicht ein süßlicher Geruch in der Luft? Peter schien das entweder nicht zu bemerken oder ignorierte es.

Zwei Mädchen – eine in gothic-schwarz, die andere leger in Pulli und Jeans – hockten auf der Couch. Vier normal gekleidete Jungs – von denen zwei Ohrringe trugen – sowie Mischa Paschke standen daneben.

Sie alle blickten ihnen neugierig, aber nicht feindselig entgegen.

Peter stellte Tobias und sich vor.

»Was denn? Heute nur ein Kommissar?«, fragte Mischa. »Wo ist denn der Herr Oberkommissar abgeblieben?«

»Für dich reicht's allemal«, sagte Peter amüsiert. »Jetzt rück erst mal eure Namen raus.«

»Mischa Paschke.«

»Und die anderen?«

»Was soll das werden?«, fragte Mischa. »Wir haben doch alles schon tausendmal durchgekaut. Ja, ich war im Wald, und ja, auch an der Kanzel, und nein, abends war ich nicht dort. Das können alle bestätigen. Wir haben nämlich zusammen gefeiert.«

»Kann sein, aber warum du an dem Hochsitz warst, haste verschwiegen.«

»Ich bin halt gern im Wald. Frische Luft und so.«

Peter sog laut die Luft ein. »Davon könnt' mer hier drin a bissle gebrauchen. Von dem Qualm kriegt ma' ja Kopfschmerzen.«

Die Gruppe kicherte. »Lieber erstunken als erfroren«, sagte Retro. Das Kichern verstärkte sich. »Wir rauchen nichts Illegales. Wenn, dann höchstens Mischas Eltern. Die sind echt cool.«

»Was wir gar net mögen, is wenn ma' uns verarscht«, sagte Peter und winkte ab. Besonders groß war er nicht, aber im

Moment schien er gewachsen zu sein. »Wir ham noch a paar Fragen wegen dem Mechtinger. Kannst dir's raussuchen: jetzt gleich oder wir fahren auf die Wache?«

Es wurde still im Raum.

Mischa starrte Peter an. »Jetzt sofort. Ich hab nix zu verbergen. Wir haben euch nicht verarscht. Ich war echt zu Hause.«

»Des hab ich net g'meint. Dass du den Ermordeten nur flüchtig gekannt haben willst, war gelogen.«

»Hab ich das gesagt?«

»Steht so im Protokoll, und des haste unterschrieben.«

»Sorry, das war falsch. Natürlich kenne ich den Mechtinger«, Mischas Gesicht versteinerte, »die alte Pottsau.«

»Na, na.«

»Stimmt«, bekräftigte das Mädchen im Gothic-Look. »Der hat jede angemacht, die nicht bei drei auf dem Baum war.«

»Weil sie alle in ihn verknallt waren«, mischte sich das andere Mädchen ein.

»Sogar deine Schwester?«, fiel Tobias spontan dazwischen, was ihm sofort peinlich war.

Peter indes griff seinen Einwurf auf. »Des wär doch a gut's Motiv, dem Mechtinger aufzulauern, oder?«

»Ich hab ihm nicht aufgelauert. Dem nicht. Aber es stimmt, ich bin wegen meiner Schwester in den Wald, um sie in flagranti zu erwischen. Die dumme Nuss wollte wegen dem Idioten sogar auf die Cogida-Demo, obwohl wir dagegen sind.«

Peter blieb dran. »Und da biste ihr nach?«

»Ja. Ihr wisst aber auch, dass ich nur nachmittags dort war.«

»Haste den Mechtinger g'sehn?«

»Nee.«

»Und was war mit deiner Schwester?«

»Als die nicht kam, bin ich heimgegangen.«

»Und aus lauter Frust haste dann die Kanzel zerkleinert und dich dabei verletzt.«

»Quatsch. Die Birne hab ich mir an 'nem Baum ange-donnert.«

»Daher des Blut an deiner Mütze?«

»Genau. Meine DNA habt ihr ja.«

»Heut kam des Ergebnis: positiv.«

Mischa zuckte mit den Schultern. »Logisch.«

»Warum nicht gleich so?«

»Weil ihr mir 'nen Mord anhängen wollt. Aber ich war's nicht.«

»Was für a Verhältnis haste zu dem Mechtinger g'habt?«

Mischa rollte mit den Augen. »Er war ein echtes Arsch-loch. Nur weil er mein' Alten nicht leiden konnte, hat er mich auf dem Kieker gehabt. Der Idiot hat mir mein' Noten-durchschnitt versaut. Medizinstudium ade. So, nun wis-sen Sie's.«

Peter machte sich eifrig Notizen, ebenso wie Tobias, der froh war, bei der Befragung dabei zu sein.

»Trotzdem musste in den nächsten Tagen amal bei uns vorbeischau'n, damit wir des alles zu Protokoll nehmen können.

»Wenn's sein muss.«

»Muss sein. Dauert net lang.«

»Und die Geschichte mit dem Mord?«

»Die Herrschaften kannste gleich mitbringen wegen der Zeugenaussage.«

»Und deine Schwester auch«, sagte Tobias und war schwer beeindruckt, denn sie hatten viel herausbekommen.

Jetzt fehlte noch Mischas Geständnis, die Kanzel zerstört zu haben. Nur leider würde er Peter dann ein Bier ausgeben müssen. Scheiße.

34 RICHARD

Bekanntlich sollte man den Berufsärger nicht mit nach Hause nehmen, aber dass die Altkleidertüte aus seinem Dienstfahrzeug geklaut worden war, ärgerte Richard gewaltig. Eine derartige Dreistigkeit war ihm bisher noch nicht untergekommen.

Er hatte sofort die Kollegen der Schupo benachrichtigt und seinen Wagen auf Fingerabdrücke untersuchen lassen – ohne Erfolg. Auch hatten sich der von dem Albaner angegebene Name sowie dessen Adresse schnell als falsch herausgestellt.

Halbert wusste natürlich von nichts, erzählte etwas von einem Subunternehmer, dessen Fahrer die Klamotten bei einer Altkleidersammlung einwerfen sollte. Von Wegwerfen habe er nichts gesagt, denn dazu wären die Sachen zu gut erhalten gewesen. Das würde er auch zu Protokoll geben, hatte er sich beeilt zu versichern. Die blutigen Kinderjeans seien ihm aufgefallen, aber er habe sich nichts dabei gedacht. Auf Richards Frage, wie er in ihren Besitz gelangt sei, hatte er erklärt, er habe in der Firma eine Schachtel aufgestellt, in der seine Mitarbeiter alte Kleidung entsorgen könnten. Also ein Akt reiner Wohltätigkeit. Sein schadenfrohes Grinsen, weil sich die Kripo eine harmlose Altkleidertüte hatte stehlen lassen, hatte dem Ganzen die Krone aufgesetzt. Das war einer jener Momente, in denen er sich wünschte, die mittelalterlichen Verhörmethoden würden noch praktiziert werden. Manch schwieriger Fall wäre unter Verwendung von ein paar niedlichen Daumenschrauben längst aufgeklärt. Aber nein, in einem Rechtsstaat musste man als Polizeibeamter immer höflich bleiben und Ruhe bewahren, sich verarschen und beschimpfen lassen.

Völlig frustriert fuhr Richard direkt nach Hause. Die Frohn konnte warten, die würde von der Blamage noch früh genug erfahren – wenn sie's nicht schon wusste. Dann doch lieber der Weidling. Dem konnte man wenigstens Paroli bieten, aber wie sollte er mit dieser attraktiven Frau umgehen, die ihre weiblichen Reize wie Waffen vor sich hertrug?

Der alte Wenzel schoss aus der Haustür heraus. Auch das noch. Vermutlich hatte er ihn abgepasst. »Haben Sie schon die Frau Bauer gesehen? Die hat ein Mordsveilchen.«

»Nein, ich hatte Dienst.«

»Typisch, wenn man die Polizei braucht, ist sie nicht da. Aber ihr von der Kripo haltet euch ja sowieso für was Besseres.«

Genau das brauchte er jetzt: ungerechtfertigte Vorwürfe, die er noch nicht einmal entkräften konnte. »Dienst ist Dienst, und Schnaps ist Schnaps«, lautete von jeher seine Devise. »Sie soll ihren Mann anzeigen, wenn er handgreiflich wird.«

»Und ihren Hund hab ich auch schon lang nicht mehr gesehen.«

»Wusste gar nicht, dass die einen haben?«

Wenzel hatte sich in Rage geredet. Sein faltiges Gesicht lief rot an. »Da müsst ihr doch was machen.«

»Es gibt Gesetze, Herr Wenzel. Solange die nicht gebrochen werden, haben wir keine Handhabe. Aber ich werde ein Auge darauf haben, okay?«

Wenzels Gesichtsausdruck verriet, dass er ihm das nicht abkaufte.

»Beim nächsten Mal rufen Sie gleich die Eins-Eins-Null an.«

Das schien dem Alten besser zu gefallen, denn er nickte heftig. »Hoffentlich krieg ich dann keine Schwierigkeiten?«

»Wenn Sie einen triftigen Grund haben, nicht.«

»Ah so.« Wenzel blinzelte. »Der arbeitslose Taugenichts hat die arme Frau doch nur geheiratet, weil sie einen festen Job hat. Der muss man helfen. Allein kommt die da nie raus.«

Richard wusste darauf nur zu sagen, dass er weder die Bauers noch sonst jemanden im Hause gut kannte. Das war in Nürnberg nicht anders gewesen. Ihm war bewusst, dass er daran eine gehörige Portion Mitschuld trug.

Wenzel mochte zwar ein schrulliger, alter Griesgram sein, aber er kümmerte sich wenigstens um seine Mitmenschen. Diese Erkenntnis stimmte Richard um.

»Was war mit dem Hund?«, fragte er.

»Der hat immer gejault und gekläfft, aber von einem Tag auf den anderen war damit Schluss.«

»Vielleicht haben sie ihn weggeben«, sagte er, wohl wissend, dass er sich damit vor der Verantwortung für seine Nachbarn drückte. Im Grunde widersprach dies seiner Natur, denn schließlich war er zur Polizei gegangen, um anderen zu helfen. »Geben Sie mir Bescheid, wenn's wieder losgeht.« Und dann tat er etwas für ihn völlig Ungewöhnliches: Er gab dem Mann seine private Handynummer und hatte trotz aller Zweifel sogar ein gutes Gefühl dabei.

Zu Hause zog er sich fürs Joggen um. Er trat aus dem langgestreckten Mietshaus aus den 50er-Jahren und lief los, zuerst Richtung Bausenberg und dann die Anhöhe, an deren westlichem Ende die Veste Coburg thronte, hinauf. Sein Aktivitätstracker zeigte ihm die zurückgelegten Kilometer an. Sieben sollten es mindestens werden. Schon nach kurzer Zeit stellte sich der richtige Atem-Laufrhythmus ein. Mit jedem Schritt fiel ein Stückchen Stress von ihm ab, Halbert und Mechtinger blieben zurück. Seine Route führte ihn über die Brandensteinsebene, die auf gleicher Höhe und in unmittelbarer Nähe der Veste lag. Auf dem kleinen Flugplatz dort durften sogar Firmenjets starten und landen. Die Sondergenehmigung dafür würde jedoch in absehbarer Zeit ablaufen und nicht verlängert werden. Seit Monaten stritten sich die Coburger darüber, wo und ob überhaupt ein neuer Flugplatz entstehen sollte. Auf der einen Seite die wirtschaftlichen Interessen, auf der anderen die der Umweltschützer – wie immer.

Unterhalb der Veste und direkt gegenüber dem Parkplatz lief er auf einem geschotterten Fahrweg den Berg wieder hinunter. Morgen würde das Fitnessstudio dran sein und am Wochenende Kampftraining mit Dominik in Nürnberg.

Schweißgebadet, aber mit dem Wohlgefühl, etwas für seinen Körper getan zu haben, kehrte er zu seinem Ausgangspunkt zurück. Wenzel war verschwunden, einige Kinder fuhren Rad. Nichts Außergewöhnliches zu sehen. Seine altbekannte Polizistenparanoia schlug wieder zu; verstärkt durch das Wissen von Heißenbachs Freilassung.

Nach dem Duschen fühlte er sich wie neugeboren. In einer Pfanne briet er Putenbruststücke an, löschte sie mit

Weißwein ab, würzte das Ganze mit Curry und Kreuzkümmel, gab Ananasstückchen hinein und dickte die Soße mit etwas Sahne an. Dazu Reis und einen würzigen Frankenriesling. Eine schnelle, aber schmackhafte Mahlzeit, fand er und war auf seine Kochkünste fast schon stolz.

Dominik lud ihn per E-Mail ein, das Pfingstwochenende mit ihm in Nürnberg zu verbringen.

»Gerne«, tippte Richard zurück und schaltete den Fernseher an, zappte gelangweilt durch die Programme und blieb an einem Krimi hängen.

Er musste eingenickt sein, denn ein plötzlicher Schmerz in seinem Rücken ließ ihn hochfahren. Ein Fakir hätte an seinem altersschwachen Sofa seine wahre Freude gehabt. Im Fernseher lief irgendeine Realityshow, die er sofort ausschaltete. Erst jetzt bemerkte er, dass sein Handy vibrierte. Wahrscheinlich hatte er es unabsichtlich stumm gestellt.

Die Nummer war ihm unbekannt. In Erwartung, Heißenbachs gehässige Stimme zu hören, verkrampfte sich sein Magen.

»Wenzel hier. Das Gekläffe geht wieder los.«

Die Mischung aus Erleichterung und Ärger vermochte den Knoten in seinem Magen kaum zu lösen. »Schlimm?«

»Ziemlich. Kommen Sie, oder soll ich den Notruf anrufen?«

Das war fast schon komisch, aber nur fast. Richard quälte sich auf seine Beine. »Bin schon unterwegs.«

Wenigstens war er noch angezogen. Er gähnte herzhaft, steckte Wohnungsschlüssel und Telefon in seine Hosentasche und schlurfte die Treppe hinunter. Im Haus war alles ruhig, der Geruch von Knoblauch hing in der Luft. Unten an der Haustür wartete Wenzel auf ihn.

»Ich höre nichts«, sagte Richard.

»Aber ich. Auf der anderen Seite. Kommen Sie mit raus.«

Kaum draußen, war das Kreischen einer Frau sowie ein Krachen zu hören. Anscheinend eine häusliche Auseinandersetzung, die zu schlichten er wenig Lust verspürte. Richard steuerte auf die benachbarte Eingangstür zu.

»Lass den Hund in Frieden. Ich mach's ja schon!«, schrie eine weibliche Stimme.

Ein erneuter Schlag folgte. Heulen, Schreien, Jaulen. Richard war hellwach.

Die Haustür war zu. »Wie komme ich rein?«, fragte er Wenzel.

Der klingelte. »Die Meisenbach hat mich angerufen. Die beschwert sich auch immer über den Lärm.«

Tatsächlich summte gleich darauf der Türöffner. Ein spitzes Heulen ließ Richard mehrere Treppen auf einmal nehmen. Mit einer Hand klingelte er Sturm, mit der anderen pochte er gegen die Wohnungstür. »Aufmachen! Polizei!«

Der Lärm verstummte augenblicklich.

Sekunden später setzten wieder Stimmen und ein klägliches Heulen ein. Richard wiederholte seine Aufforderung. »Wenn Sie nicht sofort öffnen, wird es unangenehm«, fügte er hinzu.

Ein Trippeln, die Tür sprang auf. Ein kleiner Steppke mit verheultem Gesicht sah von unten zu ihm herauf. Der Junge, dessen Wange rot glühte, hielt seinen Teddy fest an sich gedrückt. Wut stieg in Richard auf.

»Na, kleiner Mann«, sagte er so sanft er konnte. »Lässt du mich rein?«

Der Junge nickte und trat zur Seite. Kaum war Richard im Flur, sprang eine Tür auf.

»Verfluchte Scheiße!« Ein gut gebauter Mann in Unterhemd und Jeans baute sich vor ihm auf. Der hatte vor nichts und niemand Angst, der würde ohne zu zögern zuschlagen.

»Was hast du in meiner Bude zu suchen?«, brüllte er.

Richards Hand suchte in seiner Hosentasche nach Marke und Ausweis. Mist, die lagen zu Hause auf dem Küchentisch. Aus Erfahrung wusste er, dass er ohne sie nicht viel Respekt ernten würde. »Bei dem Lärm, den ihr veranstaltet, kann kein Mensch schlafen. Was ist eigentlich los?«

»Das geht dich einen Scheißdreck an. Verpiss dich.«

Hinter dem Mann erspähte Richard eine Frau mit geschwollenem Gesicht. Auf dem Arm trug sie einen dürren Hund, dessen linkes Hinterbein schlaff herunterhing. »Der Arsch bringt uns alle um.«

»Halt's Maul, du Schlampe!«

Richards Magen zog sich zusammen, seine Brust verengte sich und die Kehle schnürte sich zu. Er kannte diese Wut, die ein Ventil suchte. Ruhig bleiben, ganz ruhig bleiben, ermahnte er sich in Gedanken.

»Oberkommissar Levin«, sagte er und führte sein Handy ans Ohr.

Ohne Vorwarnung schlug der Mann ihm das Telefon aus der Hand. Richard explodierte. Seine Faust traf das Brustbein des Angreifers, sein Fuß die Weichteile zischen den Beinen. Den nächsten Treffer landete er auf dessen Kinn.

Steif wie ein Brett fiel sein Gegner nach hinten um.

»Donnerwetter. Das saß«, sagte Wenzel.

35 ASTRID

Mit Rino an der Seite marschierte Astrid auf den Hochsitz zu. Vom morgendlichen Regen zeugten noch einige Pfützen. Der Geruch feuchten Laubs lag in der Luft, die sie mit Genuss einatmete, und augenblicklich fiel die Beklemmung von ihr ab.

Bald würde aus den Blättern des Vorjahres Humus als Nährboden für neues Leben entstehen; ein perfekter Kreislauf, in dem der Wald sich selbst regenerierte. Wenn Menschen doch nur auch die Weitsicht hätten, eine solide Grundlage für kommende Generationen zu bilden. Als Försterin konnte sie zumindest einen kleinen Beitrag dazu leisten, denn sie pflanzte für die Zukunft und erntete, was die Altvorderen gesät hatten.

Noch eine Stunde bis Sonnenuntergang. Sie musste sich sputen, wollte sie noch eine Chance auf einen erfolgreichen Ansitz haben, denn durch die Vielzahl menschlicher Freizeitaktivitäten in den Wäldern war das Wild scheu geworden und trat nur noch bei schwachem Büchsenlicht auf die Äsungsflächen aus.

Als sie Zuhause angekommen war, hatte sie weder Karin noch ihre Kinder vorgefunden. »Im Hallenbad« hatte auf einem Zettel gestanden, der an die Wohnzimmertür geklebt war. Ein schmerzhafter Stich in ihrer Brust erinnerte sie daran, dass eigentlich sie diesen Ausflug mit ihren Kindern hätte machen sollen.

Wie schon vor Holgers Tod hatte sie auch danach kaum Zeit gefunden, sich um ihre privaten Angelegenheiten zu kümmern.

Ihr Leben war vollkommen fremdbestimmt – schon immer gewesen. Beruf, Kinder, Tiere, Mann. Von früh bis spät wurde ihr vorgegeben, was sie zu tun und zu lassen hatte.

Selbst jetzt war sie nicht aus freien Stücken unterwegs. Die Abschusszahlen mussten erfüllt werden, was nach Holgers Ausfall doppelt schwer zu schaffen sein würde. Sie liebte die Natur und ihre entspannende Wirkung auf Geist und Körper, liebte auch die Jagd. Allerdings wurde ihr die Freude daran durch den Zwang geschmälert, den Wildbestand reduzieren zu müssen, obwohl ihr die Notwendigkeit einleuchtete: Sie schützte die Jungpflanzen vor Verbiss und ersetzte die von unserer denaturalisierten Gesellschaft nicht tolerierten Raubtiere. Noch nie war ihr ein Pirschgang so schwergefallen wie heute.

Mit zittrigen Händen hatte sie ihren Repetierer aus dem Waffenschrank genommen – der von Holger war nach wie vor beschlagnahmt – und das mit sechs Patronen gefüllte Etui in ihre Jagdtasche gesteckt.

Sie betrachtete die elegant und zugleich bedrohlich wirkende Waffe, den sanft geschwungenen Wurzelholzschaft mit bayerischer Backe, die filigrane Fischhautverzierung am Pistolengriff und am Vorderschaft, die eingravierten Jagdmotive auf beiden Seiten sowie das variable, hochwertige Zielfernrohr. Holger hatte ihr dieses Prachtstück für die mit Bravour bestandene Bachelorprüfung zur Forstingenieurin geschenkt.

»Eine Waffe muss stets behandelt werden, als wäre sie geladen«, hatte man ihr während des Studiums immer wieder eingebläut. »Nie auf einen Menschen zielen, die Waffe erst im Anschlag entsichern, direkt nach Beendigung der Jagd entladen.«

Sie zog eine Patrone aus dem Etui und hielt sie in der Hand, spürte ihr Gewicht und betrachtete die messinggelbe Hülse mit dem silbrigen Teilmantelgeschoss an der Spitze.

Das Horrorbild von Holgers zerfetztem Schädel tauchte vor ihrem geistigen Auge auf. War sein Tod durch die Kugel eines anderen Jägers verursacht worden? Halbert? Paschke? Oder sogar durch eines von Holgers Flittchen? Wer hatte ein Motiv gehabt? Wer war es gewesen? Sie spürte, dass tief in ihrem Innern die Antwort auf dieses Rätsel vergraben lag. Warum konnte sie sich nicht erinnern? Was hatte sie derart schockiert, dass ihr Gedächtnis blockiert war?

Halbert war ein guter Sportschütze, schoss sogar besser als Holger es getan hatte.

»Frag nicht weiter nach«, flehte eine innere Stimme.

Wenn sie sich nur erinnern könnte. Was hatte sie gesehen? Was gehört?

Genug gerätselt, die Pflicht rief.

Diana hatte einmal mehr zu Hause bleiben müssen, was die Hündin mit einem vorwurfsvollen Blick quittiert hatte, bevor sie mit einem beleidigten Grunzen auf die Couch gesprungen war.

»Pass gut auf«, hatte Astrid zum Abschied zu ihr gesagt. Vor der Haustür hatte sie das Magazin des Gewehrs gefüllt, ohne eine Patrone ins Patronenlager zu repetieren, und sich auf den Weg gemacht.

Seit Holgers Tod bot ihr der Wald keinen Schutz mehr. Zu viel hatte sich aus dem Dickicht des Lügengestrüpps herausgeschält: Holgers Untreue, der Schuldschein, Halberts Machenschaften. Hatte sie von all dem wirklich nichts bemerkt oder hatte sie nur nichts bemerken wollen? War sie zu naiv gewesen?

Die Antworten darauf blieb sie sich schuldig. Nach kurzem Fußmarsch erreichte sie den Hochsitz, den sie nur selten nutzte, denn das Schussfeld war eingeengt, bestand lediglich aus dem breiten Forstweg und einem schmalen Grasstreifen. Hier konnte nur ein guter Schütze ein Waidmannsheil erlangen. Trotzdem erschien er ihr heute am erfolgversprechendsten, denn der Bock hielt sich tagsüber gern im angrenzenden Dickicht versteckt. Wollte er zu den Äsungsflächen außerhalb des Waldes, musste er den Forstweg überqueren.

Astrid legte Rino am Fuße der Leiter ab. Er kannte die Prozedur und hielt seine Nase sofort in den Wind. Sollten sich Wildtiere oder Menschen nähern, würde er ihr das durch leichtes Zittern am ganzen Körper anzeigen.

Jede Leitersprosse auf ihre Tragfähigkeit prüfend kletterte sie hinauf. Oben angekommen setzte sie sich auf das mitgebrachte Sitzkissen und sah sich erst einmal um. Der sie umgebende Wald war licht genug, um anwechselndes Wild rechtzeitig zu bemerken und zum Schuss zu kommen, wenn es den Forstweg querte. Die Luft war kühl, der Himmel klar und eine Brise wehte ihr sanft ins Gesicht. Ideale Voraussetzungen.

In ihr machte sich die altbekannte Ruhe vor dem Sturm breit. Im Falle einer Annäherung würde es damit schlagartig vorbei sein, denn dann würde gnadenlos das Jagdfieber einsetzen.

Sie öffnete den Verschluss der Waffe und repetierte den ersten Schuss in das Patronenlager. Sollte ihr das Jagdglück heute hold sein, würde sie den Rehbock an den üblichen Gastwirt verkaufen: Rehrücken mit Birne und Wacholderbeeren, dazu ein Badener Spätburgunder – einfach lecker.

Ihr Handy vibrierte.

»Auf dem Nachhauseweg«, sandte Karin.

»Bin auf der Jagd.«

»Auf den alten Bock?«

»Egal. Hauptsache, es kommt was.«

»Wie war's bei Halbert?«

»Ist ein Kotzbrocken.«

»Hat er Holger das Geld zurückgezahlt?«

»Auf dem Konto ist nix. Die Kripo sucht danach.«

»Du meinst Levin?«

»Wer sonst?«

»Hast du ihn getroffen?«

Ohne darauf einzugehen verabschiedete sich Astrid von ihrer Schwester. »Waidmannsheil.«

»Waidmannsdank.«

Da sie den Jägergruß verwendete, hatte Karin offenbar ihre Meinung über die Jagd geändert, denn früher hatte sie Astrid als Tiermörderin beschimpft.

Die Art, wie Karin Levin erwähnt hatte, irritierte sie. Das hatte geklungen, als sähe sie in ihm mehr den Mann und weniger den Kripobeamten, der in ihren Leben herumstöberte. Bevor sie nach Mallorca gegangen war, hatte sie von Holger in einem ähnlichen Tonfall gesprochen – danach nicht mehr. Karin war schon immer jedem hinterhergerannt, der ihr die große Liebe versprochen hatte.

Irritierende Gedanken, die sie am liebsten vergessen hätte. Tröstend strich der Wind über ihre Wangen. Sie freute sich auf den Abend. Sanne und Diane würden bei ihr im Bett schlafen, während Timmy von Rino bewacht werden würde.

Das war neu, denn Holger hatte stets darauf bestanden, dass die Kinder ins Kinderzimmer und die Hunde in den Zwinger gehörten.

Rino hielt seine Nase in den Wind. Von oben konnte sie deutlich sehen, wie sie sich bewegte, damit ihr ja kein

Molekül entging. Die Riechfähigkeit von Hunden war der des Menschen millionenfach überlegen. Sie konnten Angst und Krankheiten feststellen und selbst kleinste Substanzen unterscheiden – einfach unglaublich.

Rino legte sich wieder ab – ein Zeichen, dass nichts Jagdbares in der Nähe war.

Die Dämmerung setzte ein und saugte die Farben des Waldes in sich auf. Schon bald würde es für einen gutgezielten Schuss zu dunkel sein.

Sie wartete noch ein Weilchen, dann sah sie ein, dass ihr heute die »rote Arbeit« – das Ausweiden des erlegten Wildes – erspart bleiben würde. Karin hatte für das Abendessen spanische Küche und dunklen Rotwein versprochen, und darauf freute Astrid sich. Sie griff zur Waffe, um sie zu entladen. Plötzlich nahm Rino eine Witterung auf. Kam da doch noch ein Tier? Astrid starrte gebannt in die dunkle Wand aus Bäumen vor ihr.

Tatsächlich – ein massiger Schatten. Vielleicht ein Reh oder gar eine Wildsau – oder doch nur ein Baumstumpf?

Sie hielt den Atem an, legte den entsicherten Repetierer auf die Gewehrauflage. Der Schatten trat aus dem Dunkel in das hellere Licht des Weges. Deutlich konnte sie ihn erkennen: zurückgesetztes Gehörn, also nur noch kurze Enden, dafür starke Stangen, die Körperkonturen eckig. Der alte Bock – endlich.

Vorsichtig windete er in alle Richtungen, während sich der erfahrene Rino mucksmäuschenstill verhielt, obwohl ihm seine Erregung deutlich anzusehen war.

Der Bock verhoffte auf dem Weg, bot ihr seine Breitseite, als wollte er geschossen werden. Nur wenige Schritte trennten ihn vom schützenden Wald. Trotz der Dämmerung konnte sie sehen, dass ihm der strenge Winter ziemlich zugesetzt hatte.

Jetzt oder nie.

Die Lauscher gespitzt und ihr zugewandt, stand er wie eine Statue. Sie hatte ihn mit dem Zielfernrohr erfasst. Da stand er, der alte Bock. Die Mitte des Fadenkreuzes lag kurz hinter der Schulter genau auf dem Blatt. Sie entsicherte, betätigte den Stecher, legte den Zeigefinger an den Abzug und hielt die Luft an. Jetzt.

Plötzlich sah sie Holger im Zielfernrohr – genau wie damals an jenem Abend, Sekunden vor dem unseligen, zweiten Schuss.

Astrid begann zu zittern. Sie erinnerte sich. Holger sah nach unten, auf den von ihm soeben erlegten Bock. Sein Kopf erschien übergroß in ihrem Zielfernrohr. Weiße Nebelschwaden schoben sich vor ihre Augen, ihr wurde schwindelig.

Der alte Bock. Der alte Bock.

Sie drückte ab. Der Schuss brach donnernd, das Mündungsfeuer blendete sie kurz. Es roch nach verbranntem Pulver und ihre Ohren klingelten – laut, ohrenbetäubend laut.

Bock tot.

36 MAXI

»Nur noch ein paar Tage und Sie übernehmen das Zepter«, sagte Weidling mit einer Spur von Bedauern in der Stimme.

Maxi betrachtete ihn gelassen und mitleidlos. Die letzten Tage waren die Hölle gewesen. Weidling verteidigte als Platzhirsch sein Revier mit Händen und Füßen. Die Personalakten hatte sie immer noch nicht einsehen dürfen, wusste deshalb von ihren Mitarbeitern nicht mehr als das, was diese von sich aus erzählten – und das war kaum der Rede wert.

Ihre Umgebung ließ sie merken, dass man ihr misstraute und sie nicht mochte. Vor allem Levin hatte sie mehrfach auflaufen lassen. Aber so schnell würde sie die Flinte nicht ins Korn werfen und sich bei passender Gelegenheit revanchieren. Im Moment empfand sie sogar etwas wie Sympathie für ihn, weil er der Familie Bauer unbürokratisch und schnell geholfen hatte.

»Typisch Levin«, fuhr Weidling fort. »Erst zuschlagen und dann fragen. Wenn da mal keine Anzeige kommt.«

»Die Frau ist mit ihrem Kind im Frauenhaus, und den Hund hat Levin auf eigene Kosten zu einem Tierarzt gebracht«, sagte sie.

»Er hätte die Kollegen der Schupo von Anfang an dazu rufen müssen. Die hätten die Situation schnell im Griff gehabt.«

»Wer weiß, was passiert wäre, wenn er nicht eingegriffen hätte.«

»Wahrscheinlich gar nichts. Für solche Fälle gibt es das Jugendamt. Und der Hund geht uns nichts an, ebenso wenig wie eine zerrüttete Ehe.«

»Der Mann hat seiner Frau gedroht, dem Kind und dem Hund etwas anzutun. Levin hat ihr geholfen und einen Weg aus dem Dilemma aufgezeigt.«

»Und das finden Sie gut?«

»Natürlich.« Sollte Weidling denken, was er wollte. »Ich finde das sogar ausgesprochen gut, ganz abgesehen von einer möglichen positiven Berichterstattung in der Presse.«

»Für mich ist das Kompetenzüberschreitung. Und dass er den Mann krankenhausreif geschlagen hat, finden Sie auch in Ordnung? Hören Sie, Levin tendiert dazu, Schwierigkeiten auf eigene Faust zu bewältigen. Da verwundert es nicht, dass er auch mit der Dienstwaffe schnell zur Hand ist.«

»Ein gezielter Schuss, der einen Verbrecher außer Gefecht setzt, kann mitunter sehr viel Unheil verhindern.«

»Außer Gefecht ist gut.« Weidling drehte sich um, schloss ein Fach seines Aktenschrankes auf und zog einen Ordner heraus, den er vor ihr ablegte. »Hier. Levin hat einen unbewaffneten Mann erschossen, weil der angeblich eine Waffe auf ihn gerichtet hatte.«

Ihr Herzschlag beschleunigte sich, während sie versuchte, das Gehörte einzuordnen. »Das kann vorkommen. In der Hitze des Gefechts kann man sich leicht täuschen, und außerdem war keiner von uns dabei.«

»Es war ein gezielter Schuss, Frau Frohn. Der Mann war auf der Stelle tot. Ich weiß nicht, wie gut sie schießen, aber ich möchte behaupten, die meisten von uns hätten den Angreifer nur kampfunfähig geschossen.«

»Hatte er eine Waffe?«

»Ja, aber ein Zeuge schwor Stein und Bein, er hätte sie zuvor weggeworfen.«

»Ich verstehe nicht, worauf sie hinauswollen.«

»Wäre doch möglich, dass der Zeuge die Wahrheit sagte und Levin Selbstjustiz übte. Musste er überhaupt schießen und wenn ja, warum gleich tödlich? Zugegeben, der Tote war ein Gewohnheitsverbrecher mit einem Vorstrafenregister so lang wie eine Klopapierrolle. Trotzdem war Levins Vorgehensweise in keinster Weise gerechtfertigt. Sie wissen, wie die Presse auf schießwütige Polizeibeamte reagiert, und können sich bestimmt vorstellen, dass sein Vorgesetzter von dem ganzen Schlamassel nicht gerade begeistert war.«

Das konnte sie tatsächlich, obwohl der Vergleich zwischen einem Revolverhelden und einem Polizeibeamten, der in einer vermeintlich lebensbedrohenden Situation zur Waffe griff, doch sehr hinkte. Die Frage war zudem, wie zuverlässig der Zeuge gewesen war und in welchem Verhältnis er zu dem Erschossenen gestanden hatte. Aber die Geschichte erklärte zumindest Levins Verbissenheit. »Hier steht nur etwas von einer internen Untersuchung, weil die Notwehrsituation unklar gewesen war. Ein Disziplinarverfahren wurde nicht eingeleitet. Das reicht mir, denn offenbar war ihm ein Fehlverhalten nicht nachzuweisen.«

»Darum geht es mir gar nicht. Levin hat Negativschlagzeilen gemacht.«

Offenbar stellte Weidling den Ruf der Polizei über die Loyalität zu seinen Untergebenen. »Hat die Presse schon Wind von der gestrigen Sache bekommen?«

»Das wird kaum zu verhindern sein.«

»Es kommt nur darauf an, wie man denen die Story verkauft. Immerhin wurde er zuerst angegriffen und hat sich nur verteidigt.«

Weidlings Augen wurden schmal. »Warum schützen Sie ihn?«

»Was Recht ist, muss Recht bleiben.«

»Vielleicht sehen Sie manches in einem anderen Licht, wenn Sie die Verantwortung für die Abteilung übernommen haben und Sie den Druck von oben spüren.«

Sie blätterte durch Levins Personalakte, überflog die Einträge: 1980 in Nürnberg geboren, Abitur, als Leutnant der Reserve aus der Bundeswehr ausgeschieden. »Er war bei der Bundeswehr?«

»Ja, Einsatz unter anderem in Afghanistan.« Weidlings Augen glänzten. Offenbar wusste er mehr, als die Unterlagen hergaben.

Sie schlug den Aktenordner zu. »Wie dem auch sei, ich finde, seine Reaktion auf den gestrigen Angriff war angemessen. Dennoch werde ich ein Auge auf ihn haben und mir nicht auf der Nase herumtanzen lassen.«

»Gut, mehr will ich nicht. Und wenn Sie die Konfrontation mit ihm suchen, dann bitte nach meiner Zeit.«

Weidling war und blieb ein Schleimer. »Sie mögen mich nicht«, sagte sie, um den Stier bei den Hörnern zu packen.

»Muss ich das? Man sagt Ihnen nach, für Ihre Karriere über Leichen zu gehen, obwohl Sie bislang keine nennenswerten Erfolge vorweisen können, dafür aber aussehen, als kämen sie aus der Münchener Schickimicki-Szene.«

Maxi schnappte nach Luft. »Das ist ... Das ist ...«

»Sie können sich gern über mich beschweren oder mir beweisen, was Sie wirklich draufhaben.«

Den Teufel würde sie tun. »Ich werde Ihnen und den anderen Machos beweisen, dass eine Kommissariatsleiterin mindestens genauso gut ist wie ihre männlichen Kollegen.« Sie stand auf und knallte beim Hinausgehen die Tür so heftig zu, dass es durch das gesamte Gebäude hallte.

37 RICHARD

So ganz verstand Richard den Wirbel nicht, den Weidling wegen der Sache mit dem von ihm außer Gefecht gesetzten Schläger machte. Gleich nach Dienstbeginn hatte er ihn wutschnaubend vom Kaffee weg in sein Büro zitiert, von Selbstjustiz gesprochen und davon, dass er Richards Wildwest-Methoden nicht akzeptierte, weil er damit die ganze Polizeiinspektion Coburg in Verruf brächte. Richard hatte die Standpauke schweigend über sich ergehen lassen. Am ersten Juni würde der Spuk vorbei sein, dann gehörte Weidling endlich der Vergangenheit an.

In seinem Büro hatten ihn zuvor die Kollegen mit unverhohlener Neugier empfangen. Das Schulterklopfen sowie ein Daumenhoch der Kommissarin Nadine Wallner hatten ihm gutgetan. Kollege Biesenecker wollte wissen, ob es ein Ausländer gewesen war, was Richard mit Stirnrunzeln und kritischem Blick verneinte.

Das Schicksal des Mannes, den er zu Boden geschickt hatte, interessierte Richard nicht im Geringsten, das von Frau und Kind hingegen schon eher. Er hatte den Mann nicht ernsthaft verletzt. Die blauen Flecken würden in einigen Tagen verblasst sein. Die Wunden hingegen, die er seiner Familie zugefügt hatte, würden länger schmerzen. Natürlich hatte sich der Kerl lautstark beschwert, hatte mit Anwalt wegen tätlichen Angriffs und unbefugten Betretens seiner Wohnung gedroht. Nichtsdestotrotz hatte der Richter nicht lange gefackelt und den Streithahn umgehend in Untersuchungshaft geschickt.

Peter saß mit eingezogenem Kopf am Schreibtisch über

eine Akte gebeugt. Seinen roten Ohren nach zu urteilen, hatte er mit den Kollegen über Richard gesprochen. Richard stellte sich neben den Schreibtisch und sah auf Peter hinunter.

»Den haste aber ordentlich aufgemischt«, stellte Peter mit einem breiten Grinsen fest, als wollte er damit ausdrücken, dass er am liebsten mitgemacht hätte.

»Anscheinend nicht genug.«

»A richtige Schlägerei fängt erst bei 'nem Nasenbeinbruch an.«

Amüsiert betrachtete Richard die Narbe auf Peters Riechorgan, die von einem einschlägigen Erlebnis zeugte. »Warum heute so blutrünstig?«

»Du wirst scho an Grund g'habt ham, dich zu wehr'n.«

»Noch bevor ich dem Kerl meinen Ausweis zeigen konnte, hat er mir das Handy vom Ohr geschlagen – eindeutig Widerstand. Der Rest war ein Kinderspiel.« Eigentlich war ihm der Angriff gerade recht gekommen, und danach hatte er sich richtig gut gefühlt.

Peters Mundwinkel glitten Richtung Ohren. »Jaja, hingerennt, draufgehaut, weggerennt. Kei Kunst, wenn ma Träger von 'nem schwarzen Karategürtel is.«

»Wie bitte?«

»Biste doch, oder?«

Der Knall von Weidlings Bürotür ersparte Richard die Antwort. Maxi Frohn stürmte mit hochrotem Gesicht aus der Höhle des Löwen, in der Hand einen alten Aktenordner. Donnerwetter, sie sah aus wie Lara Croft in Angriffsmodus. Er erwartete, sie würde an ihnen vorbeirauschen, und war deshalb umso erstaunter, als sie geradewegs auf ihn zusteuerte. Das sah nach Konfrontation aus. Richard wappnete sich für den nächsten Rüffel. Er sollte sie in Zukunft »Weidling-Zwei« nennen.

»Was ist mit der Frau?«, fragte Weidling-Zwei mit einem Ton von Anteilnahme in der Stimme, der ihn verblüffte. Zum ersten Mal sah sie ihn mit ihren grünen Augen freundlich an.

Er stutzte, denn ihre Augenfarbe war ihm zuvor nie aufgefallen. Was hatte sie gerade gefragt? Ach ja.

»Sie ist im Frauenhaus und will gegen ihren rabiaten Ehemann aussagen. Ihr Sohn ist bei ihr. Nur das mit dem Hund gestaltet sich schwierig.«

»Sind dort keine Haustiere erlaubt?«

»Leider nein. Sie wollte deswegen nicht bleiben, aber ich habe ihr versichert, dass wir eine Übergangslösung finden werden.«

»Wo ist er jetzt?«

Ihr ehrliches Interesse überraschte ihn. Vielleicht tat er ihr unrecht und sie war doch nicht Weidling-Zwei. »Noch beim Tierarzt, danach sehen wir weiter.«

»Bist wohl auf 'n Hund gekommen?«, fragte Peter hinter seinem Schreibtisch.

»Hahaha.« Den »Blödmann« verkniff er sich. »Sie wird nicht ewig im Frauenhaus bleiben.«

»Eben«, sagte Kollegin Frohn. »Der Aufenthalt dort ist schließlich nicht umsonst.«

»Frau Bauer verdient nur ein paar Kröten. Aber um die Finanzierung kümmern sich die im Frauenhaus. Sie werden ihr auch bei der Scheidung helfen, die sie anstrebt.«

»Gut.« Maxi Frohn nickte bedächtig, musterte ihn dabei von oben bis unten.

Jetzt kommt noch was, dachte sich Richard. Er spannte sich an, in Vermutung, den Heißenbach vorgeworfen zu bekommen.

»Sie waren in Afghanistan?«, fragte sie stattdessen.

Verflixt, wie kam sie darauf? Stand mehr in seiner Personalakte, als er angenommen hatte? Er sollte Einblick beantragen. »Äh … stimmt.«

»Und dort am Aufbau einer Polizeieinheit beteiligt?«

Viele Kollegen hatten das gemacht, im Kosovo und in Afghanistan. Von daher war ihre Frage logisch. Vermutlich war doch nichts weiter von Bedeutung über ihn verzeichnet. Er lockerte seine Muskeln. »So was Ähnliches.«

»Das interessiert mich. Bei Gelegenheit müssen Sie mir davon erzählen. Nun aber zu unserem aktuellen Fall. Hier ist die richterliche Ermächtigung, Mechtingers und Halberts Bankkonten einzusehen«, sagte sie und drückte ihm die Akte vor die Brust.

»Das ging aber schnell.«

»Ein Anruf der Kollegen vom K2 genügte.«

»Die sin froh, wenn se mal was zu tun ham«, feixte Peter.

»Halten Sie Ihre Zunge im Zaum. Immerhin sind das Ihre Kollegen«, sagte Kriminalrätin Frohn kalt.

Richards Anflug von Sympathie verpuffte ebenso schnell wie er gekommen war. Erhobenen Hauptes marschierte die Frohn hinaus und gab Schneider die Türklinke in die Hand. Auch das noch.

»Vielen Dank für die Akteneinsicht«, sagte Schneider zu Peter, der ein »Gern g'scheh'n« murmelte. Das durfte doch nicht wahr sein. Peter hatte, ohne ihn zu fragen, die Unterlagen aus der Hand gegeben.

»Nach Absprache mit Kollegin Frohn«, sagte Peter augenzwinkernd an Richard gewandt.

Verräter. Richard schaute frustriert auf seinen inzwischen lauwarmen Kaffee.

»Stimmt was nicht?«, fragte Schneider.

»Nee, nee, alles in Ordnung.« Richard ließ sich auf seinen Stuhl fallen und wies auf den freien vor seinem Schreibtisch. »Setzen Sie sich. Was gibt's Neues?«

Viel erwartete er von dem phlegmatischen Polizeimeister nicht. Er nippte an dem schwarzen Gesöff und fand es noch einigermaßen genießbar.

Schneider stand nach wie vor, wiegte nur bedächtig seinen runden Kopf hin und her. »Kann sein. Kann aber auch nicht sein. Die Karin Schwelms ist doch die Schwester von der Astrid.«

»Was ist mit der?«

»Die hat zu Protokoll gegeben, sie wäre erst am Samstag in Coburg angekommen.«

»Und?«

»Ich habe einen glaubwürdigen Zeugen, der versichert, sie am Freitag in Coburg gesehen zu haben.«

»Also hat se uns angelogen!«, rief Peter. »Die Frage ist nur, warum?«

»Dem werden wir sofort nachgehen.« Richard erhob sich und streckte Schneider seine Hand hin. »Gute Arbeit, Tobias. Auch das mit Paschke. Ich darf doch Tobias sagen? Ich heiße Richard.«

In Schneiders Gesicht ging die Sonne auf. »Ja, gern. Ich muss aber hierbleiben, hab Schichtdienst.«

Peter stand auf. »Mit dem geilen BMW?«

»*Ich* fahre den geilen BMW und du schaust dir in der Zwischenzeit die Konten von Mechtinger und Halbert an.« Richard ignorierte Peters heruntergezogene Mundwinkel und flüchtete aus dem Zimmer, bevor die Kollegen auf die Idee kommen konnten, ihn über seine Vorgeschichte auszufragen. Draußen auf dem Gang sah er Maxi Frohn mit einem sexy Hüftschwung in den Aufenthaltsraum einbiegen. Er würde das Verhältnis zu ihr verbessen müssen, wollte er seinen Karrierewunsch nicht an den Nagel hängen.

Mitten auf der Treppe ertönte hinter ihm ihre Stimme. »Herr Levin, wohin?«

Das ärgerte ihn. Musste er sich in Zukunft bei ihr abmelden? Er blieb stehen, drehte sich zu ihr um. »Ich fahre zu den Mechtingers, wenn's genehm ist.«

»Ich begleite Sie.«

Das kam unerwartet. Bisher hatte sie sich nicht aus den sicheren Mauern der Inspektion herausgewagt, hatte damit signalisiert, dass sie eine Zimmerpflanze war, eine schöne zwar, aber die meisten Kollegen empfanden Innendienst als Strafe.

»Nur zu«, sagte er leichthin und setzte seinen Abstieg fort.

Sie trabte die Treppe herunter und schloss zu ihm auf. »Ich möchte sie kennenlernen. Ich meine, Frau Mechtinger und ihre Schwester.«

»Schauen wir mal, ob sie zu Hause sind. Um diese Uhrzeit wäre das gut möglich.«

»Ein Anruf könnte helfen.«

»Ich setze lieber auf den Überraschungseffekt. Sollten sie nicht zu Hause sein, könnten wir einen kleinen Spaziergang zum Tatort machen.« Was sie, seiner Meinung nach, schon längst hätte tun sollen.

»Gern. Das hatte ich mir schon lange vorgenommen, aber …« Sie brach mitten im Satz ab.

»Aber was?«

Ihr Gesicht verschloss sich. Der Verdacht, Weidling könnte ihr einen falschen Ratschlag gegeben haben, drängte sich ihm auf. »Hat man Ihnen davon abgeraten?«

»Hm.«

Er sollte sie über Weidling aufklären. Die Frage war nur, ob sie ihm trauen würde. Sie könnte ihn für einen Intriganten halten oder für einen verärgerten Mitarbeiter, der keine Gelegenheit ausließ, seinen Frust loszuwerden. Also schwieg er lieber. Vor dem Gebäude steuerte er auf das Parkhaus für Dienstfahrzeuge zu.

»Welchen nehmen wir?«, fragte sie.

»Den da.« Er öffnete die Fahrertür des BMWs. Irgendwie gefiel ihm die Vorstellung, seine Vorgesetzte durch die Gegend zu kutschieren.

»Cool«, sagte sie und trat auf ihn zu. »Ich fahre. Sie haben doch nichts gegen Frauen am Steuer, oder?«

38 MAXI

»Bitte«, sagte Levin mit saurem Gesicht und machte sich auf den Weg zur Beifahrerseite.

Maxi unterdrückte ein Feixen. Den Zahn, dass er bestimmte, wer fuhr, hatte sie ihm gezogen. Levin war und blieb ein schwieriger Kollege, der für einen kurzen Moment seine Stacheln einzog, nur um sie prompt wieder auszufahren. Dennoch war er ihr irgendwie sympathisch.

Da heute ein warmer Tag war, zog sie ihre Jacke aus, was Levin veranlasste, das gleiche mit seiner zu tun. Aus den Augenwinkeln sah sie ihn einsteigen. Der Mann trainiert offensichtlich auch außerhalb des Sportangebots der Polizei. Seine Waffe trug er in einem Gürtelholster, während sie meist darauf verzichtete, außer es waren brenzlige Situationen zu erwarten.

Kaum war er eingestiegen, stieß sie aus der Parklücke. Sie fuhr flotter als gewöhnlich, um ihm zu beweisen, dass auch Frauen mit vielen Pferdestärken umzugehen wussten.

Während der Fahrt forderte sie ihn auf, Details des gestrigen Vorfalls zu erläutern, was er mit spärlichen Worten tat. Danach versickerte das Gespräch.

»Das Forstamt Coburg wird die Außenstelle hier schließen«, sagte sie, der Stille leid, als sie auf die Straße nach Forsthub einbog.

Levin verschränkte seine Arme. »Wirklich?«

»Das ist schon länger geplant. Dieser Teil des Lichtenfelser Forsts wird in Zukunft von Coburg aus betreut.«

»Ist Frau Mechtinger darüber informiert worden?«

»Davon gehe ich aus.« Sie überlegte. »Heute früh hat mich das Amt für Ernährung, Landwirtschaft und Forsten in Coburg davon in Kenntnis gesetzt. Die Schließung soll zügig vonstattengehen, und wir bräuchten uns nicht wundern, wenn unsere Zeugin kurzfristig versetzt wird.«

»Versetzt? Wohin?«

»Ins Fichtelgebirge. Wunsiedel. Aber jetzt kommt's: Vor einem Monat hat sie einen Antrag auf Versetzung gestellt, den aber wieder zurückgezogen. Angeblich weil ihr Mann dagegen war.«

Er verzog ironisch den Mund. »Logisch, wenn seine Liebschaften alle in Coburg hocken.«

»Sie verdächtigen sie noch immer.«

»Allerdings.«

»Trotz der Geschichte mit dem Schuldschein? Das wäre immerhin ein einleuchtendes Motiv für Halbert.«

Endlich öffnete Levin seine Arme. »Dass Halbert Dreck am Stecken hat, glaube ich sofort«, sagte er erregt. »Nur ob er einen Mord begehen würde, da bin ich skeptisch. Wenn überhaupt, dann höchstens als Auftragsmord.«

»Etwas stimmt mit dem Mann nicht, Levin. Er leiht sich Geld und behauptet, es zurückgezahlt zu haben. Zufällig genau an dem Tag, als sein Gläubiger mit einem Schuss in den Kopf vom Hochsitz gefallen ist.«

Levin sagte nichts, deutete nur auf einen geschotterten Weg, der von der Fahrbahn abzweigte. »Da lang.«

Kurze Zeit darauf gelangten sie an dem alten, aber romantisch wirkenden Forsthaus an. Kaum stand der Wagen, stieg Levin aus, holte sich seine Jacke vom Rücksitz und zog sie wieder an, offenbar um die Waffe zu verdecken.

Zwei braun-weiß gescheckte Hunde, deren Rasse Maxi unbekannt war, bellten hinter einem Fenster. Grundsätzlich mochte sie alles, was auf vier Beinen lief, aber leider war die Haltung von Hunden mit ihrem Beruf schlecht vereinbar. Katzen waren da einfacher zu handhaben. Zwei aus demselben Wurf beschäftigten sich derzeit bei ihr Zuhause mit sich selbst. Aus Levins Miene ließ sich nicht schließen, was er über die beiden Hunde dachte, die nach seinem Klingeln aufgeregt hinter der Tür auf und ab hüpften, wie sie durch die bunte Glasscheibe beobachten konnte.

Schon wollte sie aufgeben, als Levin ein drittes Mal sturmklingelte. Schritte ertönten und der Umriss einer Frau erschien. Nach kurzer Zeit öffnete sie die Tür, während es im hinteren Teil des Hauses munter weiterbellte. Die Frau war hübsch, langhaarig, blond, braungebrannt und strahlte Levin unverhohlen an, der mit einem schwachen Lächeln darauf reagierte.

»Kriminalrätin Frohn«, sagte Maxi spitz. »Meinen Kollegen kennen Sie ja bereits.«

Karin Schwelms zuckte mit den Schultern. »Was ist los, Richard?«

Das war interessant. Kannten die zwei sich näher?

Auf Levins Stirn erschienen einige Falten. »Frau Schwelms ...«

»Ich denke, wir waren beim Vornamen?«

»Meine Vorgesetzte hat noch ein paar Fragen.«

Sofort schrillten Maxis Alarmglocken. Wieso warnte er sie? Eine ähnliche Vermengung von Dienstlichem mit Privatem hatte einem ihrer Kollegen ein Disziplinarverfahren eingebracht. Die Zeugin hatte sich darüber beschwert, sexuell belästigt worden zu sein, und es hatte niemanden interessiert, was wirklich passiert war.

»Oh«, machte Frau Schwelms. Offenbar hatte sie seinen Hinweis verstanden und gab den Weg frei. »Bitte kommen Sie herein.«

Die Einrichtung des Hauses war gut bürgerlich und es war etwas chaotisch, um nicht zu sagen unaufgeräumt. Kinderschuhe standen vor der Garderobe, daneben lag eine Jacke. Frau Schwelms bückte sich und hängte sie auf.

»Sind die Kinder zu Hause?«, fragte Maxi.

»Noch in der Schule. Astrid holt sie ab. Davor hat sie noch eine Besprechung im Forstamt.«

Worum es dabei ging, konnte Maxi sich denken. Sie folgte Frau Schwelms ins Wohnzimmer, während es hinter einer anderen Tür aggressiv bellte.

»Ich dachte, es wäre besser, die Hunde wegzusperren.« Frau Schwelms kicherte und setzte sich auf das mit Hundehaaren übersäte Sofa, während Levin ihr gegenüber Platz nahm. Maxi hatte nun die Qual der Wahl. Entweder quetschte sie sich auf den anderen mit Wäsche beladenen Sessel, oder sie versaute sich den Hosenanzug mit Hundehaaren auf dem Sofa.

Sie blieb stehen.

»Karin«, sagte Levin kalt und zog einen kleinen Notizblock mit Stift aus seiner Jackentasche, die er auf sein Knie legte. »Sie haben zu Protokoll gegeben, Sie wären am Freitag letzte Woche in Frankfurt angekommen und dortgeblieben.«

Schwelms erblasste. »Das ist richtig.«

»Wir können das nachprüfen. Bleiben Sie bei Ihrer Aussage?« Levin hatte die Frau voll im Visier, beide Beine auf dem Boden, leicht auseinander, das Gewicht gleichmäßig verteilt, um sofort auf den Beinen zu sein, falls nötig. Seine Hände waren gefaltet und die beiden Zeigefinger deuteten auf die Frau, die sichtbar in sich zusammenfiel.

Nervös zupfte sie an ihren Haaren. »Wie meinen Sie das?«

»Wir haben einen Zeugen«, warf Maxi ein, »einen äußerst glaubwürdigen Zeugen, der Sie am Freitagnachmittag in Coburg gesehen hat.«

Frau Schwelms starrte auf den Boden vor sich, schaute dann auf und nahm Blickkontakt mit Levin auf.

»Es stimmt, was meine Kollegin sagt, Karin. Man hat Sie gesehen.«

»Leugnen ist zwecklos«, sagte Maxi. »Sie waren definitiv am fraglichen Tag in Coburg. Wo haben Sie sich zur Tatzeit aufgehalten?«

Tränen liefen Frau Schwelms über die Wangen.

Levin zog eine Packung Papiertaschentücher aus seiner Hosentasche, entnahm eines und reichte es der Frau, die sofort ihr Gesicht damit abtupfte. »Danke, Richard.«

»Gern geschehen. Hatten Sie Angst, die Wahrheit zu sagen?«

»Ja.«

»Mit Ihren Lügen haben Sie sich keinen Gefallen getan«, sagte Maxi, und ihr wurde bewusst, dass sie die Guter-Bulle/

Böser-Bulle-Verhörmethode mit vertauschten Rollen spielten. Eigentlich müsste sie die Gute sein, aber für einen Wechsel war es zu spät. »Am besten, Sie kommen mit zu unserer Dienststelle.«

»Das geht nicht, ich muss das Mittagessen zubereiten.«

»Was gibt's denn?«, fragte Levin sanft.

»Selbstgemachte Pizza – nach spanischer Art.«

»Sie können sich die Fahrt ersparen, wenn Sie uns jetzt die Wahrheit sagen.«

Das schien ihr einzuleuchten, denn sie nickte eifrig. »Na gut. Aber bitte verraten Sie meiner Schwester nichts davon.«

»Das kommt darauf an, was Sie uns zu sagen haben.«

»Ich war's nicht. Ich habe Holger nicht ermordet.« Frau Schwelms wedelte mit beiden Händen. »Waffen jagen mir Angst ein. Ich weiß nicht mal, wie man ein Gewehr bedient.«

»Das dauert mir zu lange, wir nehmen Sie mit«, sagte Maxi streng. Im Inneren tat sie ihr jedoch leid. Karin Schwelms hatte mit dem Mord nichts zu tun, das spürte sie.

Frau Schwelms' Augen wurden groß. »Ich war mit Holger verabredet«, sprudelte es aus ihr hervor. »Wollte ihn um Geld bitten, weil er mir früher schon mal geholfen hat. In der Schule war er nicht mehr, und ich bin dann in sein Jagdrevier gefahren, wo ich ihn treffen sollte.«

»Nachmittags? Um welche Uhrzeit?«

»Halb vier oder so. Tut mir leid, aber genau weiß ich das nicht mehr.« Sie deutete auf ihr Handgelenk. »Ich habe meine Uhr verpfändet, um mir das Flugticket kaufen zu können. Das Handy auch, eigentlich alles. Astrid hat mir ein neues geschenkt. Sie kann das bestätigen.«

»Bei welcher Telefongesellschaft waren Sie davor?«, fragte Levin.

»Telefonica.«

»Ist Ihnen im Wald jemand begegnet?«

Plötzlich lachte Frau Schwelms auf. »Freilich. Da war richtig was los. Zuerst ein Spaziergänger mit Hund, dann kam mir Frau Halbert entgegen.«

»Die Frau von Wolfgang Halbert?«

»Genau, die Marga.«

»In welche Richtung ging sie?«

Frau Schwelms wand sich ein wenig. »Ich denke, zu Holgers Liebesnest auf dem Hochsitz. Deshalb wollte ich vorhin nicht, dass Astrid davon erfährt.«

»Verstehe«, rutschte es Maxi heraus.

Levin warf ihr einen warnenden Blick zu und setzte die Befragung fort: »Wie sind Sie Herrn Mechtinger auf die Schliche gekommen?«

»Im Gegensatz zu meiner Schwester habe ich Augen im Kopf und kann eins und eins zusammenzählen. Astrid hat sich zu Hause eingeigelt und gemeint, sie könnte eine harmonische Ehe führen, wenn sie Holger alles recht machte. Aber da hatte sie auf Sand gebaut. Er hat sie nie geliebt und nur aus Mitleid geheiratet. Außerdem war's für ihn bequem. Nur kann Mitleid Liebe nicht ersetzen.«

»Woher wissen Sie das alles?«, fragte Maxi.

Frau Schwelms zögerte. »Weil ich eine Zeit lang hier gelebt habe.«

»Wie hat er sich verhalten?«

»Ganz unauffällig. Er ging seinen eigenen Interessen nach, war ein beliebter Lehrer, der nie was mit einer seiner Schülerinnen anfing, falls Sie das annehmen. Nein, Holger wusste genau, wie weit er gehen konnte, ohne seinen Job zu riskieren.« Frau Schwelms atmete tief durch und fuhr dann fort: »Er war sehr durch sein Elternhaus geprägt und deshalb unfähig, Liebe zu empfinden. Seine

Mutter ist ein wahrer Hausdrachen, und sein alter Herr war bei der Stasi.«

Levin machte sich Notizen, ließ sich dabei Zeit, bis er fragte: »Ist Ihnen sonst noch jemand begegnet?«

»Ja. Ein junger Mann kam von der Kanzel auf mich zugeradelt, als ich auf den Weg dorthin war. Sein Kopf war blutverschmiert und er trug eine Axt bei sich. Ich hatte eine Heidenangst, er könnte mir was antun, aber zum Glück ist er an mir vorbeigerast.«

»War das vor oder nach Frau Halberts Auftauchen?«

»Danach«, antwortete Frau Schwelms. »Ich ging weiter bis zur Kanzel, aber Holger war nicht da. Jemand hatte sie kurz und klein gehauen. Ich vermute, der junge Mann.«

»Wieso haben Sie anschließend nicht versucht, Herrn Mechtinger zu Hause anzutreffen?«

»Weil mir die Lust vergangen war, ihn zu sehen. Wäre ich pünktlich gewesen, hätte ich ihn wahrscheinlich mit der Halbert erwischt. Ich denke, Holger hat das mit Absicht so arrangiert.«

»Falls sie überhaupt dort war.«

»Wo sonst?«

»Wie lange wussten Sie, dass Herr Mechtinger die Kanzel zweckentfremdet?«

»Schon seit Jahren. Ich lebte in ständiger Angst, Astrid könnte ihn mal in flagranti ertappen«, sagte Frau Schwelms.

»Oder einer der Waldarbeiter.« Levin klopfte mit dem Stift auf den Notizblock. »Wie hieß der eine gleich wieder?«

»Toni? Der hat bestimmt etwas mitgekriegt. Der wohnt doch draußen im Wald.« Schwelms lachte leise und schüttelte den Kopf. »Ganz sicher.«

39 RICHARD

Wieder im Büro, fuhr Richard sich über die Augen. Der Fall entwickelte sich rasant, und das war meist ein Zeichen dafür, dass er kurz vor der Aufklärung stand. In seiner Zeit als Kriminalkommissar hatte er eine gute Erfolgsquote vorzuweisen, aber es gab Fälle, die sich einfach nicht lösen ließen, und die stapelten sich in seinem Hinterkopf. Manche hatten nur ein Schulterzucken bewirkt, andere ein ätzendes Gefühl des Versagens hinterlassen.

Maxi Frohn hatte ihm mit der Bemerkung, ihr Kopf sei zu voll, auf der Rückfahrt das Steuer überlassen. Voll mit was, fragte er sich, und schämte sich ein bisschen wegen seines Vorurteils. Wenigstens trällerte sie nicht den Refrain des Liedes »Männer sind Schweine«, den Dominiks Frau Lena bei jeder sich bietenden Gelegenheit intonierte. Auf der Fahrt beschränkte Maxi sich darauf, sich Notizen auf ihrem Tablet zu machen.

Auch er hing seinen Gedanken nach. Karins Verhalten erschien ihm fragwürdig. Bisher hatte er den Eindruck, sie wollte ihre Schwester entlasten. Doch nun schwang etwas Anderes mit, unterschwellig zwar, aber dennoch spürbar. Seine Haut prickelte und er fuhr sich über seinen Drei-Tage-Bart.

Kaum saß er hinter seinem Schreibtisch, schwang die Tür auf. »Der Paschke hockt im Vernehmungszimmer«, sagte Peter. »Schneider hat 'n mitgebracht.«

Peter hatte gute Arbeit geleistet und die finanziellen Verhältnisse von Mechtinger und Halbert unter die Lupe genommen, wobei sich bei Halbert einige Unstimmigkeiten ergeben hatten. Steuerhinterziehung hatten die Kollegen des K2 vermutet oder illegale Geschäfte, die über eine schwarze Kasse getätigt wurden. Keine Spur von den 50.000 Euro, aber auch kein Hinweis, dass sie jemals auf Halberts Konto gewesen waren. Direkt durchgereicht, hatten die Kollegen gemutmaßt.

»Dann wollen wir mal. Kommst du mit?«, fragte Richard.

Peter nickte. »Nix lieber, als dem Früchtle amal ordentlich auf 'n Zahn fühlen.«

»Okay, ich halt ihm das Maul auf und du fühlst.«

»Pfui deibel.« Peter zog die Nase kraus. »Garantiert net. Des überlass ich lieber dir.«

»Also gut, dann führst du Protokoll.«

»Wenn's sein muss.«

Richard öffnete die Tür des Vernehmungszimmers, in dem Paschke mit verschränkten Armen und saurer Miene saß. Er trug dieselben Klamotten wie beim letzten Mal. Wahrscheinlich war seine Auswahl begrenzt. Die Haare gewaschen, das Gesicht frisch rasiert, fläzte Paschke wieder auf dem Stuhl, als ginge ihn das alles gar nichts an.

Tobias stand zufrieden schauend an die Wand gelehnt. »Ich hab's dir gleich gesagt, dass wir dich kriegen.«

Paschke drehte sich lässig zu Richard um. »Was denn, drei gegen einen? Wie unfair. Was wollt ihr denn schon wieder von mir?«

»Guten Tag, Herr Paschke«, antwortete Richard. »Das werden Sie gleich erfahren.«

Peter ließ sich auf den Bürostuhl plumpsen, stellte ihn auf seine Größe ein und richtete Tastatur und Monitor aus, wobei er sich Zeit ließ. Die Hinhaltetaktik sollte auf den zu Vernehmenden zermürbend wirken. Richard postierte sich hinter Paschke, um so den Druck zu erhöhen.

»Name, Adresse, Geburtsdatum, Geburtsort«, schnappte Peter.

»Ihr habt sie wohl nicht alle?«, schnauzte Paschke. »Ich hab euch den Scheiß schon hundertmal erzählt. Sogar meine DNA habt ihr.«

»Die war fei echt interessant«, sagte Peter mit ernster Miene. »Vom Affen gar net weit weg.«

»Alle Säugetiere haben 92 Prozent der DNA gemeinsam. Vom Schimpansen trennen uns nur zwei Prozent. Ungefähr die Hälfte teilen wir mit 'ner Banane.«

Peters Augen wurden groß. »Sag ich doch – wie beim Affen. Aber so genau wollt ich des gar net wissen.«

»Ich studiere Biologie. Schon vergessen?«

Richard verfolgte den Disput aufmerksam. Paschke kam ihm vor wie ein Igel, der sich zusammenrollte, um seine verletzliche Bauchseite zu schützen. Wo war Paschkes wunder Punkt? Vermutlich, wenn es um Tierschutz ging. Aber Paschke war keiner, der deswegen einen Mann vom Hochsitz schoss, sondern eher einer, der Käfige aufbrach, um gequälte Kreaturen zu befreien. Mut hatte er sicher, aber leider auch ein verqueres Rechtsverständnis. »Erzählen Sie mir, was an dem Freitag alles passiert ist.«

»Wie oft denn noch? Ich hab alles gesagt.«

»Außer, dass Sie mit einer Axt unterwegs waren. Wozu brauchten Sie die?«

Paschkes Augen zuckten nervös hin und her. »Wie kommen Sie darauf?«

»Eine Zeugin hat Sie gesehen.«

»Verdammte Scheiße.« Paschke senkte den Kopf, zog seine Arme und die Beine an den Körper. Von seinem großspurigen Ihr-könnt-mich-mal-Auftreten war nichts mehr geblieben. Sie hatten ihn am Haken.

»Tja«, sagte Richard und setzte sich neben ihn. »Sie haben angegeben, Sie hätten Ihre Schwester gesucht. Mit einer Axt?«

Paschke nickte langsam. »Stimmt. Aber nicht um das zu tun, was Sie denken. Ich bin Bea gefolgt, weil ich befürchtete, sie könnte was mit dem Mechtinger haben. Sie ist erst 17.«

»Und? Hat sie sich mit ihm eingelassen?«

»Sie bestreitet es. An dem Nachmittag war sie jedenfalls nicht dort. Ist auch unwichtig.«

»Ist Ihnen sonst jemand begegnet?«

»Ja, 'ne Frau.«

»Versuch's mal mit 'ner Beschreibung«, forderte Peter.

»Hm. Mal sehen, was ich zusammenkriege.« Paschkes Personenbeschreibung passte gut auf Frau Halbert.

»Was hat sie gemacht?«, wollte Peter wissen.

Paschke grinste breit und klopfte mit der flachen Hand auf seine Faust. »Gevögelt hat er sie. Und zwar ziemlich heftig, ihrem Gejammer nach zu urteilen. Noch mehr Details?«

»Immer her damit«, sagte Peter.

»Das reicht«, entschied Richard.

Paschke verdrehte die Augen. »Keine Sorge. Viel mehr hätte ich sowieso nicht bieten können. Sie waren oben in der Kanzel zu Gange.«

»Was passierte danach?«

»Die zwei sind von der Kanzel heruntergestiegen und haben sich verabschiedet. Er in die eine Richtung davon, sie in die andere.«

»Und was weiter?«

Paschke wand sich wie ein Wurm. »Na ja. Dann hab ich sie zu Kleinholz verarbeitet. Die Kanzel, meine ich.«

»Dabei haben Sie sich verletzt?«

»Genau.«

»Warum haben Sie den Hochsitz zerstört?«

»Als Warnung.« Paschke ballte die Hand zur Faust. »Er sollte die Finger von Bea lassen.«

»Das tut er jetzt.« Richard beugte sich vor. »Haben Sie noch etwas anderes getan, um Ihre Schwester vor ihm zu schützen?«

Paschkes Adamsapfel hüpfte. »Nein, hab ich nicht. Das könnt ihr mir nicht unterjubeln.«

»Könnte doch sein. Schließlich hatten Sie die Axt nicht dabei, um damit jemanden zu streicheln.«

»Ich besitze keine Waffe, und die Axt brauche ich für die Gartenarbeit. Ja, ich war abends unterwegs. Aber nicht im Wald. Ich war … mit Freunden zusammen, wegen der Demo.«

»Um einen Kampfplan zu schmieden.«

»So ungefähr.«

»Die Namen der Beteiligten?«

Paschke zögerte erneut, nannte dann aber einige, die Peter gewissenhaft notierte.

Sie versuchten noch mehr aus Paschke herauszuholen, aber ohne Erfolg. Richard hörte eine Zeit lang zu, bis sich die Fragen nur noch im Kreis drehten. »War das alles?«

»Krieg ich 'ne Anzeige?«, fragte Paschke kleinlaut.

»Natürlich«, antwortete Peter. »Sachbeschädigung von Staatseigentum. Die Kanzel gehörte dem Freistaat Bayern, falls du des noch net g'wusst hast.«

»Damit ruiniert ihr mein Leben.«

»Selber schuld.«

»Ich könnt' euch was anbieten.«

»Soll noch eine wegen Bestechungsversuchs dazukommen?«, fragte Peter.

»Nee, nee, ich weiß was, das für euch von Interesse ist.«

Peter unterbrach sein Tippen und schaute auf.

Jetzt würde Paschke endlich auspacken. Zeit, sich wieder einzuschalten. Richard wandte sich ihm zu. »Wenn Sie sich kooperativ zeigen, könnte der Staatsanwalt ein Auge zudrücken und Sie kämen mit einer geringeren Strafe davon. Aber es müsste schon was von Relevanz sein, kein Larifari.«

»Das ist es.« Paschkes Stimme gewann an Festigkeit. »Ich wollte es euch schon vor einiger Zeit sagen, hatte aber Schiss, weil es sich um Profis handelt.«

Richard horchte auf. »Nur zu. Hat es mit Halbert zu tun?«

»Allerdings. Er stellt seine Laster Schleusern zur Verfügung.«

Peter warf ihm einen vielsagenden Blick zu. »Haste Beweise?«

Paschke zog sein Handy aus der Tasche. »Hier.«

Richard beugte sich vor. Auf dem Video konnte man einen Lastwagen sehen, aus dem sich eine größere Anzahl Männer, Frauen und Kinder schälten, die dann auf zwei Kastenwägen verteilt wurden. Leider trug keines der Fahrzeuge ein Firmenemblem, und die Kfz-Kennzeichen waren nicht erkennbar. Trotzdem ein wertvoller Hinweis. Eine genaue Zuordnung könnte sich jedoch als schwierig erweisen, gab Richard zu bedenken.

»Bei dieser Lieferung war Halbert leider nicht dabei, aber bei der davor«, sagte Paschke und legte das Handy auf den Tisch. »An welche E-Mail-Adresse soll ich die Aufzeichnung schicken?«

»Brauchste net, des Ding is als Beweismittel beschlagnahmt.« Peter griff danach. »Du streifst wohl öfter in der Gegend rum?«

Paschke zuckte nur mit den Schultern. »Jetzt nicht mehr.«

»Aufnahmen, auf denen Halbert zu sehen ist, haben Sie keine?«, fragte Richard.

»Nee, leider.«

»Kommen die regelmäßig?«

»Jeden zweiten Freitag. Zumindest, was ich beobachtet hab. Könnt ihr damit was anfangen?«

»Vielleicht. Wann ist der nächste Transport fällig? Morgen oder nächste Woche?«

»Morgen.«

»Haste sonst noch was zu bieten?«, fragte Peter.

Paschke grinste breit. »Das Beste kommt immer zuletzt. Wie war das mit der Anzeige und dem Auge zudrücken?«

»Ich werde mich für Sie verwenden«, sagte Richard, »aber versprechen kann ich nichts. Also?«

»Halbert und Mechtinger haben sich am Freitag gestritten. Ich hab gedacht, die gehen jeden Moment aufeinander los.«

»An der Kanzel?« Peter blickte vom Monitor auf. »Kei' Wunder, wenn er dem Halbert sei' Frau geknattert hat. Da würd ich auch ausrasten.«

Richard warf ihm einen tadelnden Blick zu, bevor er sich wieder an Paschke wandte. »Also, wann und wo?«

»Natürlich *nicht* an der Kanzel. Halbert hätte das Ding samt Mechtinger und seiner Alten in die Luft gesprengt, wenn er sie erwischt hätte.« Paschke lehnte sich zurück, streckte die Beine aus und ließ die Arme baumeln.

Richard beschloss, ihm diese Entspannung zu gönnen.

»Das war am Freitag, kurz vor seinem Tod«, sagte Paschke. »Am Waldrand in der Gleisenau, wo sich die Laster treffen.«

»Sie waren also ein zweites Mal dort? Ich dachte, Sie waren bei Ihren Freunden?«

»Das war, bevor ich zu meinen Kumpels ging.«

»Wann waren Sie dort, und vor allem warum?«

»Kurz vor Einbruch der Dunkelheit, um meine Mütze zu suchen. Die konnte ich aber nicht finden. Auf dem Nachhauseweg hab ich dann gecheckt, ob wieder Lkws da sind.«

»Den Streit haben Sie nicht zufällig aufgenommen?«

»Nee. Wozu?«

»Wissen Sie, worum es ging?«

»Nur darum, dass Halbert ständig wiederholte, dass er es bald kriegen würde. Mechtinger dagegen wollte es unbedingt heute haben. Das ging 'ne ganze Weile hin und her, und zum Schluss schrie Halbert, dass er fertig mit Mechtinger sei.«

Interessant. Sie hatten sich um die Rückzahlung des geschuldeten Geldes gestritten. Richard lehnte sich zurück. Das übliche Wohlgefühl, das sich vor der Aufklärung eines Falls einstellt, blieb allerdings aus. Dabei hatte er alles, was er brauchte, um Halbert in die Zange nehmen zu können. Ihn morgen Abend auf frischer Tat zu erwischen, würde das i-Tüpfelchen sein. Auch auf das Ergebnis der anschließenden Hausdurchsuchung war er gespannt.

Damit wäre Dominiks Frage nach Schleuserbanden im Coburger Raum beantwortet.

»Geh das Protokoll mit ihm durch und lass ihn unterschreiben. Danach kann er nach Hause«, sagte Richard an Peter gewandt.

Er verließ das Zimmer und rief Dominik an. Der berichtete ihm, dass vor Kurzem ein nacktes Kind an einem Autobahnrastplatz bei Feucht tot aufgefunden worden sei. Die Obduktion habe ergeben, dass es wegen einer Verletzung am Oberschenkel zu einer Blutvergiftung gekommen sei, die zum Tod geführt habe.

Und Richard hatte sich eine blutige Kinderjeans aus dem Dienstwagen klauen lassen. Er musste sie unbedingt wiederfinden, und zwar so schnell wie möglich.

40 TOBIAS

Endlich hatte der Termin mit dem Kassenprüfer der Kreisgruppe des Jagdverbandes geklappt. Peter hatte gefragt, wie Mechtinger an die 50.000 Euro gelangt sein könnte, und angedeutet, dass er als Schatzmeister Zugriff auf das Konto der Kreisgruppe gehabt habe. Zuerst war Tobias die Möglichkeit einer Veruntreuung von Vereinsgeldern undenkbar erschienen, aber Levin hatte gemeint, er habe schon Pferde kotzen sehen.

Schon allein die Vorstellung, Mechtinger sei ein Charakterschwein gewesen, berührte Tobias unangenehm. Für ihn war er vor allem ein Jagdkamerad gewesen, und in der heutigen Zeit, in der die Jagdgegner keine Gelegenheit ausließen, zum Halali gegen die Jagd zu blasen, war ein anständiger Charakter unabdingbar.

Deshalb wollte er der Sache selbst auf den Grund gehen, und die Kommissare im Obergeschoss der Inspektion ließen ihn gewähren.

Pünktlich traf er vor Markus Bäckers Haus in Baiersdorf ein. Von einer Anhöhe aus grüßte Schloss Callenberg herüber, dem Prinz Andreas von Sachsen-Coburg und Gotha hin und wieder einen Besuch abstattete, zum Beispiel dann, wenn Graf Ortenburg seine alljährliche Wildschweinjagd abhielt. Natürlich nicht auf Säue in seinem Tambacher Wildpark. Die blieben, ebenso wie die Hirsche, reichen Großstädtern vorbehalten, die nur auf eine Trophäe aus waren und sich mühevolle Nachtansitze bei eisiger Kälte ersparen wollten. Wildschweine waren gewitzt und rochen den Braten meistens schon von Weitem. Gatterjagden, bei denen die Tiere in eingezäunten Bereichen gejagt wurden, wurden von Jägern, die das Wild auch hegten, kritisch beäugt; trotzdem gab es sie.

Erstaunt betrachtete Tobias das moderne Haus, das ihn an einen Würfel mit Fenstern erinnerte. Bäcker war Direktor einer Coburger Bank und eher ein Sonntagsjäger, dennoch nahm die Kreisgruppe seine Dienste als Kassenprüfer gern in Anspruch.

»Heute in Uniform?«, fragte Bäcker ohne Umschweife an der Haustür. »Habe ich etwas verbrochen?«

Neugierig schaute Tobias in den weißen Flur mit weißen Fliesen und einem schwarzen Schränkchen an der Wand. Wenn Bäcker einmal ins Gefängnis müsste, würde er sich dort richtig heimisch fühlen. »Nein, alles in Ordnung. Ich will nur etwas über die Kassenprüfung der Kreisgruppe wissen.«

»Ist dafür nicht die Kripo zuständig?«

Tobias blinzelte. »Als Jäger bin ich in die Ermittlungen eingebunden. Reicht dir das?«

»Komm rein.« Bäcker trat beiseite.

Das Wohnzimmer war genau, wie Tobias befürchtet hatte. Das Sonnenlicht fiel durch französische Fenster in den schmucklosen Raum, in dem nur vereinzelte moderne Möbelstücke standen – Minimalismus pur. Im Wartezimmer seines Zahnarztes war es gemütlicher. Und an der Wand hing ein riesiger Fernseher – flach wie eine Pizza.

Bäcker deutete auf ein rotes Sofa und ließ sich selbst auf einem blauen Stuhl nieder. »Unser Vorsitzender hat Anzeige erstattet. Hat sich das noch nicht bis zu dir herumgesprochen?«

»Wann war das?«

»Vor ein paar Tagen, glaube ich. Es fehlt Geld aus der Kasse. Eine nicht unerhebliche Summe: 50.000 Euro.«

»Donnerwetter!«

»Hätte derjenige, der das Geld veruntreut hat, den Betrag gleich wieder eingezahlt, wäre es wahrscheinlich gar nicht aufgefallen.«

»Meinst du, der Mechtinger war es?«

»Wer hatte denn sonst noch eine Kontovollmacht?«

»Das frage ich dich.«

»Außer ihm nur noch der erste Vorsitzende, und für den lege ich meine Hand ins Feuer.«

»Kam so etwas schon mal vor?«

Bäcker zuckte mit den Schultern. »In den zwei Jahren, in denen ich die Kasse prüfe, ist mir nichts aufgefallen. Allerdings schaue ich nur, ob die Belege vollständig vorhanden sind und mit den Buchungen übereinstimmen. Was vorher war, entzieht sich meiner Kenntnis. Da musst du meinen Vorgänger fragen.«

Das würde sich schwierig gestalten, denn der war an einem Herzinfarkt gestorben. Tobias überlegte: Mechtinger, der Säuniggel, hatte die Summe veruntreut und seinem Busenfreund Halbert überlassen. Was, wenn er sie, wegen der bevorstehenden Prüfung, zurückverlangt hatte, Halbert aber zahlungsunfähig war? Hatte Halbert ihn deshalb umgebracht? Je länger er darüber nachdachte, desto wahrscheinlicher erschien ihm diese Version – wie ein Puzzle, dessen Teile nun ein Gesamtbild ergaben. Seine Schlussfolgerung würde er sofort Levin erzählen. Außerdem wollte er ihn fragen, ob er morgen beim Zugriff in der Gleisenau dabei sein durfte. Es versprach spannend zu werden. Angst verspürte er keine, denn sie würden den Einsatz gut vorbereiten, und er würde sich einen sicheren Platz suchen.

41 RICHARD

Der heutige Freitag und das Wochenende versprachen in zweierlei Hinsicht heiß zu werden. Neben der für heute geplanten Festnahme der Schleuserbande um Halbert gab es für morgen die Ankündigung einer Demo der Cogida sowie die einer Gegendemo. Den Samstag würde Richard in Nürnberg verbringen und ein ruhiges Wochenende genießen: Oma Elke, Ritterspiele, Grillen mit Dominik. Halberts Festnahme wäre das Sahnehäubchen. Mit einer gewissen Vorfreude goss er sich seinen Nachmittagskaffee ein.

»Die spinnen, die Römer«, meinte Peter in Anlehnung an seine geliebten Asterix-und-Obelix-Comics – von denen er immer mindestens einen im Schubfach seines Schreibtischs aufbewahrte – und legte seinen fettigen Donut weg.

»Musst ja nicht hin. Das ist Sache der Schupo.«

»Keine zehn Pferde brächten mich da hin.«

»Dann hoffe mal, dass es keinen Einsatz für dich gibt, denn bei dir würde ein Zwergpony reichen.«

Peter schien noch eine Retourkutsche auf Lager zu haben, presste aber, als er die Frohn kommen sah, die Lippen zusammen. Auch heute trug sie wieder etwas Anderes. Mit ihr Klamotten einkaufen zu gehen musste die Hölle sein.

»Hoffentlich haben wir in der Einsatzbesprechung nichts vergessen?«, sagte sie zu Richard, in einer etwas höheren Tonlage als sonst.

»Ein paar Unsicherheitsfaktoren gibt es immer.«

»Und welche wären das?«

»Wir rechnen mit vier bis sechs Personen. Paschke sprach von drei Fahrern und einem, der die Aufteilung der Flüchtlinge vornimmt, dann noch Halbert, und manchmal soll eine Begleitperson dabei gewesen sein. Da sollten zwei von uns, ein Hundeführer und acht von der Schupo reichen.«

Frohn nickte. »Hoffentlich findet die Übergabe statt, denn sonst haben wir uns ganz schön blamiert.«

Das »wir« hörte sich etwas seltsam an, denn sie hatte schon vorher angekündigt, während des Einsatzes auf dem Weg nach München zu sein. Wer sich blamieren würde, war damit klar. Im Delegieren von Verantwortung war sie offenbar genauso großartig wie Weidling. »Wenn Sie Bedenken haben, kann ich die Unterstützungskräfte abbestellen«, sagte Richard.

Sie biss sich auf die Unterlippe. »Ich vertraue darauf, dass Sie die Lage richtig einschätzen.«

Na prima. »Dann bleibt es dabei.«

»Herr Weidling ist allerdings anderer Meinung.«

»Und die wäre?«

»Dass Paschke sich das mit den Schleusern aus den Fingern gesogen hat und die Presse sich morgen über uns totlachen wird.«

»Wir werden sehen. Die Welt wird nicht gleich untergehen, wenn wir vergebens warten, und die Presse wird nur informiert, wenn die Aktion erfolgreich verlaufen ist. Selbst wenn die Lkws heute nicht erscheinen, heißt das noch lange nicht, dass Halbert eine weiße Weste hat. Er wurde schon einmal verdächtigt. Allerdings nicht in Coburg, sondern in Nürnberg. Ich habe Ihnen die Akte heute früh auf den Schreibtisch gelegt.«

»Ach ja«, sagte sie. Erneut musste ihre Unterlippe herhalten. »Haben Sie die Kinderjeans gefunden?«

»Bis jetzt nicht. Die kann inzwischen sonst wo gelandet sein. Leider war die Müllabfuhr an diesem Tag zu Gange, und sie im Müllheizkraftwerk zu finden ist ein Ding der Unmöglichkeit. Einfacher wäre es, den Dieb zu fragen, wo er sie gelassen hat.«

»Halten Sie mich auf dem Laufenden. Meine Handynummer haben Sie ja.« Damit rauschte sie hinaus.

»Oh, oh«, machte Peter und klimperte mit den Augenlidern. »Du hast ihre Telefonnummer. Nachtigall, ick hör dir trapsen.«

Am liebsten hätte er Peter geschüttelt. »Bei dir piepst wohl? Wir treffen uns wie besprochen um 7.30 Uhr hinter der Polizeiinspektion. Sonnenuntergang ist um 21 Uhr. Wenn Paschkes Aussage zutrifft, kommen sie nicht vor Einbruch der Dunkelheit.«

»Weißte was? Ich 'mach jetzt Dienstschluss und werf' mir daheim was zum Futtern nei.«

Gute Idee, fand Richard und räumte seinen Schreibtisch auf, und weil er guter Laune war, legte er einen Kugelschreiber schräg auf den Tisch, eine kleine Revolution gegen seinen eigenen Ordnungsfimmel.

Wie nicht anders zu erwarten, kam Peter eine Viertelstunde zu spät zum vereinbarten Treffpunkt. »Des reicht noch dicke, bis die aufkreuzen.«

Dieses Mal verzichtete Richard auf den protzigen BMW und entschied sich für einen unauffälligeren Passat, den er an der Straße zum Forsthaus parkte. Alles lag ruhig, nur ein paar Hunde bellten in der Ferne, und vor dem Forsthaus stand Frau Mechtingers Auto. Der Übergabeort war von den Schleusern gut gewählt worden. Schon von Weitem konnte man jeden sehen, der sich näherte. Richard hatte deshalb beschlossen, zu Fuß zum vermeintlichen Treffpunkt der Schleuser zu gehen.

Schneider meldete per Funk bei Peter, dass er einen Platz gefunden habe, von dem aus er den Weg bis zum Waldrand ungesehen überblicken könne.

Zum Glück war es ein milder Abend. Abendrot kündigte den Sonnenuntergang an, sie lagen gut in der Zeit. Peter stapfte voraus, wobei er etwas von »Hinter mich bringen« und »Des kann a langer Abend wern« murmelte. Ohne Zwischenfall erreichten sie den Waldrand und drangen ein Stück in das Dickicht ein. Von hier aus hatten sie eine gute Sicht, ohne selbst gesehen zu werden. Im Wald war es bereits stockdunkel. Per Funk trafen nach und nach die Bestätigungen ein, dass die Kollegen ihre Positionen bezogen hatten und auf Richards Zugriffsbefehl warteten.

»Wir hätten im Auto bleiben soll'n«, maulte Peter.

»Auf der anderen Seite des Waldes? Hast wohl Muffensausen?«

»A bissle scho.«

»Sei froh, dass es nicht regnet.«

»Des würd mir grad noch fehl'n.«

Richard lehnte sich an einen Baumstamm. »Sofern Paschke nicht gelogen hat, müssten die Fahrzeuge bald eintreffen.«

Dunkelheit überzog das Feld vor ihnen, hinter einer Anhöhe flammten die ersten Lichter auf. Stille breitete sich aus, die Natur ging zu Bett und auch Richard begann müde zu werden.

»Bald kommt der Fuchs und sagt dem Hasen gute Nacht«, murmelte Peter.

»Wenn du nicht meckern kannst, fühlst du dich nicht wohl«, stichelte Richard. Aber auch ihm wurde die Zeit lang. Vielleicht war das Ganze doch nur ein Fehlalarm gewesen?

Zwei Lichtfinger tasteten sich durch die Nacht, begleitet von einem Motorengeräusch, das langsam anschwoll. Aufregung verscheuchte jede Müdigkeit, denn jetzt wurde es spannend.

»Sie kommen«, sagte Peter unnötigerweise. Er atmete heftig, Jagdfieber schien ihn gepackt zu haben.

Richard missfiel dieses Auflauern, förderte es doch lang unterdrückte Erinnerungen zutage. »Wir sollten ein Stück ins Freie gehen, um bessere Sicht zu haben.«

Ein Knacken im Funkgerät: »Herzog 17/49 an Herzog 17/10.«

»17/10 hört«, antwortete Peter, der in der Dunkelheit kaum auszumachen war.

»Sie haben uns gerade passiert.«

»Wie viele?«

»Zwei Kleintransporter.«

»Jetzt seh'n wir se auch. Wir warten bis der dritte auftaucht«, sagte Peter leise.

Die Kastenwagen hielten am Waldrand. Einer der Fahrer öffnete die Tür, sprang aus dem Fahrerhaus und sprach mit dem anderen. Sie lachten, fühlten sich offenbar sicher.

Kurze Zeit später kam ein größerer Kastenwagen langsam über den Fahrweg gerollt. Er wendete in einiger Entfernung und fuhr rückwärts auf die anderen zu. Fahrer und Beifahrer begrüßten ihre Kumpane.

Von Halbert keine Spur. Enttäuschung machte sich in Richard breit. Zwar würden sie die Schleuser festnehmen und dem Spuk des Menschenschmuggels ein Ende bereiten – zumindest in dieser Region –, aber Halbert zu fassen wäre echt super gewesen.

Die sechs schienen auf etwas zu warten. In der Finsternis hoben sich ihre Silhouetten deutlich gegen den Nachthimmel ab. Peter fasste Richard am Ärmel und zeigte in Richtung Dorf. Dort leuchteten Scheinwerfer auf.

Richard hielt den Atem an. Konnte es sein, dass Halbert doch noch in die Falle ging?

Tatsächlich, ein Geländewagen rollte näher, dessen Lichter erstarben. Peters Ziehen an Richards Ärmel verstärkte sich. Der SUV blieb vor dem größeren Kastenwagen stehen, der Motor erstarb und ein Mann stieg aus.

»Das ist er«, flüsterte Richard.

Peter schluckte hörbar.

Halbert sprach nun mit den vieren, und der Beifahrer des Kastenwagens drückte ihm einen viereckigen, flachen Gegenstand in die Hand – vermutlich ein Umschlag mit Geld. Einer der Männer machte sich am Lastwagen zu schaffen. Plötzlich – ein herzerweichendes Wimmern.

Der Zeitpunkt war da, das Zugriffskommando zu geben, denn das Risiko, dass während des Einsatzes Flüchtlinge zwischen den Schleusern herumliefen, war zu groß. Per Handzeichen gab er Peter das Startsignal. Der hielt das Funkgerät bereits am Mund. »Zugriff! Zugriff! Zugriff!«

Richard zog seine Waffe. »Halt, Polizei!«, schrie er und brach aus dem Dickicht hervor. »Hände hoch!«

Drei Streifenwagen kamen mit Blaulicht und eingeschalteten Suchscheinwerfern auf sie zugerast, während Peter den Fluchtweg zum Wald versperrte. Zwei uniformierte Kollegen stürmten seitlich aus dem Wald, der Schäferhund des Hundeführers bellte aggressiv.

Das war leichter als gedacht, schoss es Richard durch den Kopf.

Aus der Mitte der sieben Männer stieß plötzlich jemand einen Warnruf aus, und alle rannten los – jeder in eine andere Richtung.

»Scheiße«, das war Peters Stimme.

Ohne weiter nachzudenken, setzte Richard hinter dem

her, den er für Halbert hielt. Hinter ihm fiel ein Schuss, Befehle wurden gebrüllt, das Bellen ging in ein wildes Knurren über, während der Mann vor ihm wie verrückt tiefer in den Wald hineinrannte.

Richard merkte sofort, dass er schneller war – er holte auf. Stockdunkle Nacht umgab ihn. Um eine Kollision mit einem Baum zu vermeiden, lief er mit vorgestreckter Hand weiter. Zweige peitschten ihm ins Gesicht. Dicht vor ihm Knacken und gehetztes Schnaufen. Weiter. Dranbleiben, sonst würde er ihn verlieren.

»Stehen bleiben oder ich schieße!«, rief Richard in der Hoffnung, der Flüchtende würde sich davon beeindrucken lassen. Doch der rannte unbeirrt weiter.

Eine Lichtung. Aber jetzt.

Richard schoss in die Luft. Keine Reaktion. Plötzlich warf sich die Gestalt herum. Vor ihm blitzte es auf. Ein Knall zerriss die Stille der Nacht.

Richard ließ sich fallen und feuerte mit seiner Waffe auf den dunklen Schatten ab. Ein Schuss nur.

Der Kerl ging zu Boden.

Hatte er getroffen oder war das eine Falle? Richard rappelte sich auf. Mit der Waffe im Anschlag näherte er sich dem dunklen Haufen auf dem Waldboden. Sein Herz pochte wie verrückt.

»Waffe weg!«, brüllte er.

»Hab keine.«

Richard zückte seine Taschenlampe und beleuchtete die Szene. Halbert lag auf dem Rücken, hielt sich den Oberschenkel. Blut sickerte zwischen seinen Fingern hindurch.

Richard erstarrte. Halbert hatte keine Waffe in der Hand. Sofort suchte er im Kegel des Lichtscheins nach ihr. Fehlanzeige. Verdammt, verdammt. Sie musste da sein.

»Alles okay?«, fragte Peter hinter ihm.

»Der Mistkerl hat auf mich geschossen, aber ich hab keine Ahnung, wo er seine Knarre gelassen hat«, keuchte Richard.

»Die find mer scho.«

Richard durchsuchte den Liegenden, wobei Peter ihn mit gezogener Pistole sicherte. Keine Schusswaffe. Aber er hatte doch das Mündungsfeuer gesehen und den Knall gehört. Soweit er feststellen konnte, hatte Halbert einen glatten Durchschuss erlitten. Hitze stieg an seinem Rücken auf, während Peter über Funk einen Rettungswagen anforderte. Einen erneuten Eintrag in seine Personalakte konnte er sich nicht leisten. Schwindel packte ihn.

»Guter Schuss übrigens, außer du wolltest ihn kill'n, dann war's a schlechter.«

Nein, Halbert zu töten hatte er nicht beabsichtigt, er wollte ihn nur an der Flucht hindern. In Richards Ohren rauschte das Blut.

Peter hielt einen Umschlag hoch. »Da is 'ne Menge Kohle drin.«

Aus dem Dunkel kam der Lichtkegel einer Taschenlampe auf sie zu. »Wir haben alle erwischt«, rief Tobias. »20 Flüchtlinge. Die werden gerade in unseren Bus verfrachtet. Wenn das kein Erfolg ist?«

In der Tat war es das, aber wenn sie keine Waffe fänden, säße er bis zum Hals in der Kacke.

42 MAXI

Genau wie die Dunkelheit verstärkte sich auch das schlechte Gewissen mit jedem Kilometer, den Maxi auf der Autobahn nach München zurücklegte. Dabei freute sie sich nicht einmal auf zu Hause. Pflichtgefühl war ihre vordringliche Motivation gewesen, in die alte Heimat zu fahren, denn die familiären Probleme dort konnte ihre Mutter nicht allein bewältigen.

Sie hätte sich an der Aktion in der Gleisenau beteiligen und die Einsatzbesprechung selbst leiten sollen, anstatt sich von Weidling die Butter vom Brot nehmen zu lassen. Als zukünftige Kommissariatsleiterin hatte sie vor allem administrative Aufgaben zu erfüllen, aber die durften sie nicht von den Geschehnissen im Außendienst entfremden.

»Du verlierst den Respekt deiner Kollegen, wenn du nicht mit ihnen vor Ort bist«, hatte ihr alter Chef gemahnt und auf ihre Tendenz angespielt, sich lieber im Büro einzuigeln. Er selbst war oft an den jeweiligen Tatorten zu finden gewesen, hatte sich stets eine eigene Meinung gebildet. Dabei hielt er sich dezent im Hintergrund, stand aber als Ansprechpartner und Rückhalt für sein Team stets zur Verfügung.

Weidling vertrat, wie in vielen Dingen, auch hier einen anderen Standpunkt, was die Führung eines Kommissariats anbelangte. Schon bei der Einsatzbesprechung hatte er klargemacht, dass diese Aktion Chefsache war und ein Erfolg auf sein Konto ginge. Nach seiner Pensionierung könne sie sich dann mit eigenem Ruhm bekleckern.

Richard Levin würde die Aufgabe meistern, beruhigte sie sich, obwohl Weidling ihn als unkontrollierbaren Draufgänger bezeichnet hatte.

Ihre Gedanken eilten ihr voraus, zu ihrer unselbstständigen Mutter, deren Leben sich nur um den pflegebedürftigen Mann drehte. Seit dessen Einsatz in Afghanistan, bei dem er in die eigene Schusslinie geraten war, saß er als ein vom Staat vergessenes Opfer im Rollstuhl. Seine Verbitterung saugte alle Lebenskraft aus ihrer Mutter. Tief in ihrem Inneren wusste Maxi, dass ihr Versetzungswunsch in die Provinz mehr als nur reinem Karrieredenken entsprungen war. Es war auch eine Flucht gewesen.

In Momenten wie diesen wünschte sie sich nichts sehnlicher als Geschwister zu haben, die ihr bei der Bewältigung dieser Last helfen würden.

Allerdings hatte sie in München genug Freunde und Kollegen, bei denen sie Trost und Ablenkung finden konnte, denn ihre ersten Wochen in Coburg waren alles andere als happy gewesen. Es war, als wäre sie vom Regen in die Traufe geraten. Rundherum glücklich sein war scheinbar ein Ding der Unmöglichkeit. Entweder zwickte es in München oder der Dienst stresste in Coburg. Sie lachte leise und drückte entschlossen aufs Gaspedal.

Das Handy klingelte, der Touchscreen flammte auf. Ein Blick auf die Nummer: Coburger Vorwahl, Festnetz. Sollte sie den Anruf annehmen? Sie hatte frei. Wozu gab es einen Kriminaldauerdienst?

Schließlich gewann die Neugier die Oberhand. Sie drückte auf das grüne Telefonsymbol und erwartete Levins Stimme zu hören. Stattdessen meldete sich Weidling und fragte: »Wo treiben Sie sich herum?«

»Ich bin auf dem Weg nach München. Morgen früh habe ich einen wichtigen Termin.« Das war gelogen, aber ihr Privatleben ging Weidling nichts an. »Was gibt es? Ist der Zugriff erfolgreich verlaufen?«

»Ein voller Erfolg. Die Schleuser wurden festgenommen, außerdem 20 Flüchtlinge aus Syrien, die nun untergebracht werden müssen.«

»Was ist mit Halbert?«

»Der liegt mit einer Schussverletzung im Krankenhaus. Ist aber nicht lebensbedrohlich.«

Eine schlimme Vorahnung befiel sie. »Wie ist das passiert?«

»Dreimal dürfen Sie raten.«

»Levin?«

»Richtig. Hat auf den Fliehenden geschossen und ihn von hinten erwischt.«

Sie schloss kurz die Augen, riss sie aber gleich wieder auf. Sie sollte einen Parkplatz ansteuern. »Von hinten?«

»Sag ich doch. Levin behauptet, Halbert habe zuerst auf ihn gefeuert. Das Dumme ist nur, dass bei ihm keine Waffe gefunden wurde.«

Etwas in ihr weigerte sich zu glauben, dass Halbert keine Waffe gehabt hatte. Nachts konnte man leicht etwas übersehen. »Gab es Schmauchspuren an seiner Hand?«

Eine Zeit lang hörte sie nur Weidlings Atmen. Schließlich sagte er: »Ich bin für eine sofortige Suspendierung Levins und möchte dazu Ihre Zustimmung.«

Welch raffinierter Schachzug von Weidling, sie beim Einheimsen der Lorbeeren heraushalten und beim Disziplinieren eines Kollegen mit einzubeziehen. Das Herz schlug ihr bis zum Hals. Was für ein grandioser Einstand in ihre neue Tätigkeit. Auf diese Weise würde sie das Vertrauen der ihr unterstellten Kollegen nie erlangen.

»Ist das nötig?«, fragte sie zaghaft.

»Absolut.«

»Ist Levin in der Nähe? Kann ich ihn sprechen?«

»Moment.«

Es dauerte eine Weile, bis sie Levins Stimme hörte, die angespannt und heiser klang. Maxi musste ihm eine Chance geben, sich zu rechtfertigen. »Schildern Sie mir, was passiert ist.«

Levin räusperte sich. »Halbert ist getürmt, ich hinterher. Meine Aufforderung stehen zu bleiben hat er ignoriert, selbst als ich einen Warnschuss abgab. Daraufhin hat er auf mich gefeuert und ich zurück. Ende der Story.«

Seine Knappheit ärgerte sie. Er könnte sich ruhig mehr ins Zeug legen, schließlich ging es um seine berufliche Zukunft. »Was ist mit seiner Waffe?«

»Weg.«

»Wie weg?«

»Hören Sie, hier draußen ist es stockdunkel. Wir setzen morgen früh die Suche fort.«

»Weidling sagte, Halbert wäre von hinten getroffen worden. Wie kann das sein?«

»Was weiß ich. Wahrscheinlich hat er sich umgedreht, um weiterzurennen. Ich schwöre, er hat auf mich geschossen.«

»Leiden Sie unter einer Posttraumatischen Belastungsstörung?«

Schweigen.

»Levin, so leid es mir tut, aber ich muss Sie in den Zwangsurlaub schicken, bis der Sachverhalt geklärt ist. Das ist Ihnen doch klar?«

»Verstehe.«

»Wirklich?«

Rascheln und Knacken in der Leitung. Weidling war wieder dran: »Ich behalte seinen Ausweis, die Marke und die Dienstwaffe ein. Schönes Wochenende.«

Grußlos beendete sie das Gespräch. Zum Teufel mit den beiden.

43 ASTRID

Astrid schreckte in ihrem Bett auf. Im Schlafzimmer war es stockdunkel, nicht der geringste Lichtschein fiel durch das Fenster herein – eine mondlose Nacht. Leises Schnarchen drang an ihr Ohr. Dort, wo früher Holger gelegen hatte, hatten jetzt die Hunde ihr Nachtquartier bezogen.

Die von ihrem Hausarzt verschriebenen Schlaftabletten hatten sie in einen todesähnlichen Schlaf versetzt, dem jeder Erholungseffekt fehlte. Doch das Bild, wie Holger vom Hochsitz stürzte, verfolgte sie zu sehr, als dass sie ohne die Pillen hätte einschlafen können.

Das Gefühl einer unmittelbaren Bedrohung, als wäre jemand im Raum, hatte sie geweckt. Diana lag neben ihr, schlief den Schlaf des Gerechten, und am Fußende erahnte sie die Umrisse von Rinos erhobenem Kopf.

Astrid lauschte. Im Zimmer war niemand, die Hunde hätten sofort angeschlagen. Es war die innere Unruhe, die sich während des Tiefschlafs aus dem schwarzen Loch gelöst hatte und nun vehement in ihrem Kopf hämmerte: »Komm, schau. Schau in das schwarze Loch. Dort liegt die Wahrheit verborgen«, rief die Stimme. »Schau hinein, und es wird dir besser gehen.«

Oh nein, das bezweifelte sie.

Am Abend zuvor hatte Toni ihr von Halberts Festnahme samt seiner Schleuserbande berichtet. Er sei angeschossen worden, aber leider am Leben geblieben. Sie hasste diesen Großkotz, und das fühlte sich viel besser an, als würde sie sich nur über ihn ärgern. Früher hatte sie gedacht, Hass sollte man anderen überlassen, und wer nicht lieben konnte, sollte auch nicht hassen dürfen. Außerdem verdienten die meisten Menschen diese großen Gefühle sowieso nicht.

Verdiente Halbert ihren Hass?

Ohne Zweifel. Denn er hatte schließlich ihre heile Welt zerstört, ihr geregeltes Leben bedroht, ihre glückliche Zukunft gefährdet. Die Kinder waren ihr höchstes Gut, und deren Unschuld galt es zu bewahren. Wie würden sie später, als Erwachsene, reagieren, wenn sie erführen, was für ein heuchlerisches Schwein ihr Erzeuger gewesen war? Noch konnte Astrid sie aus all dem heraushalten.

Sie unterdrückte den Impuls, ihr ganzes Elend herauszuschreien. Verzweiflung und Angst sprangen sie wieder an.

Sie sollte die Ereignisse von gestern Abend zum Anlass nehmen, sich nicht länger selbst zu quälen, sondern sich über den Ausgang freuen. Welche Genugtuung, dass Halbert, die Wurzel allen Übels, endlich das bekommen würde, was er verdiente.

Toni wusste alles, was im Wald vor sich ging, und das teilte er ihr jedes Mal umgehend mit. Auch gestern war er am Ort des Geschehens gewesen. Dieser Levin hatte Halbert zur Strecke gebracht, und instinktiv spürte sie, dass der Kommissar auch ihr gefährlich werden könnte.

Levin würde Halberts Lügengebäude zum Einsturz bringen, dessen war sie sich sicher. Vom Imperium dieses Playboys würde nichts übrig bleiben. Und auch die Schlampe an seiner Seite würde mit ihm untergehen. Geschah den beiden ganz recht. Sie hatte mit Holger geschlafen, in ihrem Forstbezirk, auf ihrer Kanzel, in ihrem Reich. Von sich aus hätte Astrid das nie in die Öffentlichkeit getragen, aber nun würde bald jeder wissen, was für ein Gaunerpärchen die Halberts waren.

Hoffentlich würde Halbert den Mord an Holger gestehen und auch verraten, wo das Geld abgeblieben war.

Sie horchte hinaus in die Dunkelheit. Wie spät war es eigentlich? Kurz vor Sonnenaufgang, ideal für einen Morgenansitz. Sie stand auf, zog sich an und forderte Diana auf, sie zu begleiten. Die ließ sich das nicht zweimal sagen und hüpfte nervös um sie herum, und weil Rino herzerweichend winselte, nahm sie ihn ebenfalls mit. Damit konnte sie den Ansitz vergessen, denn die Chancen auf einen Jagderfolg waren mit zwei Hunden äußerst gering. Der Gewohnheit gehorchend nahm sie ihr Gewehr dennoch mit. Man wusste schließlich nie, was einem auf der Jagd alles widerfahren konnte.

Als sie aus dem Haus trat, schlug ihr frische Morgenluft entgegen, eine Amsel tschilpte aufgeregt. Im Osten deutete ein grauer Streifen den bevorstehenden Sonnenaufgang an. Das war die schönste Zeit im Wald. Sie marschierte los und schlug den Weg zu der Stelle ein, wo gestern die Festnahmen erfolgt waren.

Das Grau ging in ein zartes Orange über. Um diese Zeit waren viele Tierarten auf Futtersuche unterwegs. Rino und Diana zogen, mit den Nasen im Wind, an der Doppelleine munter vorwärts.

Kurz vor ihrem Ziel blieb sie stehen. Auf dem Wegrain zeugten die Spuren davon, dass an dieser Stelle vor Kurzem viele Menschen gewesen waren. Schade, dass sie Halberts Festnahme nicht hatte miterleben können.

Rino nahm eine Spur auf und führte sie zu einem dunklen Fleck auf dem Waldboden: Blut – Halberts Blut. Hier also war er zu Boden gegangen.

Plötzlich zog Diana sie tiefer in den Wald hinein. Bestimmt hatte sie etwas Interessantes gerochen – keine Spur, denn Diana hielt den Kopf hoch –, sondern etwas, das der Wind mit sich trug. Schon nach wenigen Metern blieb die treue Hündin stehen und wedelte aufgeregt mit der Rute.

Das durfte doch nicht wahr sein. Vor ihr auf dem Waldboden lag ein Revolver. Wem der wohl gehörte? Bestimmt keinem Polizeibeamten, denn die trugen in der Regel Pistolen.

Könnte das Halberts Waffe sein?

Genau, so musste es sein. Sie sollte den Revolver mitnehmen und dafür sorgen, dass er nicht in falsche Hände geriet. Schließlich gab es schon genug illegale Waffen in Deutschland. Nachdem sie den Fundort mit einem Stöckchen markiert hatte, machte sie sich auf den Heimweg, jedoch nicht ohne vorher Diana ausgiebig gelobt zu haben. Levin würde sich freuen, wenn sie ihm den Revolver übergab.

Zu Hause angekommen legte sie die Waffe zu den anderen in ihren gepanzerten Waffenschrank. Eine Zeit lang starrte sie auf das Kombinationsschloss. Erst als sie Rinos kaltfeuchte Nase an ihrer Hand spürte, erinnerte sie sich an ihre Pflichten. Wie jeden Morgen füllte sie auch heute die Fressnäpfe mit Hundefutter, das in null Komma nichts in den Mäulern verschwand, und obwohl kein Krümelchen mehr übrig war, klapperte Diana noch eine Weile mit ihrer Schüssel auf den Küchenfliesen herum.

Zeit für einen Kaffee, und danach würde sie Levin anrufen.

44 MAXI

Dass Weidling Levins Suspendierung anstrebte, hatte Maxi eine schlaflose Nacht beschert, weshalb sie schon in aller Herrgottsfrühe zurück nach Coburg fuhr, nicht ohne ihren Eltern versprochen zu haben, nächstes Wochenende wiederzukommen. Das schlechte Gewissen, sie im Stich gelassen zu haben, begleitete sie. Im Grunde hätte sie sich niemals von München wegversetzen lassen sollen. Was nützte ihr eine glanzvolle Karriere, wenn sie dabei unglücklich war?

In der Polizeiinspektion war mehr los als gewöhnlich. Wegen einer angekündigten Demonstration herrschte bei der Schutzpolizei im Erdgeschoss Hochbetrieb. Tobias Schneider kam ihr entgegen und überschüttete sie sofort mit seiner Sicht der Ereignisse des Vorabends. Ob Levin tatsächlich von hinten auf den unbewaffneten Halbert geschossen hatte, konnte Schneider allerdings nicht sagen.

»Wir haben bei Halbert keine Waffe gefunden«, sagte er. »Heute früh waren wir mit Levin an der Stelle und haben alles abgesucht. Nichts. Ich glaube allmählich, Levin ist sich selbst nicht mehr ganz sicher, was wirklich passiert ist.«

»Wo ist er?«

»Keine Ahnung. Wenn's um sein Privatleben geht, ist er verschlossen wie mein Waffenschrank. Er meinte nur, dass die Suspendierung durch Sie nicht in Ordnung gewesen sei, aber das ginge ihm am Arsch vorbei – pardon.«

Schneider sah sie herausfordernd an. Sie verstand. Er hielt zu Levin und vermutlich taten das die restlichen Kollegen auch. Beinahe war sie versucht, sich zu rechtfertigen, denn immerhin hatte Weidling ihr das eingebrockt, aber sie fing sich wieder. Würde sie ihm die alleinige Schuld zuweisen, könnte ihr das als Schwäche und faule Ausrede ausgelegt werden. Sie hätte sich von Anfang an verweigern und für Levin stark machen sollen.

Trotzig reckte sie ihr Kinn vor. »Die Untersuchung wird zeigen, ob die Maßnahme gerechtfertigt war oder nicht. Sie waren doch dabei und müssten mitgekriegt haben, ob er einen Warnschuss abgegeben hat?«

»Hm«, machte Schneider und fuhr sich mit einem Zeigefinger in den Hemdkragen. »Kann sein, aber genau weiß ich das nicht, weil noch woanders geschossen wurde. Einer der Schleuser wollte sich den Weg zu einem der Lastwagen freischießen. Er konnte aber überwältigt werden, ohne dass es Verletzte gab.«

»Wenigstens etwas.«

»Peter Weingarth war auch dabei, vielleicht weiß der mehr. Er ist gerade oben beim Weidling.«

»Wohin wurde Halbert gebracht?«

»Ins Landkrankenhaus Coburg – unter Bewachung. Der macht ein Mordsgetue um seine Schusswunde. Aber nicht mehr lange. Morgen wird er in die JVA Kronach verlegt. Ist bereits alles in die Wege geleitet.«

»Ich fahre gleich mal zu ihm.«

Schneider öffnete den Mund, aber sie winkte ab. »Allein. Danke. Schönes Wochenende.« Damit ließ sie ihn stehen und stieg die Treppe hinauf. Sie musste mehr Details in Erfahrung bringen, bevor sie Halbert befragen konnte.

»Danke«, rief ihr Schneider hinterher. »Aus dem schönen Wochenende könnte sogar was werden. Die Demo ist abgesagt.«

Gott sei Dank. Auf so etwas konnte Coburg gut verzichten. Im Obergeschoss fand sie Peter Weingarth und Franz Biesenecker in Akten vertieft. Mit einem fetten Grinsen im Gesicht stand Weidling neben den beiden. Entgegen sonstiger Gewohnheit änderte sich das auch nicht, als er sie erblickte. In Oberlehrermanier wiederholte er, was sie sowieso schon wusste, fügte aber noch hinzu, dass einer der albanischen Schleuser ausgepackt habe. Demnach gab es einen Oberboss, der eng mit Halbert zusammengearbeitet habe. Einzelheiten darüber wisse er natürlich nicht. Sie ahnte, Weidling würde sich diesen Erfolg ans eigene Revers heften, gleichwohl er Levin zuzuschreiben war.

Ihr Navi lotste sie zu dem Krankenhaus, und die Dame an der Rezeption verriet ihr, wo Halbert untergebracht war. Vor dessen Zimmer saß ein Polizist, der sofort aufsprang und sie mit einem freundlichen »Hallo« begrüßte.

»Hallo. Sie kommen mit rein. Ich brauche einen Zeugen.«

In halbsitzender Stellung, das rechte Bein dick verbunden und auf einem Gestell liegend, fuhrwerkte Halbert mit einem Zeigefinger wild auf dem Touchscreen eines Tablet-Computers herum und blickte nur kurz auf. »Zeit, dass endlich jemand auftaucht. In dem Puff funktioniert aber auch gar nichts. Wo bleiben mein Kaffee und der Kuchen? Saftladen.« Und schon war sie abgemeldet.

»Was glauben Sie, wo Sie sind?«, fragte Maxi leicht verärgert und zugleich amüsiert. »Im Grandhotel?«

»Ich habe einen Anspruch darauf, ordentlich versorgt zu werden.«

»Warum klingeln Sie nicht? Dann wird schon jemand kommen.«

»Habe ich doch! Sogar mehrmals! Sind Sie denn keine Krankenschwester?«

»Sehe ich so aus?«

Halbert ließ das Tablet auf die Bettdecke sinken. »Und? Mit wem habe ich das Vergnügen?«

»Ob es ein Vergnügen wird, wage ich zu bezweifeln. Kriminalrätin Maxi Frohn.«

Halberts Mund klappte auf und zu. »Na, toll. Was wird mir vorgeworfen?«

»Wie Ihnen sicher schon bei der Festnahme mitgeteilt wurde, das Einschleusen von Flüchtlingen, Widerstand gegen Vollstreckungsbeamte, Schusswaffengebrauch in Tateinheit mit illegalem Führen einer Schusswaffe.«

»Mehr nicht? Also erstens habe ich von all dem nichts gewusst. Ich war nur dort, weil ich mitbekommen habe, dass jemand unberechtigt meine Lkw bewegt, und wollte nachsehen, was damit getrieben wird. Und zweitens habe ich keine Schusswaffe dabeigehabt und kann folglich auch nicht geschossen haben.«

Sie nickte bedächtig. »Kann sein, dass sich die Vorwürfe noch erweitern.«

Er winkte ab. »Mir wurscht. Ihr sauberer Kollege hat mir ins Bein geschossen, obwohl ich unbewaffnet war.« Sein hochrotes Gesicht zeigte, wie wütend er darüber war. »Das wird Konsequenzen haben! Wer weiß, vielleicht bleibt eine Behinderung zurück.«

»Ich habe schon Schlimmeres gesehen. Der Kollege hätte auch auf Ihren Körper zielen können. Insofern haben Sie sogar Glück gehabt.« Sie setzte sich an den Rand des freien Bettes neben Halbert, während ihr Kollege nach wie vor die Tür sicherte. »Er hat zuvor einen Warnschuss abgegeben«, sagte sie, als sei es eine Tatsache, in der Hoffnung, Halbert würde darauf hereinfallen.

»Und wenn schon. Was ändert das? In Panik überhört man einiges«, sagte er ausweichend.

»Einen Schuss wohl kaum. Warum haben Sie auf ihn geschossen?«

»Womit denn?«

Sackgasse. Sie musste das Thema wechseln und es später erneut aufgreifen. »Was war mit dem Geld?«

»Welchem Geld?«

»Das in dem Umschlag.«

»Sie sprechen in Rätseln.«

Maxi stand auf, ging zum Fenster und sah hinaus auf das Coburger Vorstadtgebiet. »Wenn es Ihnen nicht gehört, wem dann? Den armen Flüchtlingen, die ihr Leben aufs Spiel setzen, bestimmt nicht.«

»Das ist denen ihr Problem. Die kommen doch nur her, weil sie meinen, bei uns fliegen ihnen die gebratenen Tauben ins Maul.«

»Daran, dass diese Menschen vielleicht nur einen Ort suchen, an dem sie in Frieden leben können, haben Sie wohl noch nicht gedacht?« Sie drehte sich um und sah ihn wieder an. »An das Geld kommen Sie sowieso nicht mehr ran. Wofür war es bestimmt?«

»Hören Sie, ohne meinen Anwalt sage ich kein Wort mehr.«

»Den werden Sie auch brauchen, denn einer Ihrer Komplizen hat bereits ein umfassendes Geständnis abgelegt.«

»Für wie blöd halten Sie mich eigentlich? Auf den Trick falle ich nicht herein.«

»Ihnen sollte klar sein, dass das Spiel aus ist. Wir haben alles in der Hand, was wir gegen Sie brauchen, kapiert? Kooperationsbereitschaft ist die einzige Möglichkeit, um Ihre Lage zu verbessern. Sie hatten das doch gar nicht nötig? Wieso haben Sie sich überhaupt mit denen eingelassen?«

Er streckte sich. »Also gut. Dann bleibt mir wohl keine andere Wahl. Es war ein Fehler von mir, zum Übergabeort zu fahren, aber die Kerle schuldeten mir Geld. Wie es dazu gekommen ist? Geldnot. Die haben Transportmöglichkeiten gesucht und ich habe sie ihnen verschafft. So einfach ist das. Ich habe aber schnell gemerkt, auf was ich mich da eingelassen hatte. Zwei Tote sind kein Pappenstiel.«

»Zwei?«

»Erst neulich ist ein Kind bei einem Unfall ums Leben gekommen.«

»Die Kinderjeans, die Levin bei Ihnen gesehen hat?«

»Ja, genau.«

»Meiner Meinung nach tragen Sie eine Mitschuld, wenn auch nur eine moralische.«

Halbert strich die Bettdecke glatt. »Ja, ich weiß. Den ersten Toten gab's in der Nähe unseres Treffpunkts. Er war krank und entkräftet. Sie haben ihn einfach rausgeschmissen und verrecken lassen. Danach wollte ich aussteigen, aber sie haben mir gedroht, mich zu verpfeifen. Da habe ich zum ersten Mal gemerkt, auf was ich mich eingelassen hatte. Als das mit dem Kind passierte, war endgültig Schluss. Ich wollte nur noch das Geld für die letzte Fuhre.«

Er sah zerknirscht aus und fast hätte Maxi ihm sein reumütiges Verhalten abgekauft. »Und welche Rolle spielte Mechtinger dabei?«, fragte sie. »Sie haben ihm Geld geschuldet.«

Halbert seufzte laut. »Holger hat mir vor einiger Zeit 50.000 Euro geliehen, die er aus der Kasse des Jagdverbandes abgezweigt hatte. Er wollte es zurückzahlen, damit keiner was merkt. Einfach scheiße gelaufen das Ganze.«

»Mit dem Geld der Schleuser wollten Sie also die Schuld bei Mechtinger begleichen.«

Er schlug mit der flachen Hand auf die Decke. »Ich wollte raus aus dem ganzen Mist. Wie oft denn noch?«

»Und als die Schleuser nicht zahlten, haben Sie Mechtinger erschossen? Hat er Sie erpresst?«

»Um Himmels willen, nein! Es stimmt, ich bin pleite, und als ich ihn vertröstete, ist er fuchsteufelswild geworden. Aber erschossen habe ich ihn nicht.«

»Wir werden darauf zurückkommen, Herr Halbert«, sagte sie kalt. »Das Geld kam also zwei Wochen zu spät, richtig?«

»Ja. Deshalb bin ich ja selbst hin, sonst hätte ich wieder keinen Cent gesehen.«

»Hatten Sie eine Waffe dabei, um Ihrer Forderung Nachdruck zu verleihen?«

Halbert stutzte zuerst, und verzog dann den Mund zu einem verschmitzten Lächeln. »Nein, nein, Frau Frohn. So nicht.«

Schade, dass er sich nicht hatte aufs Glatteis führen lassen. »Sie besitzen doch Waffen.«

»Die sind alle registriert. Ich bin Sportschütze, kein schießwütiger Cowboy. Und wenn Sie sich fragen, woher die Schmauchspuren an meiner Hand kommen – ich habe

kurz davor im Schützenverein geübt, was mehrere Vereins-
mitglieder bestätigen können.«

Was für ein Zufall. »Wir werden Ihre Aussage und die
Waffen überprüfen, dann wird sich herausstellen, ob eine
fehlt und aus welcher geschossen wurde.«

»Zwei fehlen. Ein Revolver und ein Gewehr.«

»Aha?«

»Das Gewehr habe ich verliehen und den Revolver …«,
er schluckte deutlich, »den habe ich … verlegt.«

»Verlegt? Einen Revolver?«

»Ich sagte bereits, dass ich schießen war. Vielleicht habe
ich ihn am Schießstand vergessen.«

Halbert war mit allen Wassern gewaschen. Aber es würde
ihm nichts nützen. »Auch das lässt sich nachprüfen. Den
Namen des Freundes, dem Sie das Gewehr überlassen haben,
hätte ich gern gewusst.«

Er sah sie lange an. »Das werden Sie mir nicht glauben.«

45 RICHARD

Richard fuhr zu Oma Elke nach Fischbach bei Nürnberg.
Deren Ruhe und Abgeklärtheit brauchte er jetzt. Auf der
Rückbank seines Audi A3 lag der Hund der Familie Bauer.
Im Grunde ahnte er, dass der scheue Border-Collie-Misch-

ling letztlich an ihm hängen bleiben würde, außer er brächte ihn ins Tierheim. Oma Elke hatte immer Hunde gehabt, lebte in einem Haus mit eingezäuntem Garten und besaß eine Dackelhündin. Bei ihr würde er zumindest übergangsweise gut aufgehoben sein.

Richard war klar, dass seine Suspendierung nicht lange aufrechterhalten werden konnte, denn er hatte sich gesetzeskonform verhalten. Halbert hatte sich seiner Festnahme entzogen, obwohl Richard ihm den Schusswaffengebrauch angedroht und sogar einen Warnschuss abgegeben hatte. Ihn mit Waffengewalt an der Flucht zu hindern, war demnach folgerichtig gewesen. Zudem hatte Halbert auf ihn geschossen. Zu dumm, dass die verdammte Waffe unauffindbar blieb.

Auf die Idee, dass Halbert sie weggeworfen haben könnte, war sogar Peter gekommen. Er hatte verkündet, die Suche danach heute aufzunehmen, und versprochen, ihn sofort anzurufen, sollte sie gefunden werden. Vielleicht fanden sie auch die Patronenhülse, allerdings nur, wenn es sich um eine Pistole gehandelt hatte, bei einem Revolver blieb diese im Magazin stecken. Die Kugel zu finden war, wie bei Mechtinger, im Wald hoffnungslos.

Leider hatte Peter sich bisher noch nicht gemeldet. War am Ende doch keine Waffe im Spiel gewesen, und er hatte sich das alles nur eingebildet? Litt er an einer Posttraumatischen Belastungsstörung, wie von der Frohn geäußert? In diesem Fall wäre es möglich, dass ihm sein Gehirn Erinnerungsfetzen vorspielte und Ereignisse in die Wirklichkeit hineindichtete, weshalb er in Extremsituationen falsche Entscheidungen traf. Die Konsequenz wäre, dass er seinen geliebten Beruf an den Nagel hängen müsste, weil er ein unkalkulierbares Risiko darstellte.

Oma Elkes Häuschen lag am Rand des Nürnberger Ste-
ckeleswalds, und wie immer, wenn er zu ihr fuhr, freute
er sich auf die friedvolle Atmosphäre dort. Nicht, dass
Oma Elke und er immer einer Meinung gewesen wären –
vor allem nicht in seinen Jugendjahren –, aber ihre weisen
Ratschläge und ihr gütiges Wesen schätzte er sehr. Auch
das gemütliche Häuschen liebte er, hatten er und sein Bruder doch viel Zeit darin verbracht, zuerst als seine Mutter
erkrankte und dann vor allem nach ihrem Tod.

Da der Hund noch nicht gut zu Fuß war, hob er ihn
aus dem Auto und setzte ihn in Oma Elkes Vorgarten
ab. Kaum hatte er geklingelt, öffnete sich die Haustür,
und unter lautem Gebell kam die Dackelhündin heraus-
geflitzt. Sofort entstand ein Gewirr aus haarigen Beinen,
Ohren und Schwänzen, untermalt von wildem Knurren.
Er pflückte die Furie vom Boden auf, die sich gar nicht
beruhigen wollte. »Hallo, Oma Elke. Die hat ganz schön
Dampf drauf.«

»Ist halt ein richtiger Kampfdackel.«

»Na, wohl eher ein Dampfkackel.« Sie lachten beide.
Oma Elke bückte sich zu dem Neuling, der sie misstrau-
isch beäugte. »Und du kleiner Racker sollst also für eine
Weile bei mir einziehen.« Sie wandte sich Richard zu: »Wie
heißt er denn?«

»Sammy.«

Oma Elke lud ihn ein, noch auf einen Kaffee zu bleiben.
Das obligatorische Stück Marmorkuchen verdrückte er mit
großem Genuss. Aus dem Augenwinkel sah er, dass sie ihn
ausgiebig musterte.

»Was ist los?«, fragte sie gerade heraus.

»Nichts weiter. Hatte nur ein bisschen Ärger im Dienst.«

»Soso.«

Er seufzte innerlich. Der alten Dame blieb nichts verborgen. Sie hätte Richterin werden sollen, denn ihre Art, die Motivation für ein Handeln zu hinterfragen, hätte ihr sicherlich geholfen, gerechte Urteile zu fällen.

Oma Elke war ein Kind des Zweiten Weltkriegs, aufgewachsen in Trümmern. Trotz mancher Rückschläge hatte sie sich immer durchgebissen und versucht, ihrem Leben etwas Positives abzugewinnen. Das, und ihr sonniger Charakter waren wahrscheinlich der Grund, warum er sich so wohl bei ihr fühlte.

Er erzählte ihr von Mechtinger, wobei er seine Suspendierung verschwieg. Sollte sie Bestand haben, würde er das zuerst einmal mit sich selbst ausmachen müssen.

»Was für ein Durcheinander«, sagte sie, als er geendet hatte. »Menschen gibt's. Wie kann man sich bloß am Elend anderer bereichern? Glaubst du, dieser Halbert ist der Mörder?«

»Geldgier war schon immer ein gutes Motiv.«

»Die arme Frau. Wie sehr muss sie unter ihm gelitten haben.«

»Wen meinst du?«

»Na, die Frau des Opfers.«

»Die Frau Mechtinger? Die wusste nichts von seinen Eskapaden.«

»Sagt sie.« Oma Elke lehnte sich zurück. »Ihr Männer denkt immer, wir Frauen sind blöd und merken nicht, wenn ihr uns belügt. Glaube mir, wir kennen unsere Pappenheimer.«

Mit einem Küsschen auf ihre Wange verabschiedete er sich. Dominik und das Mittelalter erwarteten ihn. Während der Fahrt dorthin checkte er mehrmals, ob eine Mail auf seinem Handy eingegangen war. Als er endlich am vereinbarten Treffpunkt ankam, hielt er es nicht länger aus. Sobald er auf der Wiese geparkt hatte, schrieb er an Peter: »Und? Gefunden?«

Keine Antwort. Nervös fuhr sich Richard durch die Haare. Durch die Windschutzscheibe sah er Dom in voller Rittermontur, das Schwert auf den Rücken geschnallt, auf sich zukommen.

»Nein«, antwortete Peter endlich. »Sorry.«

Scheibenkleister, aber bekanntlich starb die Hoffnung zuletzt. Er öffnete die Autotür und stieg aus.

»Noch nicht umgezogen?«, fragte Dom überflüssigerweise.

»Mach ich gleich. Hast du's schon gehört?«

»Mach zu, wir haben's eilig.«

Entweder hatte Dominik ihn überhört oder er war mit seinen Gedanken woanders. »Immer mit der Ruhe. Wir machen keine Theatervorstellung, wo's auf die Minute ankommt.« Trotzdem hievte er seine Sachen aus dem Kofferraum. »Gibt's irgendwo eine Möglichkeit sich umzuziehen?«

»Da vorne«, sagte Dom und setzte sich in Bewegung. »Was soll ich gehört haben?«

Richard freute sich auf Doms Reaktion. »Wir haben die Schleuserbande.«

Abrupt blieb der Freund stehen. »Saustark. Den Halbert auch?«

»Jep.«

Dominik klopfte ihm auf die Schulter, dass es nur so schepperte. »Das musst du mir genauer erzählen. Die Monika ist übrigens auch da.«

Wer die wohl mitgeschleppt hatte. Bestimmt Doms Frau, die ihn unbedingt mit der Gerichtsmedizinerin verkuppeln wollte. »Schön«, sagte er deshalb nur.

Erstaunlicherweise waren doch etliche Zuschauer gekommen. Damit hatte Richard nicht gerechnet, zumal außer ihrer Vorführungen nichts Anderes auf dem Programm stand. Das war bei den großen Ritterspielen ganz anders, denn die fanden meist auf einer Burg statt, während hier bei ihnen nur eine Schlosswiese als Kulisse diente. Ein Bratwurststand war bereits in Betrieb, aber die Bänke vor einem kleinen Bierzelt waren nur schwach besetzt.

»Wer gewinnt heute?«, fragte Dominik.

Das fragte er jedes Mal, und immer hatte Richard den Kürzeren gezogen. »Dieses Mal bin ich dran.«

»Geht nicht. Seit wann siegt der Böse?«

»Wie wär's, wenn wir die Rollen mal tauschen? Mir ist heute so richtig nach Draufhauen zumute.«

»Heb dir das lieber für später auf. Am Ende schneidest du mir noch mein wertvollstes Teil ab.«

Sie hatten Dominiks Frau Lena und Monika Lange erreicht, die ihnen freundlich entgegenlächelten. Richard erwiderte ihre Umarmungen und musste zwei nasse Küsschen auf die Wangen über sich ergehen lassen.

»Wie geht's denn so in deiner Rechtsmedizin?«, fragte er Monika. »Gab's ein paar interessante Obduktionen?«

»Jede Menge sogar. Wie kommst du mit dem Fall Mechtinger voran?«

»Kann sein, dass wir den Mörder haben.«

»Also doch kein Unfall? Mir ging die Geschichte nämlich nicht aus dem Kopf.«

»Ein Experte hat das Szenario nachgestellt. Einen Unfall können wir leider immer noch nicht ganz ausschließen.« Er dachte an das, was Oma Elke gesagt hatte. »Kannst du dir vorstellen, Monika, dass eine Ehefrau von den Seitensprüngen ihres Mannes jahrelang nichts ahnt?«

»Da müsste sie schon ziemlich naiv sein.« Monika lachte. »Bei Außendienstmitarbeitern oder Geschäftsreisenden, die nur die schnelle Nummer suchen, wäre das durchaus möglich, längerfristige Beziehungen lassen sich aber kaum geheim halten. Eine Frau spürt so etwas instinktiv.«

»Verstehe.«

Monika fasste ihn am Arm. »Sag mal, hast du was? Irgendetwas stimmt mit dir nicht.«

Sah man ihm seine Frustration an? Richard gab sich einen Ruck. Wenn nicht seinen Freunden, wem dann sollte er von seiner Suspendierung erzählen?

»Na sauber. Das ist nicht in Ordnung«, meinte Dom, nachdem Richard geendet hatte.

»Was soll ich dagegen machen?« Weiter kam Richard nicht, denn sie wurden über Lautsprecher bereits angekündigt. Die Rüstungsteile waren aus Leichtmetall und viel beweglicher als ihre historischen Vorbilder. Das Schwert wog allerdings auch heute noch schwer, war aber gut ausbalanciert. Sie begaben sich in ihre Ausgangsposition und riefen sich die einstudierten Beleidigungen zu, während ein Vereinskollege den Zuschauern die historischen Hintergrundinformationen lieferte. Wie verabredet, ließ er sich am Ende des Kampfes fallen und Dominik wurde als Sieger proklamiert. Der abschließende Applaus galt allerdings beiden.

Die Zuschauer lachten, als sie vom Platz humpelten. Genau so sollte es sein.

Ausruhen, ein Bier, drei Nürnbercher Bratwürscht in 'am Weggla, historisch nicht authentisch, aber gut – und dann zum Rollenspiel. Die schweren Metallschwerter vertrauten sie den beiden Damen an und griffen zu den viel leichteren Schaumstoffschwertern. Richard war mit der Welt versöhnt, denn Weidling-Eins und Weidling-Zwei waren weit weg – für heute wenigstens.

Im Rollenspiel ging es um die Eroberung des Schlösschens, und bald folgte die zu erwartende Keilerei, aus der sich Richard in seiner Rolle eigentlich heraushalten wollte, hätten ihn zwei Söldner nicht provoziert. Gerade als er die kleine Rauferei beenden und sich abwenden wollte, sah er aus den Augenwinkeln einen vermummten Henker mit einem großen Beil auf sich zukommen. Nanu, das stand aber nicht im Skript. Kurz bevor der Henker ihn erreichte, ließ er das Beil fallen, griff in seine Kutte und zückte einen langen Dolch.

»Gefahr!«, schrie es in Richard.

Zu spät. Ein stechender Schmerz schoss von seiner Schulter bis in die Fingerspitzen. Der Kerl hatte ihn mit einer echten Waffe angegriffen. Adrenalin jagte durch seine Adern, nahm ihm den Schmerz. Angriff oder Flucht. Er fuhr herum, um sich dem Angreifer zu stellen.

Einen erneuten Stoß mit dem Dolch konnte Richard gerade noch mit dem Unterarm abblocken. Dem nächsten wich er durch eine schnelle Körperdrehung aus.

Was nun? Die Zuschauer mussten glauben, das gehöre zum Stück. Verzweifelt rief er nach Dominik.

Schweiß brach ihm aus. Er hörte nur noch ein Rauschen, war voll auf seinen Gegner konzentriert. Der holte zum nächsten Stich von oben aus. Richard warf sich ihm entgegen, um ihn am Handgelenk zu fassen. Mit aller Kraft drückte er den Arm des Angreifers nach hinten und stellte gleichzeitig ein Bein hinter das seines Gegners. Der verlor das Gleichgewicht. Bloß nicht loslassen, schoss es ihm durch den Kopf. Der Henker fiel auf den Rücken. Sofort setzte Richard ihm ein Knie auf den Brustkorb. Mit voller Wucht hieb seine Faust gegen das Kinn des Mannes und setzte ihn damit außer Gefecht.

Heftig keuchend fuhr eine Hand an seine Schulter und fühlte den feuchtwarmen Stoff seines Hemdes – Blut. Ihm wurde schwindelig.

Monika kam auf ihn zugerannt, während Dominik sich aus einem Stapel Angreifer herauswühlte, ungläubiges Erstaunen im Gesicht.

Um Richard begann sich alles zu drehen.

46 ASTRID

Auf ihrem Büroschreibtisch stapelten sich Berge von Papier, durch die Astrid sich gequält hatte, während der Weihnachtsstern unter dem gekippten Fenster traurig seine Blätter hängen ließ. In den letzten Tagen war ihr viel durch den Kopf gegangen, und sie hatte schlichtweg vergessen, die Pflanzen im Haus zu gießen. Das würde sie bald nachholen. Vorsichtig schlürfte sie einen Schluck von dem heißen Zitronentee mit Honig.

Ihr gegenüber saß Karin, ungekämmt und nur mit T-Shirt und leichter Hose bekleidet. Wahrscheinlich hatte sie aus Mallorca nur Sommerkleidung mitgebracht. In der Hand hielt sie eine Coladose, die sie auf Astrids Schreibtisch abstellte. Mal sehen, ob sie die später wegräumen würde.

Natürlich hatten sie Halberts Festnahme und die damit verbundene Hoffnung diskutiert, dass nun endlich Ruhe in ihr Leben einkehren würde. Eigentlich sollten sie sich darüber freuen, aber inzwischen hatte sich eine Mauer des Misstrauens zwischen ihnen aufgebaut. Dies beunruhigte Astrid zutiefst, denn eine Trennung von Karin würde sie nur schwer verkraften.

Gewiss ging ihr die Schwester mit ihren Problemchen und ihrer Oberflächlichkeit oft auf die Nerven, aber damit konnte sie leben, zumal sie wirklich an ihr hing. Auch schien Karin endlich erwachsen geworden zu sein. Als diese damals im Streit ausgezogen war, hatte mit ihrem Weggang auch Astrids psychischer Stress nachgelassen. Sie konnte sich heute kaum noch vorstellen, dass sie damals Karins Auswanderung als Erleichterung empfunden hatte, denn jetzt war sie froh, sie um sich zu haben.

»Wird Halbert den Mord an Holger zugeben?«, fragte Karin, die Augenlider zu schmalen Schlitzen verengt.

»Ich hoffe es.«

»Meinst du, er war's?«

Solange Halbert nicht verurteilt war, würde es keine Ruhe geben. Die Wahrheit musste ans Licht kommen, um endlich einen Strich unter das Ganze ziehen zu können. »Zweifelst du etwa an seiner Schuld?«

»Nicht im Geringsten. Ich will nur wissen, ob du einen anderen verdächtigst.«

Die Frage bestürzte Astrid. Wer, außer Halbert, könnte noch schuld an ihrem Elend sein? Hat Halberts Frau Holger vom Hochsitz geschossen, weil er mit ihr Schluss machen wollte? Oder dieser Paschke, der die Kanzel zerhackt hat?

Ihre Gedanken wirbelten durcheinander. »Nein, mir fällt keiner ein. Dir vielleicht?«

Karin schüttelte den Kopf, und ein Lächeln der Erleichterung legte sich auf ihren zuvor verkniffenen Mund. »Nee, mir auch nicht. Ich dachte nur …«

»Wenn du schon denkst.«

Beide lachten entspannt – ein gutes Gefühl.

»Wenn es Halbert nicht war, muss es ein Unfall gewesen sein«, sagte Astrid bestimmt. »Holger hatte den Abzug eingestochen, um, falls nötig, sofort nachschießen zu können. Beim Abbaumen ist ihm das Gewehr runtergefallen.«

»Wäre möglich.« Karins Lächeln verflog und ihr Gesicht bekam einen lauernden Ausdruck. »Toni kriegt doch alles mit, was im Wald passiert, oder?«

Und er erzählt es mir, dachte Astrid. »Worauf willst du hinaus?«

»Warum hat er dich nicht darüber informiert, was Halbert dort getrieben hat?«

»Gute Frage.« Astrid strich über Dianas samtweichen Kopf, den diese auf einem ihrer Oberschenkel abgelegt hatte. Nicht nur über Halbert, lange würde es nicht dauern und Karin zählte eins und eins zusammen. »Natürlich wurde im Dorf über die Fahrzeuge am Waldrand geredet, und es gab auch eine Anzeige wegen eines Flurschadens, den ein Lkw verursacht haben sollte. Die Gerüchteküche begann aber erst richtig zu brodeln, als der Tote gefunden wurde. Du kennst das ja: viele Theorien, nichts Konkretes. Toni hat mir nie was von Halberts Aktivitäten berichtet. Konnte er auch nicht, denn nachts ist er daheim bei Frau und Kindern.«

»Toni ist auch Albaner, nicht wahr?«

»Ja, aber er schwört Stein und Bein, mit der Bande nichts zu tun zu haben. Allerdings hat sein Cousin einem Verwandten den Tipp gegeben, dass man in dem Eck ziemlich ungestört ist, wie Toni mir das erzählt hat. Jedenfalls arbeitet er voll mit der Polizei zusammen.«

»Glaubst du ihm?«

Astrid brauchte nicht nachzudenken. »Toni ist eine treue Seele und ein hervorragender Arbeiter. Wenn ich dem heute kündige, hat er morgen eine neue Stelle. Ja, er genießt nach wie vor mein vollstes Vertrauen.«

»Könnte er Holger erschossen haben?«

Astrid fuhr hoch. »Toni? Ausgeschlossen. Wieso sollte er?«

»Vielleicht, um dich zu schützen oder Holger zu bestrafen.«

»Du spinnst.« Die Unruhe in Astrids schwarzem Loch begann zu rumoren. Karin war dabei, sie zu entfesseln, und dann müsste Astrid in das hässliche Gesicht der Wahrheit schauen. »Toni kann keiner Fliege was zuleide tun. Lass es gut sein.«

Karins linke Hand umfasste die rechte, als sie sich nach vorne beugte. »Du hast von Holgers Seitensprüngen gewusst, nicht wahr?«, zischte Karin.

In Astrid krampfte sich alles zusammen. Die Wahrheit wollte aus dem schwarzen Loch heraus. Vielleicht würde der Schmerz aufhören, wenn sie sie ausspräche. »Gewusst nicht, aber es gab Anzeichen«, flüsterte sie.

»Dachte ich mir. Mit wem?«

»Mit der Halbert. Und auch mit anderen. Aber die kenne ich nicht – hab auch kein Bedürfnis, ihre Namen zu erfahren.«

»Echt nicht?« Karin starrte sie gebannt an.

Was sollte das? Astrid wiegte ihren Kopf langsam hin und her, während ihre Gedanken Karussell fuhren. »Wozu auch? Holger war mein Fels in der Brandung. Der Einzige, der mir Schutz und Sicherheit bot, der Einzige, der mir keine Gewalt antat. Außer dir, natürlich. Warum sollte ich die Erinnerung an ihn damit besudeln? Toni hat ihn mal mit der Halbert beobachtet. Dem war es genauso peinlich wie mir. Ich wollte davon nichts wissen, kapiert? Ich habe ihm gesagt, er soll mich in Zukunft mit weiteren Details verschonen.« Ihre Augen brannten, nur mit Mühe konnte sie die Tränen zurückhalten.

Karin lehnte sich wieder zurück und musterte sie. »Du hast recht, manchen Dingen sollte man nicht nachgehen.«

Der Ausbruch der Wahrheit war nicht mehr zu bremsen. Hitze stieg in ihr hoch, es gab kein Zurück mehr. Heute würde sie reinen Tisch machen. »Du warst am Freitagnachmittag im Wald. Warum?«

Als Karin aufsprang, fiel ihr Stuhl polternd nach hinten um. »Woher … wer behauptet das?«

»Toni.« Astrid deutete auf ihre Schwester. »Du warst an der Kanzel. Du musst der Halbert begegnet sein. Wieso hast du mich belogen?«

»Das … das …« Karins Gesicht wurde knallrot. Sie angelte nach dem Stuhl, stellte ihn wieder auf seine Beine und hielt sich an der Lehne fest.

»Was wolltest du dort?«

»Nichts. Hat sich sowieso erledigt.«

»Ich habe ein Recht darauf, die Wahrheit zu erfahren.«

Karin ließ sich auf den Stuhl fallen. »Natürlich hast du das. Ich will dir nur nicht noch mehr wehtun. Ich wollte Holger um Geld bitten.«

»Und dazu triffst du dich mit ihm mitten im Wald?«

»Er wollte das so.«

»Verstehe ich nicht.«

Karins Wangen glänzten feucht. »Ach, Astrid. Es tut mir so leid.«

»Was tut dir leid?«

»Ich glaube, er wollte, dass ich ihn zusammen mit der Halbert sehe, um …« Karins Stimme versagte.

Die Wahrheit konnte grausam sein, schlimmer als jede körperliche Pein. Die Frage, die ihr auf der Zunge brannte, musste heraus. »Du hattest was mit Holger, stimmt's?«

Sie stellte die Behauptung in den Raum und hoffte inständig, Karin würde das empört von sich weisen. Ihre Schwester, für die sie Prügel bezogen hatte, für die sie übers brechende Eis gegangen war, für die sie sich vom Vater hatte missbrauchen lassen, würde so etwas nie tun – nicht Karin – und schon gar nicht mit Holger. Dieser Betrug wäre schlimmer als alles, was ihr Holger jemals angetan hatte.

»Verzeih mir bitte – wenn du kannst«, sagte Karin leise.

Der Abgrund, in den Astrid stürzte, war bodenlos. Das schwarze Loch verschluckte sie und brachte all die Erinnerungen zum Vorschein, die sie am liebsten vergessen hätte. Toni hatte die Wahrheit gesagt – nur sie hatte ihm das nicht glauben wollen. »Was hast du dir dabei gedacht?«

»Nichts. Ich … ich wollte es nicht.« Karin sprach schluchzend durch ihre Hände, die sie vor das Gesicht hielt. »Ich bin auf seine Komplimente und Versprechungen reingefallen, dachte, endlich einer, der es ernst meint. Keiner dieser Idioten, die nur auf eine schnelle Nummer aus sind. Holger wusste, wie man mit Frauen umgeht und sie gefügig macht.«

»Wem sagst du das? Und du selbst hältst dich wohl für das arme Unschuldslamm? Dabei hast du den Männern schon immer den Kopf verdreht.«

Karins Schluchzen verstärkte sich. »Ich bin nach Mallorca, um das zu beenden.«

Astrid fröstelte. »Du lügst«, sagte sie kalt.

»Nein. Ich konnte es nicht länger ertragen, dich zu … zu …«

»Mir hast du damals erzählt, dass du wegen einer enttäuschten Liebe weg bist. Das war also Holger. Du hast ihn geliebt.«

»Ja, das habe ich!«, schrie Karin. »Und es war falsch, dumm, idiotisch. An meiner Hochzeit kam er und wollte Sex. Ich habe ihn rausgeschmissen. Am Freitag wollte ich nur Geld von ihm, weiter nichts.«

»Wolltest du ihn erpressen?«

Karin erstarrte. Ihre Tränen genügten als Antwort.

»Du verlässt mein Haus – sofort. Du gehst hinauf, packst deine Sachen und haust ab. Nimm dir ein Taxi oder geh zu Fuß, mir egal. Verschwinde aus meinem Leben und lass dich hier nie wieder blicken.«

»Bitte, Astrid, bitte«, flehte Karin.

Die Wahrheit schlug Astrid erbarmungslos ins Gesicht. Ihr ganzes Leben lang hatte sie sich ausnutzen, betrügen und demütigen lassen, alles geschluckt, sich nie gewehrt. Doch seit diesem fatalen Freitag war das anders geworden, seit Toni ihre Befürchtungen bestätigt hatte. Mit Holgers Tod war eine neue Astrid geboren worden, eine, die Tatsachen schaffte und sich nie mehr unterbuttern lassen würde. Karins Offenbarung war zwar niederschmetternd gewesen, aber letztlich würde Astrid gestärkt aus diesem Fiasko hervorgehen.

Karin schlich hinaus, und zurück blieb eine abgrundtiefe Leere. Abgestützt auf ihren Oberschenkel leckte Diana Astrid tröstend die Wangen.

47 RICHARD

Der Samstag war gelaufen. Alle standen um ihn herum wie um einen kranken Gaul. Jeder mutmaßte etwas anderes und der Vorstand des gastgebenden Vereins entschuldigte sich tausendmal, als hätte er selbst zugestochen. Die Schupo rückte an und transportierte den laut schimpfenden Heißenbach ab. Sogar der Staatsanwalt ließ sich blicken, denn ein Angriff auf einen Kriminaloberkommissar kam nicht alle Tage vor. Spätestens jetzt wusste jeder, womit er seine Brötchen verdiente. Auf einen Tag wie diesen konnte er verzichten. In Richards Kopf pochte es schmerzhaft, und er sah alles wie durch einen Nebelschleier. Dass Heißenbach ihm noch zugerufen hatte, er wünschte, sein Bruder hätte damals getroffen, hatte er kaum registriert.

Monika nannte ihn einen verdammten Dickschädel, weil er unbedingt nach Hause wollte. Trotz seines Protests brachte sie ihn kurzerhand ins Krankenhaus. Heißenbach hatte mit seinem Dolchstoß glücklicherweise große Blutgefäße sowie Herz und Lunge knapp verfehlt. »Glück im Unglück«, sagte der Arzt in der Notaufnahme. In Gedanken ließ Richard den Kampf noch einmal Revue passieren und sank schließlich erschöpft ins Kissen seines Krankenbetts. Das Klingeln seines Handys ignorierte er.

Peter meldete sich am Sonntagmittag telefonisch. Halbert sei aus dem Krankenhaus entlassen worden und schmore jetzt in der JVA Kronach. Mit Mechtingers Tod habe er nichts am Hut und Weidling tendiere nun zur Unfalltheorie, weil Halberts Alibi wasserdicht sei. Am Ende seines Berichts fragte Peter, wie es ihm ginge, und Richard antwortete ausweichend: »Wie's einem halt so geht, wenn man faul im Bett liegt: bestens.«

Ihm war scheißegal, ob Mechtingers Tod aufgeklärt werden würde oder nicht.

Das perfekte Verbrechen? Gab es das überhaupt? Er schaute auf dem Display seines Handys nach, wer ihn am Tag zuvor angerufen hatte, und legte es wieder auf den Nachttisch.

Am Vormittag des Pfingstmontags wurde er aus dem Krankenhaus entlassen, allerdings mit der Auflage, es langsam angehen zu lassen, um Nachblutungen zu vermeiden. Das war einfach, denn auf einen Besuch der Dienststelle konnte er leicht verzichten und für Kampfsport oder Fitness schmerzte die Schulter zu sehr.

Oma Elke empfing ihn mit unverhohlener Sorge und bestand auf weitere Bettruhe. Sammy schlich sich ins Zimmer, um sich seine Streicheleinheiten abzuholen.

Am Dienstag reichte es Richard mit dem nutzlosen Herumliegen. Er stand auf und setzte sich zu Oma Elke an den Frühstückstisch, wobei die zwei Hunde aufmerksam verfolgten, ob nicht ein Krümelchen herunterfiel. Auf Anweisung des Arztes trug er den linken Arm in einer Schlinge.

Es versprach, ein ruhiger, angenehmer Tag zu werden, und bei diesem schönen Wetter würden sich viele Coburger auf dem Marktfest des Pfingstkongresses einfinden.

Ohne ihn, denn dem K1 mitsamt seinen Häuptlingen eins und zwei wollte er vorerst aus dem Weg gehen.

Oma Elke wetterte noch mal ordentlich gegen Heißenbach, bevor sie Richard vorwarf, er würde sich unnötig für andere in Gefahr bringen. »Wurde dir für deinen Einsatz jemals gedankt?«

»Darauf kann ich verzichten.« Beim Bestreichen eines

Brötchens mit Butter machte er eine falsche Bewegung und sofort meldete sich schmerzhaft seine Schulter.

»Undank ist der Welten Lohn, sonst hätte dich deine neue Chefin nicht suspendiert.«

Letztlich hatte er Oma Elke doch davon erzählt, und sie hatte sich empört gezeigt. »Die Frohn hat nur das getan, was ihr Vorgänger in spe von ihr erwartet hat.«

»Du solltest dir eine neue Stelle suchen.«

»Welche denn zum Beispiel? Als Privatdetektiv untreue Ehemänner beim Sadomaso-Sex beobachten? Oder als Security-Gimbl einen Schrottplatz bewachen? Nein, danke.«

Oma Elke verteilte großherzig die Reste ihres Rühreis an die Hunde. »Was für Sex? Egal. Ich will's gar nicht wissen. Dann mach halt nur Innendienst.«

»Dazu bin ich zu jung. Die meisten Kollegen schätzen meine Arbeit, und die anderen können mir gestohlen bleiben. Mir geht es in erster Linie um Gerechtigkeit. Wir gaffen immer nur auf die Täter und vergessen darüber die Opfer.«

Energisch legte sie ihre Gabel auf dem Teller ab. »Alles schön und gut, aber in Wahrheit versuchst du nur, etwas wiedergutzumachen. Deshalb verfolgst du deine Ziele so hartnäckig und nimmst dabei auch Risiken in Kauf, stimmt's?«

Es begann, unangenehm zu werden. »Manches kann man nicht mehr gutmachen.«

»Eben.«

Schweigen trat ein. Von Sammys Lefzen zog sich ein Speichelfaden bis auf den Boden hinab. Eine willkommene Ablenkung. Er gab ihm ein Stückchen Schinken und dem Kampfdackel natürlich auch.

»Richard, du kannst deiner Vergangenheit nicht davonlaufen. Du musst dich ihr stellen und den Blick nach vorne richten.«

Vom damaligen Geschehen wusste Oma Elke nichts, das war in seiner Erinnerung gut aufgehoben. Aber sie konnte eins und eins zusammenzählen. Wenn er mit allem abgeschlossen hatte, würde er sein Schweigen vielleicht brechen. »Die Vergangenheit ist passé. Man soll die Toten ruhen lassen.«

»Jeder Mensch macht Fehler, und es wäre dumm, sich sein Leben mit Selbstvorwürfen zu vermiesen. Dieses ganze Wenn und Aber bringt nichts. Was passiert ist, ist passiert. Du triffst eine Entscheidung, weil sie dir in diesem Moment, in dieser Situation, richtig erscheint. Hinterher ist man immer schlauer.«

Ihre Worte trafen voll ins Schwarze. Sie sah ihn aus klugen Augen an und wartete auf eine Erwiderung, die er nicht geben konnte.

»In einer brenzligen Situation reagiert man mitunter instinktiv und nicht bewusst«, fügte sie hinzu.

»Du beziehst dich auf Heißenbachs Bruder, den ich damals erschossen habe?«

»Genau. Aus deiner Sicht war es das einzig Richtige gewesen. Er war ein brutaler Mörder, der dich bedroht hat – selbst wenn du das heute vielleicht anders siehst.«

»Ich wollte ihn nicht töten, sondern nur kampfunfähig schießen.«

»Hast du aber nicht. Warum?«

Genau das war die Frage. Und die konnte er ihr nicht beantworten, ohne die Wurzel allen Übels offenzulegen, die in kritischen Situationen seinen Killerinstinkt weckte. »Du meinst also, der Überlebenswille steuert die Handlungen, ohne dass man etwas dagegen tun kann? Ich habe gesehen, wie der Kerl auf mich zielte. Heißenbach hat das sogar bestätigt.«

»Wenn das alles war, warum quälst du dich dann damit?«

»Ich quäle mich nicht. Aber du bringst mich auf eine Idee«, sagte er.

»Und die wäre?«

»Ich weiß, wer Mechtinger erschossen hat. Vermutet habe ich es schon lange, aber jetzt bin ich mir sicher.« Er erhob sich.

»Schade, dass du gehen musst. Achte auf deine Wunde.«

»Mach ich.«

Nach dem obligatorischen Abschiedsküsschen stieg er in sein Auto, das er einhändig würde lenken müssen. Er nutzte die Gelegenheit, um endlich die Nachricht auf seiner Mailbox anzuhören. Karin Schwelms bat dringend um seinen Rückruf.

Da er fast nur Autobahn zu fahren hatte, kam er zügig voran. Bei Ebersdorf verließ er die A 73 und bog zur Gleisenau ab.

48 ASTRID

Astrid mochte den Mai, versprach er doch Wärme und Erneuerung. Allerdings stand der Juni mit seinen sommerlichen Attitüden bereits in den Startlöchern. Sie saß draußen auf ihrer geliebten Gartenbank und hielt das Gesicht in die Vormittagssonne. Der Efeu rankte sich an der Hauswand hoch, an den Rosen erschienen erste Knospen und der Wind trug den Duft des Flieders mit sich. Kichernd fuhren die Kinder mit ihren Fahrrädern vor dem Haus auf und ab. Rino lag neben ihr, während Diana im Garten umherstrolchte.

Das Leben konnte so schön sein. Sie hatte es tatsächlich geschafft, alle Angriffe abzuwehren. Das Zerwürfnis mit Karin schmerzte sehr, aber vielleicht würde sie ihr eines Tages verzeihen können, denn die Initiative war von Holger ausgegangen und Karin war nur das willige Opfer gewesen. Auch glaubte sie ihr, dass sie Holger seit Langem verabscheut hatte. Wo Karin wohl gerade steckte?

Astrid spürte, dass sich in ihrem Leben bald etwas ändern würde. Mit der Nachricht, dass ihr Forstamt aufgelöst werden würde, hatte sie sich abgefunden. Der Umzug würde ihr und den Kindern guttun; ein Neuanfang, bei dem die Lasten der Vergangenheit zurückblieben.

Das Fichtelgebirge war eine interessante Gegend. Sie mochte die bergige Landschaft, die großflächigen Wälder und die Abgeschiedenheit. Die Kollegen im Domänenamt Wunsiedel hatten am Telefon sehr freundlich geklungen. Morgen würde sie ihnen einen Besuch abstatten und ihre neue Wirkungsstätte in Augenschein nehmen, worauf sie sich sehr freute.

Sie erwiderte das Winken ihrer Kinder, deren Fahrradklingeln genauso hell klangen wie ihr Lachen. Ihnen durfte kein Leid geschehen, dafür würde sie sorgen.

Ein ihr unbekannter dunkelblauer Audi A3 näherte sich und fuhr langsam an den beiden vorbei. Als der Wagen vor ihrem Haus hielt, ahnte sie, wer gleich aussteigen würde – Levin. Er trug den linken Arm in einer Schlinge. Merkwürdig, denn von einer Verletzung bei Halberts Festnahme hatte niemand etwas erwähnt – nicht einmal Toni, der auf die Ankündigung ihrer baldigen Versetzung nur mit einem Schulterzucken reagiert hatte.

Begleitet von Dianas Bellen, die ihm zeigen wollte, dass keiner ohne ihre Zustimmung das Grundstück betreten durfte, steuerte Levin auf den Hauseingang zu. Er änderte seine Richtung und blieb, als er Astrid entdeckte, vor der Gartentür stehen.

Die Zeit des wehmütigen Abschiednehmens war damit beendet. Auf Levins Anwesenheit konnte sie verzichten, aber jetzt, da er hier war, fand sie sich damit ab. Freundlich winkte sie ihm näher zu kommen.

Levin ließ sich Zeit, begrüßte Diana ausgiebig und setzte sich, als er Astrid erreicht hatte, neben sie, wobei er sein Gesicht schmerzlich verzog. Schweigen.

Er sollte zuerst reden, aber den Gefallen tat er ihr nicht.

»Was jetzt?«, fragte sie, als sie das Schweigen nicht länger ertrug.

»Es war ein Unfall, nicht wahr?«

Ihr Herz pochte bis zum Hals. Das schwarze Loch in ihr zerriss, löste sich in nichts auf und nahm die Unruhe mit. Zurück blieb die erschreckende Erkenntnis, dass sie nun wusste, wer Holger auf dem Gewissen hatte. Die Konsequenzen würden fürchterlich sein.

»Halbert war es also nicht?«, fragte sie.

»Nein, und das wissen Sie ganz genau.«

»Ich weiß gar nichts.«

»Astrid, ich bin als Privatperson bei Ihnen. Man hat mich suspendiert. Ich habe weder ein Aufnahmegerät noch einen Kollegen dabei. Ich sage etwas, Sie sagen etwas, und keiner wird den Inhalt unseres Gesprächs erfahren.«

Es dauerte eine Weile, bis seine Worte in ihr Bewusstsein gesickert waren. Sollte sie aufbrausend reagieren oder ihm vertrauen? Zu lange hatte ihr Unterbewusstsein die Wahrheit unterdrückt, aber nun musste sie heraus. Sie beobachtete ihn von der Seite, wie sein Blick über den Garten, die Hunde und die Kinder schweifte. Er machte einen erschöpften Eindruck.

»Wieso suspendiert? Ich denke, Halberts Festnahme war ein Erfolg?«

»War sie auch, aber für mich ging der Schuss nach hinten los – im wahrsten Sinne des Wortes. Ich habe ihn nämlich mit meiner Waffe an der Flucht gehindert.« Er zog kurz die Oberlippe ein. »Allerdings hat er zuerst geschossen. Das Dumme ist nur, dass bei ihm keine Waffe gefunden wurde.«

Das Bild des Revolvers erschien vor ihrem inneren Auge – Halberts Revolver. Levin brauchte ihn als Beweismittel und um sich rechtfertigen zu können. Sollte sie ihm das Fundstück aushändigen? Doch sie zögerte, denn ein wahnwitziger Gedanke, geboren aus ihrer Verzweiflung, hatte sich in ihr breitgemacht. Blieb Levin suspendiert, war der Einzige, der sie in Verdacht hatte, außer Gefecht gesetzt. Sie entschied sich, vorerst abzuwarten und auszuloten, wie das Gespräch verlaufen würde. »Haben Sie Ihre Verletzung Halbert zu verdanken?«

»Nein. Die Vergangenheit hat mich eingeholt.«

»Wenn sie das kann, haben Sie sie nicht tief genug begraben.«

»Offensichtlich.« Er lächelte ironisch. »Sie kam in Gestalt des Bruders eines von mir in Notwehr erschossenen Verbrechers. Er hat damals Rache geschworen und mich jetzt mit einem Dolch attackiert.«

Sie schaute in seine grauen Augen. Ein Mann zum Verlieben, wäre er nicht Lichtjahre von ihr entfernt. Für ihn war sie wahrscheinlich nur eine Försterin, die er beschuldigte, ihren Mann vorsätzlich getötet zu haben. Tat er das wirklich? Gerade hatte er von einem Unfall gesprochen. Vielleicht bestand noch Hoffnung. »Bereuen Sie es?«

»Oh ja.« Er lenkte seinen Blick auf die Rosen gegenüber. »Ich habe einem Menschen das Leben genommen und ihn eventuell um die Chance gebracht, ein besserer Mensch zu werden und die Verantwortung für seine Taten zu übernehmen. Es gab einige, die sagten: ›Gut, dass er endlich tot ist.‹ Seitdem stelle ich mir ständig die Frage, ob ich richtig gehandelt habe. Ich bin weder Gott noch Richter. Meine Aufgabe ist es, Verbrechen zu vereiteln und Verbrecher der Gerichtsbarkeit zuzuführen. Ein Schuss ins Bein oder in den Arm hätte genügt.«

»Vielleicht konnten Sie nicht anders? Haben ihn aus Versehen getötet.«

»Genau das ist der Punkt, auf den ich hinauswill. Ich bin ein ziemlich guter Schütze, um genau zu sein, ausgebildeter Scharfschütze.«

Sie begann, ihn zu verstehen. Levin hatte die Wahl gehabt und sich für den tödlichen Schuss entschieden. »Also hat Halbert großes Glück gehabt?«

»Man lernt aus seinen Fehlern.« Er lehnte den Kopf in den Nacken, schloss die Augen und hielt ihn in die Sonne, wie sie es zuvor getan hatte. »Sie wissen, wie es ist, wenn das Ziel im Fadenkreuz erscheint und der Finger den Abzug sucht.«

»Allerdings.«

»In einer Notwehrsituation hast du keine Zeit, dir Gedanken zu machen. Da musst du dich auf dein Training und deinen Instinkt verlassen.«

»Das muss ich bei der Jagd auch.«

»Dann verstehen Sie, was ich meine. Sie haben sich vorher entschieden, was Sie tun werden. Sie haben es trainiert. Ich hatte es trainiert. Im Augenblick der Entscheidung übernimmt das Unterbewusstsein die Regie.«

»Ist das so?«

»Ja. Sonst könnte man annehmen, Sie hätten ihn vorsätzlich erschossen.«

»Nein!« Sie hatte die Falle sofort erkannt.

Ein müdes Lächeln flog über sein Gesicht.

War das die Antwort auf die Frage nach dem Warum? War ihr Unterbewusstsein schuld daran gewesen, hatte sie ihn sich tot gewünscht und deshalb die Kontrolle verloren? Sie fröstelte und rieb sich die Arme.

»Man muss sich seiner Vergangenheit stellen«, sagte er. »Oder man wird von ihr eingeholt.«

Schon wollte sie ihm zustimmen, aber sie fing sich gerade noch rechtzeitig. »Muss man das? Ich habe kein Problem damit, sie dort zu lassen, wo sie ist.«

Mit geschlossenen Augen horchte sie in sich hinein. Nur ein leises Pochen erinnerte an die Stelle, an der das schwarze Loch noch vor Kurzem gewesen war. Gestochen scharf standen die Bilder dieses fatalen Abends vor ihren Augen. Sie gab sich einen Ruck. »Nehmen wir einmal an, es wäre gewesen, wie Sie sagen. Ich hätte ihn aus Versehen erschossen. Was würde dann passieren?«

»Wenn Sie es hier und jetzt gestehen, nichts, denn ich stehe zu meinem Wort. Ob Sie aber damit leben können …? Die Frage müssen Sie sich selbst beantworten.«

Der Widerstand in ihr kam zum Erliegen. Die Wahrheit musste heraus, wenigstens einmal. »Ich konnte mich danach an nichts erinnern. Erst vor Kurzem kam die Erinnerung zurück.«

»Unfall oder Absicht? Oder eine Mischung aus beidem?«
Mit dieser Frage legte er seinen Finger auf eine offene
Wunde. Er konnte ihr Dilemma nachvollziehen, hatte er es
doch selbst durchlebt. »Wenn ich das wüsste«, sagte sie.

»Ihr Mann war ein Charakterschwein. Er hat mit Ihrer
Schwester geschlafen. Sie hat es mir gebeichtet. Und Sie
wussten es, weil Toni Ihnen alles berichtet hat, was im Wald
vorging. Deshalb überrascht es mich nicht, dass Sie sich von
ihm trennen wollten.«

Tränen der Wut und Verzweiflung quollen aus ihren
Augen. »Das wäre doch unmöglich gewesen. Und, und …
Ich wollte ihn nicht erschießen. Das ist ja das Schlimme.
Ich wollte es nicht, hatte es nicht geplant, und trotzdem ist
es passiert!«

»Erzählen Sie der Reihe nach.« Er griff in seine Hosentasche und reichte ihr eine Packung Papiertaschentücher.
»Aufmachen müssen Sie selbst. Geht ein bisschen schwer
mit einer Hand.«

Sie öffnete die Packung, zog ein Taschentuch heraus und
schnäuzte kräftig hinein. »Toni hat mir von Holgers Schä-
ferstündchen auf der Kanzel berichtet. Dass Karin auch dort
war, wusste ich seit Langem. Ich wollte es nicht wahrhaben,
wollte nicht, dass sich in meinem Leben etwas ändert. An
jenem Abend sah ich dann, wie er vom Hochsitz aus den
Bock schoss.«

Er nickte. »Die eine Hülse gehörte also zu dem Bock.«

»Ich wollte abbaumen, weil nach dem Schuss die Chance,
selbst noch Waidmannsheil zu haben, zu gering war. Normalerweise unterlade ich immer, bevor ich vom Hochsitz steige.«

»Das heißt, Sie drückten die Patrone ins Magazin zurück,
damit die Kammer leer ist, das Gewehr aber bei Bedarf
schnell wieder schussbereit gemacht werden kann.«

»Richtig. Ich schwöre bei allem, was mir heilig ist, dass ich glaubte, es wie immer gemacht zu haben.«

»Okay. War die Waffe zu diesem Zeitpunkt gesichert?«

»Das sind eingespielte Handgriffe, die macht man automatisch. Inzwischen bin ich mir aber nicht mehr sicher, in welchem Zustand sie war.«

»Verstehe. Wie ging's weiter?«

Sie erschauderte, als sie sich die Szene noch einmal vergegenwärtigte. Er musste ihre Qual bemerkt haben, denn seine Hand griff nach ihrer und hielt sie fest.

»Nur weiter. Erleichtern Sie Ihr Herz«, sagte er sanft.

Um sich zu beruhigen und das Zittern wenigstens ein bisschen zu vermindern, atmete sie tief ein und aus. »Als ich durchs Zielfernrohr zu ihm hinüberblickte, sah ich ihn im Fadenkreuz. Auf einmal schoss mir der Gedanke durch den Kopf: Was wäre, wenn ich mich von ihm befreien könnte? Ein Schuss, und alles wäre gut. In meiner Vorstellung habe ich den Abzug betätigt und leise ›Bumm‹ gesagt. Plötzlich flog die Kugel raus, der Schuss explodierte wie eine Bombe in meinem Gehirn.«

»Und der alte Bock war tot.«

»Das hört sich an, als …«

»Als könnte ich Gedanken lesen?«

»Meinen Sie, mein Innerstes wollte ihn tot sehen?«

»Schon möglich, Frau Mechtinger. Mir hat man das unterstellt, und Ihnen wird es nicht anders ergehen. Eine Hülse steckte im Lauf des Repetierers Ihres Mannes und eine lag neben dem Hochsitz. Haben Sie sie reingetan, um einen zweiten Schuss aus der Waffe vorzutäuschen?«

»Das klänge nach Vorsatz, oder?«

»Ich fürchte, man würde es so auslegen.«

»Meine Erinnerungen an die Zeit nach dem Schuss sind

sehr löchrig. Ich habe nur noch automatisch gehandelt, nicht mehr bewusst, hatte totale Panik. Oh Gott, die Kinder.« Sie schlug die Hände vors Gesicht. »Was wird jetzt werden?«

»Sie haben das perfekte Verbrechen begangen, Astrid. Man kann Ihnen nichts nachweisen. Um Ihr Seelenheil zu finden, hilft Ihnen nur ein Geständnis.«

»Glauben Sie mir?«

»Das tue ich, weil ich weiß, was in Ihnen vorgegangen ist.«

Merkwürdigerweise fühlte sie sich viel besser, war erleichtert, obwohl sie die Konsequenzen noch gar nicht abschätzen konnte. Trotzdem zitterte sie am ganzen Körper.

»Sie sollten Ihre Schwester anrufen und ihr vergeben«, sagte er.

Erstaunlicherweise war sie ihm sogar dankbar, auch dafür, dass er seine eigene Seelenpein mit ihr geteilt hatte. Er war viel menschlicher, als sie gedacht hatte. Als Nächstes würde sie einiges in Ordnung bringen müssen, und der Fund von Halberts Waffe gehörte dazu. Sie hätte sie ihm gleich geben sollen, wie sie es von Anfang an vorgehabt hatte. »Mach ich gleich. Kommen Sie mit, ich muss Ihnen etwas geben.«

49 MAXI

Die Bänke und Tische um das Denkmal von Prinzgemahl Albert, die man für das Marktfest des Coburger Pfingstkongresses aufgebaut hatte, waren fast bis auf den letzten Platz besetzt. Auch einige Mitglieder der Coburger Kripo hatten sich dort eingefunden. Unter einem weißblauen Himmel gab die Stadtkapelle Coburg ihr Repertoire an Märschen lautstark zum Besten. Die Stimmung war gut, und alle Querelen schienen vergessen zu sein.

Das in den Farben rot und weiß gehaltene Stadthaus aus der Renaissancezeit, mit seinen prunkvoll dekorierten Erkern und den von steinernen Wächtern gesäumten Giebeln, stand im Kontrast zu dem gegenüberliegenden Rathaus, das in zartem Blau und Gold erstrahlte. Es schien derselben Zeitepoche zu entstammen, musste aber über die Jahre einige Anpassungen an die jeweiligen Stilrichtungen erfahren haben. Maxi liebte Geschichte, vor allem aber Architektur. Über der großen Rathausuhr schaute, auf einem Giebel stehend, der heilige Mauritius auf die Feiernden herab. Er war der Schutzpatron der Stadt und hielt einen Marschallstab in der erhobenen Hand. Auf ihre Frage, was es damit für eine Bewandtnis habe, wollte Peter Weingarth ihr weismachen, dass die Länge des Stabes das Mindestmaß der Coburger Bratwürste vorgäbe, aber sein Augenzwinkern entlarvte dies als Ammenmärchen.

Weingarth wandte sich von ihr ab und erzählte den anderen am Tisch eine Anekdote aus dem Anglermilieu, die damit endete, dass Weidling rücklings ins Wasser gefallen war. Da der Noch-Chef durch Abwesenheit glänzte, konnte man sich gut über ihn lustig machen.

Maxi fühlte sich wie ein Fremdkörper und einmal mehr als Außenseiter. Obwohl sie in der Mitte der Bank saß, schaffte es jeder, mit seinem Nachbarn oder Gegenüber ein angeregtes Gespräch zu führen und sie dabei außen vor zu lassen. Sie fand einfach keinen Anknüpfungspunkt. Die Plätze neben ihr wollte keiner besetzen. Wortfetzen wie »ungerecht«, »aufspielen« und »meistens kommt nix Besser's nach« drangen durch den Lärm an ihr Ohr. Ihr blieb nur, schweigend dazusitzen und dem munteren Treiben zuzuschauen. Insgeheim wünschte sie sich, nie hergekommen zu sein.

Kurzerhand hatte sie sich entschlossen, Levin kein Disziplinarverfahren anzuhängen, ganz gleich, ob das Weidling passte oder nicht. Dass Halberts Revolver nach wie vor unauffindbar war, hatte ihre Entscheidung nicht beeinflusst.

Aber zumindest das Bier schmeckte.

Sie sollte aufstehen und gehen. Der Tag war zu schön, um ihn sich vermiesen zu lassen. Schnell trank sie aus und erhob sich halb.

Plötzlich tauchte Richard Levin in der Gasse zwischen Café Tchibo und Buchhandlung Riemann auf, den linken Arm in einer Schlinge. Verblüfft setzte sie sich wieder hin.

Weingarth hatte ihn auch entdeckt, denn er sprang auf und wedelte heftig mit den Armen. »Hierher! Hierher!«

Wem die anwesenden Herrschaften ihre Sympathie schenkten, war klar. Obwohl ihr Levin zu Beginn als Sauertopf avisiert worden war, hatte er offensichtlich einige Anhänger. Dumm nur, dass sie sich mit dem Rudelführer überworfen hatte. Beruflich stand ihr eine tolle Zukunft bevor.

Levin nickte zurück und manövrierte sich durch die Menschenmenge, bis er ihren Tisch erreichte.

»Hallo, werte Kolleginnen und Kollegen«, sagte er grinsend. »Da hockt also die halbe Belegschaft und lässt sich volllaufen, während die restlichen Kollegen Dienst schieben müssen.«

Weingarth zeigte auf einen Platz neben sich. »Komm her, wir rutschen alle a bissle z'amm.«

Doch Levin winkte ab und bewegte sich auf Maxi zu. »Passt schon.«

Sie konnte es kaum glauben, und auch die anderen schauten verdutzt. Was nun, gehen oder bleiben? Erneut setzte sie an, sich zu erheben, und griff nach ihrem Handy vor sich.

Mitten in der Bewegung stützte sich Levin leicht auf ihrer Schulter ab, sodass sie sich wieder setzen musste. »Bleiben Sie doch.«

»Was machst du denn für Zeuch?« Peter ruckte sein Kinn in Richtung Levins verletzter Schulter. »Hast dir wohl beim einarmigen Reißen von 'nem Maßkrug den Arm ausgekugelt?«

»Schmarrkopf. Ich heiß doch nicht Weingarth.«

Alle lachten, sogar Weingarth. »Bei Halberts Festnahme ist des aber net passiert, oder?«

»Das hättet ihr doch mitgekriegt. Nein, Halbert hat damit nichts zu tun. Am Samstag hat sich ein ehemaliger Kunde von mir revanchiert.«

Jeder in der Runde erstarrte, denn alle kannten das Risiko, das ihr Beruf mit sich brachte.

»Einfach so?«, fragte Weingarth.

»Nicht einfach so. Mit einem Dolch.« Levin machte eine zustechende Bewegung. »Während einer Veranstaltung.«

»Und? Lebt er noch?«

»Außer ein paar Zähnen fehlt ihm nichts. Aber die waren sowieso faul.«

»Hast ihn wohl früher mal hinter schwedische Gardinen geschickt?«, fragte Biesenecker.

»Hm. Der hat seine Springerstiefel am liebsten gegen Alte und Ausländer eingesetzt. Einer von denen, die rechte Parolen grölen, ohne zu verstehen, was sie bedeuten. Aber dieses Mal wird er wohl für längere Zeit aus dem Verkehr gezogen. Übrigens hat der Mistkerl auch gestanden, mein Auto zerkratzt zu haben.«

»Da sieht man's wieder: Wer sich am liebsten Spielzeuch von ei'm Mann vergreift, macht auch vor dem sei'm Besitzer net halt«, sagte Peter, und ein befreites Lachen aller spülte die soeben noch spürbare Anspannung hinfort.

»Schluss mit Dienstgesprächen«, sagte Richard. »Wie war dein Wochenende, Peter? Hast du endlich mal einen größeren Karpfen als Weidling gefangen?«

Interessant, wie Levin es verstand, die Klippen zu umschiffen. Maxi vermutete sofort, der Racheakt könnte in Verbindung mit dem Fall Heißenbach stehen. Sie überlegte, ob sie ihn darauf ansprechen sollte, gab es doch Parallelen zu Halberts Festnahme: In beiden Fällen hatte Levin Notwehr geltend gemacht, obwohl bei seinem jeweiligen Gegner nie eine Waffe gefunden worden war. Sein Einsatz in Afghanistan mochte damit zu tun haben. Ihr Vater fiel ihr ein, der nie gern über seine Erlebnisse dort erzählte. Wenn sie mehr über Levins Zeit im Ausland wissen wollte, würde sie zuerst sein Vertrauen gewinnen müssen. Doch davon war sie momentan meilenweit entfernt. Sie fühlte seinen Blick auf sich ruhen und erwiderte ihn. Oh ja, graue Augen.

»Halberts Revolver wurde gefunden«, sagte er. »Ist in meinem Wagen. Leider sind Frau Mechtingers Fingerabdrücke drauf. Sie, oder besser gesagt ihr Hund, hat ihn im Wald entdeckt.«

Deshalb war er so gutgelaunt. Ihn mit der Aufhebung seiner Suspendierung zu überraschen konnte sie jetzt vergessen. »Ich hätte Sie auch so wieder zum Dienst zugelassen. Meiner Ansicht nach haben Sie alles richtig gemacht, und was Weidling von der Sache hält, ist mir egal.«

Im Nachhinein klang das ziemlich hohl. Sie wünschte, sie hätte ihn gleich damit begrüßt, aber nun war es zu spät.

»Schön«, sagte er nur.

»Auf Weidlings Anraten hin wird der Staatsanwalt den Fall Mechtinger als Unfall einstufen.«

»Typisch.« Er winkte der Bedienung. »Eine Maß, bitte.«

»Wieso typisch?«

»Weil dann in Weidlings Statistik ein Fall mehr als gelöst zu den Akten gelegt werden kann. In seinen Augen war Mechtinger ein wertvolles Mitglied unserer Gesellschaft. Dass er seine Frau mit deren Schwester betrogen und Geld veruntreut hat, ist für Weidling Kleinkram.«

»Arme Frau Mechtinger.«

»Tja«, machte er und nahm den Maßkrug entgegen. »Sie ist jetzt frei. In Wahrheit war sie das Opfer und er der Täter.«

»Wie meinen Sie das?« Sie ahnte, was er damit sagen wollte. »Hat Sie es getan?«

Anstatt einer Antwort hob er die Schultern und widmete sich seinem Bier.

»Mit Vermutungen kann man niemanden überführen«, sagte sie.

»Manchmal sollte man es dabei belassen.«

In diesem Moment wurde ihr klar, dass sie ihm in puncto Erfahrung nicht das Wasser reichen konnte. Man hätte *ihn* mit der Leitung des K1 betrauen sollen.

Sein Handy summte. Er zog es hervor und schaute lange auf das Display. Unter den Klängen des Studentenliedes

»Gaudeamus Igitur« legte sich ein feines Lächeln um seine Mundwinkel. »Ihr müsst leider ohne mich auskommen. Frau Mechtinger möchte eine Aussage machen.«

ANMERKUNGEN UND DANKSAGUNG

Wie so oft, entsprang die Inspiration zu diesem Krimi einer wahren Geschichte, die sich vor Jahren zutrug. Seitdem beschäftigt mich die Frage nach Schuld und Motivation in einem außergewöhnlichen Fall wie diesem. Daraus habe ich diesen Roman gestrickt, wobei ich betonen möchte, dass Ähnlichkeiten mit lebenden Personen rein zufällig sind.

Das Forstamt Gleisenau ist längst aufgelöst und bot sich als Schauplatz an. Das Victoria-Gymnasium hingegen ist frei erfunden, ebenso wie die Cogida, eine fiktive Ortsgruppe der Pegida.

In der Schule war mir Latein ein Graus, vielleicht musste das Opfer deshalb ein Lateinlehrer sein. Das Jagdmilieu ist mir vertraut, denn mein Mann und ich haben den Deutschen Jagdschein, gleichwohl ich die Jagd nicht ausübe. Meine Kindheit und Jugend habe ich – ebenso wie Richard Levin – in Nürnberg verbracht, bevor ich in den Raum Coburg zog. Daher kann ich gut nachvollziehen, wie er Land und Leute empfindet.

Danken möchte ich wie immer vor allem meinem Mann Michael, der mich tatkräftig unterstützt und den Coburgern ihre Authentizität verleiht. Unseren Freunden Arpad (Polizeihauptkommissar der PI Coburg), Hans (Polizeihauptmeister der Bundespolizei) und meinem Schwager Heinz (Erster Kriminalhauptkommissar i.R. im BKA). Aber auch den unerschrockenen Testleserinnen Karin Seemayer und Ute Bareiss, die selbst sehr gute Bücher schreiben, ebenso Jeannine L. sowie all den Damen der DSFO Arbeitsgruppe Silvesterliebe. Nicht zu vergessen meinem Literaturagenten Lars Schultze-Kossack, der sich für Richard Levin ins Zeug legte.

Last not least dem Team des Gmeiner-Verlags, allen voran der Lektorin Katja Ernst. Ohne euch gäbe es dieses Buch nicht!

Weitere Krimis finden Sie auf den
folgenden Seiten und im Internet:

WWW.GMEINER-SPANNUNG.DE

SABINE VÖHRINGER
Die Montez-Juwelen
. . . .
978-3-8392-2056-6 (Paperback)
978-3-8392-5313-7 (pdf)
978-3-8392-5312-0 (epub)

DER HACKERHAUS-KRIMI »Ihre Schönheit verzaubert, ihr Glanz weckt Begierde«. Als Geschenk Ludwigs I. an seine Maitresse verführten die Juwelen schon im 19. Jahrhundert zu verhängnisvoller Liebe und tödlicher Leidenschaft. Tatsächlich taucht kurz nach der Schmuckpräsentation in der Hofstatt eine Leiche am Fischbrunnen des Marienplatzes auf. Hauptkommissar Tom Perlinger, bayerischer Sonnyboy mit amerikanischen Wurzeln, trifft nicht nur auf familiäres Chaos und seine Jugendliebe, sondern ausgerechnet sein Halbbruder Max, der Wirt des Hackerhauses, wird des Mordes verdächtigt …

GMEINER SPANNUNG

WWW.GMEINER-VERLAG.DE
Wir machen's spannend

Das Neueste aus der Gmeiner-Bibliothek

Unser Lesermagazin

Bestellen Sie das kostenlose Krimi-Journal in Ihrer Buchhandlung oder unter www.gmeiner-verlag.de

Informieren Sie sich ...

www ... auf unserer Homepage:
www.gmeiner-verlag.de

@ ... über unseren Newsletter:
Melden Sie sich für unseren Newsletter an
unter www.gmeiner-verlag.de/newsletter

f ... werden Sie Fan auf Facebook:
www.facebook.com/gmeiner.verlag

Mitmachen und gewinnen!

Schicken Sie uns Ihre Meinung zu unseren Büchern
per Mail an gewinnspiel@gmeiner-verlag.de
und nehmen Sie automatisch an unserem
Jahresgewinnspiel mit »mörderisch guten« Preisen teil!

GMEINER SPANNUNG

WWW.GMEINER-VERLAG.
Wir machen's spanner